有如 候鸟

周晓枫————

著

中信出版集团 | 北京

图书在版编目（CIP）数据

有如候鸟 / 周晓枫著. -- 北京：中信出版社，
2022.4（2024.1 重印）
ISBN 978-7-5217-4071-4

Ⅰ.①有… Ⅱ.①周… Ⅲ.①散文集—中国—当代
Ⅳ.①I267

中国版本图书馆CIP数据核字（2022）第036871号

有如候鸟

著　者：周晓枫
出版发行：中信出版集团股份有限公司
　　　　　（北京市朝阳区东三环北路 27 号嘉铭中心 邮编 100020）
承 印 者：嘉业印刷（天津）有限公司

开　　本：880mm×1230mm　1/32　　印　张：10.25　字　数：210千字
版　　次：2022年4月第1版　　　　　印　次：2024年1月第5次印刷
书　　号：ISBN 978-7-5217-4071-4
定　　价：59.80元

目录

自序：寄居蟹式的散文

以前做杂志编辑，我开车上班一个小时二十分钟，坐地铁快些，十三号线换十号线，四十五分钟。那是我从前的生活，每次往返数千步的小长征，到达卖力气的地方。2013 年我从编辑转入专业写作，不必早出晚归，节省许多时间、体力和麻烦。如果死后能进天堂，我想象不出更好的生活，我觉得天堂的大门长得最像作协办公楼。从此什么样的好工作，对我都难以形成诱惑，心里层澜不起。

由于不勤奋，我一直没有磨损对创作的热爱。伴随生活节奏的停摆，我担心自己是静置的枯井，被彻底挖空。四年的职业写作，我创作的体裁还是散文。潜能和体能不足，叹气之后，我拿加缪的话安慰自己："我已经没有时间去对我不感兴趣的事情再产生兴趣。"

对我来说，散文从未丧失最初的神秘，甚至是它宗教化的神圣。当然，有人只拿写作当个谋生的差事也谈不上什么羞耻。散文如水。水，既是饮用之物，可以沏茶煮汤，也可以清洁衣物或冲洗马桶。广泛的应用性，使水作为最重要的资源，更应受到保护与尊重，它更值得被歌颂。水同样流动在我们体内。点滴渗透的水，也是人体占最大比例的组成部分，在每寸皮肤之下，在每个细胞的核里。均质、透明、神秘……它简直成了每个人命里的舍利子。不动声色的散文，就是不断渗透、影响和决定我的如水之道。

我使用一台词汇量很少的电脑。是输入方法决定的，打字时它几乎没什么联想能力，不会提供数个储备版本备选，常用词组也出现障碍。我只得一个字、一个字地拼。我觉得它智商不高，或者刚脱盲不久，它都不知道托尔斯泰和果戈理。

不升级，不换代。因为巴洛克的修辞，一直为我偏爱，是我的特色也是我的软肋，所以不想更眼花缭乱。王夫之在《姜斋诗话》里说："作诗但求好句，已落下乘。"极是，可惜知易行难。我写过若干浓墨重彩的创作谈，似有检讨之意，效果倒更像死不改悔的宣言。朋友说，我敲击键盘的声音很重，打桩似的；又仿佛和电脑有仇，感觉是怀着一腔愤懑在敲打离婚协议。一年又一年，我陷在和散文的旧婚姻里，相处模式没变；我依然是孤单又自恋的病虎，身体上的条纹，是囚禁自身的美的牢笼。

我不满足，不满意，难获自信。有人能，即使他们交出的只是一捆木柴，也自信读者能从中嚼出甘蔗的甜度。我试图让自己的文字被灌溉，保持某种植物的清凉和苦味——结果，仿佛在吞咽自己的胆汁。不甘啊。我的散文风格有僵化趋势——可无论"前是"或"前非"，我都不能痛改。写了这么多年，我被钉在一把旧椅子里。

不过，散文家？多奇怪的说法。小说家和诗人，都会写散文；然而，当一个写作者被称为"散文家"，等于昭告天下：他既不会写诗，也不会写小说，无能得可怜。没人因为写信就成为"书信家"，所谓的散文家，不像正式且名誉的头衔。如同有些许情感纠葛的人被称为"恋爱家"一样，难骄傲，只尴尬。

很少有人专事散文，我一直保持着这种被动的忠贞。我没有诗人的天赋，没有小说家的附体能力——从事这两种文体，需要神助。散文属于凡人，是自说自话，是仰望星空的井底之蛙在发声，几乎靠本能完成。有小说家说，写散文太难，像戴着脚镣跳舞，他觉得小说就没有这么沉的负重。对我而言，散文写作者不过无法摆脱大地引力以及自重，小说家才难，什么都不带就在半空飞行。我由衷敬佩，小说家的海市蜃楼，甚至禁得起考古学和建筑学的审查——从年代到结构、材料和装饰。二十多年的散文写作，我愧于积累的不过残砖断瓦。我绝不因此轻视散文，相反，感谢它收容我这样本领有限的表达者。散文如同漫长婚姻里沉淀的亲情，逐渐令人信赖和安慰；恰是它的日常乃至平庸，给我自由。

　　我有个不科学的、不建立在调查研究基础上、只凭经验和直感做出的主观判断：出版三本散文集之后，才能看出散文写作者真正的潜能与余勇。许多写作者出道时令人惊艳，很快呈现规律性下滑：一鼓作气，二鼓而衰，三鼓而竭。因为散文写作的耗材大，拿缓生的树当速燃的柴，烧不了多久，黑暗和寒冷就来了。作为平凡之辈，我们不具备漫山遍野的生活经验，难免贫瘠和荒凉。散文之所以被警告为一种只宜老者开展的文体，也是这个道理，为了维护晚年的体面。

　　从年少起就徘徊在艺术散文里的写作者，何去何从？有的金盆洗手，有的改弦易辙，有的向历史深处掘进，有的从新闻中索取线索……每个人都在寻找秘密的退路或后援，否则难以为继。我的办法，是从小说家那里偷艺。

　　庄子，到底应该划归哪种文体？散文与小说的界标，我至今没想透。什么是绝对的是，什么是绝对的不是。有种文字，像灰，在白与黑的交集地带。我希望把戏剧元素、小说情节、诗歌语言和哲学思考都带入散文之中，尝试自觉性的跨界，甚至让人难以轻易判断到底是小说还是散文。《石头、剪子、布》写食物链，其中镶嵌入室杀人的段落，属于小说笔法，我想实现文体内部的跳轨和翻转。《有如候鸟》两万多字，写迁徙，露出水面的冰山是散文，隐藏其下作为支撑的是小说——我想增强散文的消化能力，让散文不仅散发抒情的气息，还可以用叙事的牙把整个故事嚼碎了吃进肚子里。我要的不仅是物理意义的肢解，还要完成化学意义的溶解，这就是从《石头、剪子、布》到《有如候鸟》在小说利用上完成的递进。

并非背叛。我尝试以寄居蟹方式存在的散文。小说的肉已被掏空，我利用更结实的盾壳，保护散文，探索更远的路。

散文？小说？还是媾和之物？我想起杜鹃、鹧鸪、白头翁，它们有着共同的美妙之处，既是花木，又是鸟，它们既是植物的名字又是动物的名字，置身生物两界。我不想陷入概念的误区。如同一些动物的命名潦草，是既有概念的拼贴，最后就成了它们的符号。熊猫，既不像熊也不像猫；黄鼠狼，无论和鼠和狼，都扯不上关系。别像流水线上的零件一样合乎规格和概念。只有不像模板上的标准尺寸，文字才能逃脱被复制的命运。

我的电脑里存着诸多准备中的题目，像正在做梦的蛹。我需要合适的温度和湿度，需要充分的安静和安全，慢慢孵化它们。我不猜测谜底，谁知道孵出的，到底是蝴蝶翅膀上的耀斑还是苍蝇鬼祟的复眼。我没有期待中的答案，管它什么性别和种类。何况，羊、鱼、人类乃至恐龙，在最初的胚胎状态，极其相似。

算不上创作态度的洒脱。我也不想掩饰自己的糊涂，我不怕把挣扎、犹豫和混乱带到写作过程之中。对我来说，散文不是结论性的审判，而是一种关于自由的表述，带着我的主观与自相矛盾，带着情绪性的倾诉与对结果的好奇，甚至天然密布自觉与不自觉的谎言。

操千曲而晓声，观千剑而识器。我不太信空谈，我信频繁错误中摸索的道路，我信头破血流后的醒悟。我知道自己是个特点和缺陷同样突出的写作者；或者说，我是一个由缺陷构成特点的写作者。不着急，我慢慢努力，为文字服役，也为行枷减重。

小时候我好奇海螺如何生长。海螺无法一下子推翻自己钙制的墙，也不能吃掉外壳，不能边消化边筑造新的壁垒。它从轴心开始生长，随着长大，海螺就把里面的腔室腾空、封死。海螺不断搬离，只居住在最外面的腔室。写作需要像海螺不断封闭自己曾经的腔室，才能壮大——离开旧舍，才获新生。寄居蟹更是如此，一旦扔下旧壳，就不再回去；我愿自己和自己的散文，都能舍弃旧习，在更大的空间里，既勇敢又怀有怯意地，成长。

布偶猫

1

倒叙，时间回到一年以前。

无须触碰和抚摸，你就能感觉它的柔软，皮毛仿佛经过轻微静电的蓬松处理。这只名叫布布的猫格外温顺，被陌生人以并不舒服的姿势紧拥，布布尽量适应，不叫，不挣扎。它的主人告诉我，布布刚来时只是刚满月的黏人小毛球，天生就擅长自我克制，乖巧，清洁，从不抓坏家具。当我抱着布布离开它所熟悉的环境，它软绵绵地靠在我肩膀上，像只松懈的暖水袋，温热、随形，让人觉得，它根本没有猫科动物的利爪与尖牙。

这正是布偶猫作为宠物受到欢迎的原因。异常安静和友善，松弛柔软像个布娃娃，因此有了这样的得名，它以对疼痛的惊人忍受力著称，甚至外伤和骨折，布偶猫也无表情和呻吟，让人怀疑它真的像布娃娃一样丧失痛感。布偶猫并非迟钝，它艰难消化着自身的不幸，对灾难抱有持久的接受耐心。耐痛的美德，正是布偶猫的独特之处。

布布长得颇有别趣，属于布偶猫里的重点色品种：身体的大部分纯白，脸、耳朵、四肢和尾巴呈现巧克力色的晕染效果……只有匍匐在地、埋下脸部才能同时晕染到这几个部位，好像是它天生会做跪拜的动作。猫，多数都具有杀手那样矫捷的身段和凌厉的眼锋；布偶猫，友善、服从，不喜欢挑衅和威胁。

布布像戴了手套似的两只前爪搭在我肩上，它有时用可爱的小脑袋蹭蹭我，给予我轻易且由衷的信任。布布不知道自己的命运将发生短期改变。它对小主人身上发生的意外，一无所知。

2

黑白相间的 X 光片影像，如同骷髅。

左侧上颌骨可见两处骨质不连续阴影，骨折线锐利。透射线能揭示隐藏在皮层之后的损伤，除此之外，小怜受到的伤害明显。清创之后，她像米其林轮胎广告人那样被重重裹缠，掩盖了头枕部两厘米和额叶外部三厘米的伤口。左侧耳膜穿孔，左眼面临失明，只剩模糊光感，要等瘀肿消除之后再次进行伤情鉴定。手，由于抵挡凶器挫伤，小怜全身多处青紫，血块在皮下组织沉积淤塞，让年仅十九岁的姑娘如此斑驳。病床上的小怜，就像个弄坏的布娃娃被扔在那里。

面对哭泣的父母和质询的警察，小怜沉默。只有一次，她向护士小声求乞打杜冷丁止痛，剩下的，她对自己的伤情不谈不问，似乎成了局外人。案件如何发生，时间、地点和人物究竟怎样，小怜一概没有说明和解释，只是不放心她的猫，叮嘱有人要去照顾布布。小怜是我同学的侄女，因为我既清闲又有养猫经验，寄养布布的任务辗转交给了我。

出事之前，小怜刚刚喂过听话的布布，又奖励给它一条鱼刺。凶器一样的食物，布布惬意地享受上面细密的荆棘，它有这个天赋，可以不让鱼刺划伤自己的咽喉和食道。饱餐后的布布感恩地依偎着主人的脚踝，而小怜独自吃饭，完成寂寞而潦草的消化……布布所依偎的脚踝，离家后不久，遭到棍棒轮番击打。

3

行凶者的名字不是秘密。

猜也猜得出来，是她的男朋友。并非第一次动手，不能用激情犯罪来解释他的恶行。前两次不过皮外伤，遮掩之后就过去了，这回严重。小怜几乎被打瞎眼睛，也许导致某种偏移终身难以得到校正。男友施暴，有时因妒意，有时因琐事。这次，起端于几乎是无聊的争执、积怨和关于分手的谈判。这场历时一年、激情澎湃的恋爱，衔接以可怕的尾声。

开端可谓美好，深情款款，一对璧人。沉浸在彼此的身体和快感里，他们如影随形，男友在黑暗里不断施放雄性的烟花……然后在她体内积累足够的灰烬。他们曾拥有节日般的往昔。幸福敲门的声音轻微而短促，听起来，像被硬甲虫撞了一下……等人满怀欣喜地迎接，它已碾碎在门框之下，带着它幼稚可笑的小翅膀和一腔难以分辨的糊涂的内脏。那只名叫幸福的小昆虫，那么古老，却是一副童话的清新模样，可惜承受不了一只从上面任意踏过的脚——幸福如此不承重，被破坏后的尸体惨不忍睹。

男友来自婚姻畸形的家庭，目睹父亲的暴力，他继承同样的方式来解决冲突。这个下手凶狠的男性符合施暴者的心理特征：强烈占有欲、不安感、冲动以及低自尊。自知罪孽深重、难逃法责，肇事之后，男友跑了。

警方希望小怜提供线索，以便早日将嫌犯捉拿归案。小怜不配合，不提供任何可能，千疮百孔的受害者低头，迟迟不语。可怜的孩子已被恐惧深深笼罩，她蜷起四肢，形同遭受暴力的姿态，回缩成为母腹中脆弱的胎儿。小怜像只脱尽羽毛的越冬鸟，像个被突然定义的孤儿……既不能接受现实，也难以面对未来。

4

我的同学以前发现过小怜的伤痕，强烈建议自己的侄女尽早分手，可小怜为男友辩护。悲剧中有一种诗意的美学，女性容易沉湎其中。散发珠光、宛如少女的小怜甚至是喜欢流泪的，这几乎变成她秘密的消遣；与其说她迷恋爱情，不如说迷恋其中浓烈的悲伤。小怜最初幻想以悲剧女主角的示弱与忍耐，唤起男人的怜爱，她以为暴力是欠账的方式，男友将在未来加倍偿还自己，其实都是错觉。

由柔弱变为懦弱，这是暴力升级的重要原因。男女之间的关系，是通过不断试错、触底才得以确立界限的，小怜一再退让，体罚和伤害成了男友习惯运用的统治手段。这是爱吗？小怜真傻，被伤到剧烈，还要在掩饰中歌唱，仿佛注定是男友的密纹唱片，可以承受他重复中不断的划痛。想不明白，为何小怜对施暴者的依赖如此强烈，以致她很早就散发出一种爱情殡葬品的气息。

终于在异地抓到潜逃者，从警察那里得知的情况让人瞠目结舌。

趁看护人不备，小怜用仅剩的没有受伤的手指头，吃力地给男友发送短信——他们一直有联系！小怜清楚男友的逃跑路线和栖身之所，只是拒不交代。古怪地，她把那看作一种情感出卖，她始终包庇加害自己的罪犯——出于细心的保护，她甚至注意更改通讯录里的名字，用昵称指代男友。小怜密告男友："警察正在调查，追踪你的行迹；现在尽量少联系，先别回来，会被判刑。"

几乎致残的小怜，不希望男友受到法律制裁。当行凶者被绳之以法，小怜不快，并且明显不希望自己解脱。好像寡妇守节一样，小怜坚守着不快——似乎，不快才是她的忠贞。

小怜一次次情愿把自己送回险境，让我想起达尔文在《物种起源》里的描述："许多人都曾经听说过，在活体解剖的时候狗一边忍着痛，一边还舔着手术者的手；只要这个人的心不是石头做的，那么他生命中余下的时光都将带着悔恨。"小怜自己的心理问题，比她的男友更严重。

5

丧失平等，意味着关系的失衡。亲密关系中的暴力并不鲜见，女人通常为主要受害者。从常见的推搡、扇耳光、拳打脚踢，上升到用刑般的灼烫、刺字、皮带抽、棍棒打。在施暴者的观念里，私人领域的肢体冲突并非犯罪，似乎在某种特殊情况下可以偶然逾越界限。

诉诸武力的男人，体现出低智、低能。暴力完成统治，但它同时是失败的证明，证明这个男人无法以魅力或能力等更为简易、经济而有效的手段达至成效，只能用消耗体力的笨重方式，来表达态度。也许对某类男人来说，恰恰由于其他途径的失效，暴力成为被认可的唯一捷径。女人，被操纵中的小玩偶，她的悲戚、恐慌和屈服，对他来说是一种小娱乐——哭红的眼睛，颤抖的肩膀，女人反而具有旦角般的一种妩媚……哀感顽艳的形象让他兴奋，仿佛听到做爱中的叹息。

男性借摧毁，以验证力量。将中西历史向前翻动数页，我们在至今仍被旧习统治的某些区域，或者就在我们切近的身旁，都可以找到普证。然而，部分女性当事者对于暴力的长期忍耐，几乎到了适应角色的程度。

6

有些恋情，一开始就埋下意外却必然的陷阱。受伤的女人啊，她担忧自己还能不能忍住满身的伤痛去拥抱施暴者——像个脱臼的孩子，小心翼翼，用被对方打至弯曲的骨节，去修复这种包含敌意的关系，哪怕，她自己已难承受哪怕温存的抚摸。无数次逃离的机会，她都放弃，选择回到阴影的笼罩之中。用恐惧是不能彻底解释的，因为即使暴君消除，她依然在他的灵位下殉情。毕加索的女人们，就是极端的例证。

朵拉·玛尔曾是颇具才华的摄影家，年轻、聪明，美貌的脸，长得像嘉宝那样带有冷艳的神秘感。当五十四岁的毕加索在咖啡馆遇到迷人的朵拉，惊为天人和艺术创造的缪斯。二十八岁的朵拉从此走入毁灭性的关系，被这位天才狂热的性欲和偶尔的温情所征服，越陷越深，难以自拔。

毕加索创作过一幅最为凶暴的妇女形象，这是以朵拉为原型的《裸体梳妆女》。与此同时，是毕加索对朵拉的殴打，许多次打得她躺在地板上不省人事。事实上，从1939年至1940年间，毕加索的画作有超过三分之二的比例在画畸形扭曲的女人，脸和肢体都被暴力袭击过一样，或是被愤怒所席卷。毕加索羞辱朵拉说："你不美……就是会哭！"于是朵拉放声大哭，毕加索得以继续创作他的《哭泣的女人》，完成一个被撕裂的女性形象。毕加索饶有兴致地旁观情人之间争风吃醋、拳打脚踢，当朵拉被玛丽·泰蕾兹打出满嘴的血，袖手旁观的毕加索更有激情去创作他的巨幅油画，来谴责人类斗争的恐怖。

即使二人恋情结束，朵拉的肉体伤害得以终止，但内心的折磨继续。当毕加索第一次见到朵拉，她正挑战血淋淋的游戏，用刀快速插进张开的指缝里，并果真扎伤了手指；然而，被毕加索抛弃的朵拉，却丧失了复仇与解放自己的勇气。朵拉依然牵挂毕加索："有时她悄悄来到毕加索工作室外张望。一个节日的晚上，她感到很孤单，她知道毕加索到南方去了，却穿着晚礼服，乘出租车又来到那里，她坐在车上，一直待到东方发白，泪流满面。"

朵拉珍惜毕加索留给她的所有，从画作到餐巾纸上随意的涂鸦，从未出售。她把毕加索相赠的房产，建造成一座关于他的纪念馆。朵拉长期住在疗养院，接受包括电击的理疗。当毕加索的至交艾吕雅，征求毕加索的同意后来追求朵拉，想用爱情唤醒朵拉已然丧失殆尽的智慧和微妙的艺术感觉，遭到朵拉的拒绝，因为她说："毕加索之后，只有上帝。"她曾奢望汹涌而专注的爱，失宠的不甘与屈辱，使精神崩溃的朵拉在回忆的废墟中度过残生，穷困潦倒，无名且无人知晓地离世。围绕着毕加索的轨道旋转，像浴缸里旋转的水流，体会如陷幸福感的晕

眩错觉……越迷惑，越快进入脏黑的下水道之中。朵拉被吞噬，
片甲不留。

7

　　当初与朵拉在画室互殴的玛丽·泰蕾兹，也绝非竞争中的
获胜者。1927 年初，还是未成年少女的玛丽·泰蕾兹在火车站
与毕加索相遇，并于数年后为他生下女儿玛雅。因为毕加索有
妇之夫的身份，女儿当时得不到法律的认可。毕加索要求泰蕾
兹每天给他写信，否则，他说"我就会生病的"；毕加索的回信
里满是鲜花、白鸽以及"你是最好的女人""只爱你一个"之类
的甜言蜜语，尽管当时毕加索既有法律上的婚姻，又有公开化
的情人。毕加索的艳遇太多了，他那么殷勤地背叛自己的誓言，
那么坦荡地陷入崭新的狂热。
　　可泰蕾兹必须对毕加索的宠幸和吩咐感激涕零，甚至感恩
戴德。驯服的玛丽·泰蕾兹，盲目遵从毕加索，全部的生活就
是等待着他闲暇时前来看望。在毕加索不出现的日子里，泰蕾
兹锁上一间空房，并且告诫女儿：父亲正在里面工作，不要打
扰。毕加索死后，泰蕾兹在自己与毕加索相识的五十周年纪念
日，上吊自杀。床头，正是一张印有毕加索讣告的旧报。
　　最后一任妻子杰奎琳，外界评说为"唯一能拴住毕加索的
绳子"的女人，在毕加索去世后，她靠服药和酗酒抵抗漫长而
剧烈的煎熬。当走过挂着毕加索肖像的长廊，杰奎琳对着暴君

的遗像表白:"阁下,请吩咐我。"在毕加索去世十三年之后,在他生日纪念这天,过度抑郁的杰奎琳,对准自己的太阳穴开枪自杀,完成了她迟到且终将的殉情。国王可以进行死后的统治,他的奴隶来了。她的亡灵追随并服侍他,在死神铺开的锦榻……继续无尽黑暗中的缱绻,从此不要天明。

8

她们为什么没有成为及时的避难者?多数受害女性是因为没有找到逃生路径,除此之外,有些女性却自愿受到这种危险关系磁极般的吸引。有人语气铿锵地指责家暴受害者,认为她们乏智,咎由自取。一味指责性格缺陷,对她们已构成另外延伸的暴力,我们不妨转移注意力,探讨暴力中的寄生关系。

所谓亲密,首先需要打破间距,这是建立在微妙的侵犯之上才能获得的关系。友谊,所谓深交,是建立在开放基础上的侵犯特权。性,意味着同时进行的肢体亲密与肢体冲突,是由肉体彼此侵犯带来的享乐。婚姻需要分享情爱、家人、财产和秘密,这是法律赋予的正义。夫妻之间讲礼貌,有时出自教养,有时是形式感不那么明确的冷暴力。在私人情感领域,忍受礼貌比忍受粗暴有时更难,粗暴至少说明两者之间特殊的亲近;而礼貌,甚至是以并不婉曲的方式告知,这是仅限于皮毛意义的泛泛之交。

暴力逾越常人之间的秋毫无犯:激进的特权,夸张的表态。

失控的情绪和肢体配合在一起，很像强烈到失控的爱欲。更深入的侵犯，更密切的榫接，更痛楚的咬合，血肉嵌进血肉，齿锋咬紧齿锋……锐利的金属牙，连续运转。暴躁者把情感狂飙到极值，施受双方一旦习惯这种强度，似乎就难以满足日常的平淡——宁静，成了无聊乏味的美化说法，成了不愿分享的可疑自私。

女性受到暴力侵犯之后的反应，通常是震惊、绝望、否认、麻木、退缩、屈服等，她有时难以把愤怒转化为力量。由于自尊，她需要杜撰一套自欺说辞。小怜坚定认为，一切因男友难以处理他的激情，小怜甚至把自己想象为另类的受惠者：他对别人从不这样，只对我，他运用气力去捶打我们之间的关系，从性器到四肢。男友自卑而少安全感：嫉妒，焦虑，害怕被抛弃。当他把小怜置于更自卑、更无安全感的地位上，他才能获得心理平衡。至少，男友怕失去她——小怜感觉自己被需要，她在意和珍惜男友的这份恐惧，由此产生盲目的无畏。小怜顽强体会男友艰难分泌的暖意，其实那里面不完全是爱，也包含占有欲里面的感情敲诈。小怜从施暴者的依赖中辨认所谓的个人价值，听任自己在这段垃圾关系中病菌般，靠霉变的幸福存活。

9

小怜走火入魔，她病态的宽容难以被理解，但就在荒谬之中，依然埋藏着一定合理性。男友暴力宣泄之后，常以悔意、告饶、示好和极尽的柔情来表达依恋——像苦药后的糖，暴力伴随着随后到来的奖励，小怜得到了黑暗过后的节日礼物。男友的苦情戏和苦肉计总是对她特别有效，间接过渡，成为一种控制手段。小怜能否区别：味蕾之上，到底是刀头之蜜还是凶器之腥？

乖孩子的布布，擅长配合的布布，瞳孔宁可在纺锤形和线形之间变化也聋哑般不喊不叫的布布……这只可爱的小母猫，正是来自男友的礼物，作为肢体冲突后的道歉和补偿。布偶猫耐痛，如同示范的榜样。

我们知道，舌骨是长在咽喉部位的小骨头，大型猫科动物的舌骨骨化不完全，所以狮子、老虎、豹子和美洲豹都可以吼叫；小型猫科动物则不能，像布偶猫，它的喉咙，有锁死的锈开关。尽管猫科动物手脚轻捷，擅长杂技和轻功；尽管它以速度见长，可以无声接近，跑起来它的爪子可以锋利像跑鞋上的铁钉；尽管颗粒粗糙的舌头能够刮下肉屑，作为一只宠物，布布更多用它来清理自己的皮毛……如同它既不逃跑，也不攻击，它收起自己的系列绝技和匕首形的犬齿，以超乎寻常的忍耐，乞怜垂青与偏宠。

寄养在我家的阶段，布布听话，加了几分谨慎。它常常毫无声息，在阳台上眯起眼睛晒太阳，皮毛散发丝丝缕缕的光芒。唯一流露捕猎者本性的，是布布对玻璃缸里的鱼感兴趣，专注观察两条鱼单调的游动。

出于责任我喂食换水，可我感觉它们并非生机勃勃，而在无比缓慢地死去。鱼是恒温动物——恒温动物？这个词的意思不如换个说法：永远冰冷。一条鱼白璧无瑕，像得了白化病，通体化学般失真的白，几乎引人生理性的紧张；另一条是玛瑙色，轮毂般生硬的眼球四周也布满斑点，像是剥夺了另一条鱼的所有色彩。饥饿时，两条鱼对任何漂浮物都孜孜以求，尝试吞下对方和自己的排泄物。尤其那条白鱼张开浅肉色、贫血的口腔，总让我隐隐恶心。对两条鱼自身而言，这大概就是相濡以沫的状态。

……他们的吻，深入缠绵，像两条相濡以沫的鱼。迷失在她身体里的穴道，他就像沉船没入她的身体，没入温暖、渊深的洋流之中；她教堂一样的身体里，空旷、幽暗，盛纳着祈祷的烛火，也宽容了那么多罪恶。施暴后的悔意、哀求、痛楚和求饶，他的样子，就像等待原谅的闯祸的孩子，这给她某种美好的错觉，她在宽恕里拥有一种母性的伟大与强大。仿佛是她的命、她的责任，有什么需要终生喂养的，即使痛苦，正像病婴一样在她体内酝酿和分娩。女人的一生被雌激素和孕激素轮流统治。先不说雌激素下的情欲，只谈被侵犯之后的宽恕，形同某种甜美的孕激素……那种暴力，却像入侵子宫的胎儿，享有霸主般的专宠。这是变形的母爱，这是畸形的宽恕错觉，这是在侮辱的强力锻打下产生的歪曲的自我形象重塑……有些女性借以自我欺骗，完成地位和等级的心理翻转。

男女之间，关系微妙，难以进行非黑即白的判断。有时，他对她格外"坏"，以达至控制；有时，她对他格外"好"，以达至控制。就这样，以给予的方式剥夺对方，就像鸟想把天空交给尾鳍，鱼想把海洋交给翅膀，最终死于彼此的慷慨。

10

有些女性可以逃离男性的心理掌控和武力威胁，从而获得新生；但是剩下的一小部分，忍受暴力的时间越长，摆脱的难度就越大，自由之路会变得越来越艰难。她们的反应令人错愕，重复去体验这种身体和内心的疼痛——当施暴者的拳头收拢，女性受害者接力完成对自己的戕害，她们延续自厌与自毁，让自己陷溺于致命的沼泽。如毕加索的朵拉，似乎她自己就该被拳脚教训，就该遭此劫数，命运才有它自洽的逻辑。这样悲剧里的女性，承担苦役和羞辱，变成聋哑的沉默者，甚至变成盲目的崇拜者与歌颂者。

斯德哥尔摩综合征。

1973 年 8 月 23 日，瑞典斯德哥尔摩发生一起银行抢劫案，两男一女三名银行职员被绑为人质。在开始几天里，绑匪对人质的态度粗暴，不提供食物，不让他们洗澡，拿枪口对着他们，动辄威胁要杀死他们。后来，绑匪态度转变，允许人质在屋里随便走动，说话口气相对温和了。这种待遇上的转变，成了斯德哥尔摩综合征产生的必要条件。十天后解救行动成功，但人质和绑匪之间已经产生了亲密的感情。当局吃惊地发现，人质想方设法地保护绑匪，一位获释人质给当时的瑞典首相打电话，积极为绑匪辩护。此案庭审中，人质甚至拒绝作为控方证人出庭。并且其中的女性人质，后来嫁给了其中一个绑匪。

11

　　有种名为蓄奴蚁的蚂蚁，有着它们的放牧业：养蚜虫。蓄奴蚁敲打蚜虫的背以使它分泌蜜露；换言之，蚜虫的甜蜜来自对敲打的忍受。哪里有压迫，哪里就有顺从，以及顺从导致的持续压迫。

　　男人的拳脚或棍棒之下的女性，不是一个与他平等的人，而只是他指端的宠物、胯下的玩物。暴力是一个人在另一个人身上建立的独裁与苛政。互动中，关系才能得以建立或瓦解……然而，对暴力与权威的恐惧、屈服乃至膜拜，是人类的本性。奴性和贱性，沉淀在即使是圣徒的品德底层，这是人性必然的重力。平等之所以难以实现，不仅归咎于外部的社会制度，也是因为我们内心的量尺。耐受型人格，是存在于每个人身上的阴影，也可以说是一种集体性的麻木。

　　受虐者的麻木，他如影随形的适应性，也可以被统治者歌颂为吃苦耐劳、忍辱负重。女性最初被打沉浸在痛楚和屈辱中，假设施虐受虐的固定模式一旦形成，偶尔不打，受虐者释然，反而分泌出一种近于幸福的快感。政治权力也是如此运作，暴政下的人民有时坚信自己过着无比幸福的生活，在习惯性的颤抖和噤言之后，是麻木后近似由衷的歌颂。对她们施暴的国王拥有绝对的豁免权，可以不被追究责任，因为施暴者控制了受害者的经济、人身和头脑里的自由……绝对胁迫，有助受害者产生绝对的依恋。正因他对她们使用的暴力以及间或的关怀，他反而成为英雄——围绕他的圣像，奴隶唱起颂歌。

暴君让臣民生活在残羹般的岁月里。在他的辖域之内，谁也无心再去窃取权杖下被击打得已然变形的真理，也忘记了自由存在的意义。不曾预知自己命运的奴隶，如抒情诗歌的结构分行，她们的骨骼也将在未来折成数段。

12

在艺术圣殿卢浮宫里，两尊著名雕塑被视为镇殿之宝：一尊是维纳斯，另一尊是胜利女神。两者呈现的女性肢体，恰恰都是：半裸且残缺。

维纳斯古典、优雅、高贵，她端庄圣洁的面庞，富有音乐韵律的旋转体态，体现出感官的诗意和内心的美德。胜利女神，英武、雄健、自信，巨大的翅膀迎风展开，给人以饱满的力量感和强烈的动感。两尊雕塑之所以美得令人震撼，是因为它们的残缺如完美凹陷的容器，用来盛纳人类无限的想象。

不过，从男性沙文主义角度，维纳斯和胜利女神正好能够用来满足另外的解读。有些男性坚持认为需要对女性进行必要的修剪，使其更加完美。折断她的胳膊，即使她残疾到不能自理，无妨，至少，她就会变成神秘的维纳斯。如果她强健，她无畏，一次次独自，在被击碎的浪涛前面赢得胜利……哦，既然她已拥有自由到飞的双翼，那么，她应该匹配断头的命运。

对施暴者来说，这是残酷而至美的艺术。对于精神上缺乏独立意识与自由精神的人们，无论是家暴下的柔弱女性，还是强权下的蒙昧人民，都难以从这样的严苛法则里逃脱。

13

回顾毕加索一生的女人，多数无法"善终"。弗朗索瓦斯·吉洛特，唯一主动离开毕加索的女性，绝地重生，是个特例。

弗朗索瓦斯·吉洛特是索邦大学哲学系毕业的才女，热爱文艺与绘画，这个二十多岁的姑娘与六十多岁的毕加索相遇。她说之所以爱上毕加索，"因为这是一场我不想躲过的灾难"。经历了"烟花般绚烂""棒极了"的彼此渴望的生活之后，吉洛特厌倦了"和一座历史纪念碑一起生活"，她带着两个孩子离开了"强悍的怪物"，否则，她感觉自己必被"吞灭"。

毕加索曾说："在我的心中，谁也不会占据真正重要的地位，对我来说，女人就像飘浮在阳光里的尘粒，只需挥动一下扫帚，它们就得飞出门外。"吉洛特的离开令毕加索暴跳如雷，"没有人会离开像我这样的男人"，他断言吉洛特的生命即将枯萎。

吉洛特竭力避免这个结果。她与人合作出版的传记，前卫且成功，披露的内容令毕加索震怒。他要求查禁此书，最后败诉。吉洛特并未成为毕加索的囚徒，她不是艺术家的附属物，而是艺术家本身。她的作品被博物馆收藏，被授予法国最高的艺术奖项，她最后与 20 世纪的另一位天才、小儿麻痹症疫苗的研究先驱、一个美国科学家相伴二十五年，婚姻美满。

吉洛特灵巧地逃离了宠物与弃妇的命运，逃离了猎物与牺牲者的命运……像昏暗中视力更为敏感的猫科动物，她没有迷失方向，她终身追逐属于自己的骄傲。

14

当我把布布交还小怜，已是一年以后。

重新回到自己的家，布布已长成丰腴的美猫。布偶相对其他品种的猫发育缓慢，毛色丰满至少要两岁之后，三年左右它才完全发育成熟。看起来松软无力的布偶猫，如果真正了解自身，它将骄傲于自己是体型最大的猫，并且力量和它的重量一样不可小觑。布布敏捷地跳上数倍于身长的高度，伏在花架上，以平静中略带审慎的眼神，凝望着小怜：一个同样迟育、同样需要对自身价值重估的雌性。

小怜正在整理旧物，手里拿了一个看不出男女性别的破旧娃娃：它有张醉红的心形脸，连酒窝的造型，都是两个对称的白色心形。娃娃肿胀的身体曾经用作枕头，所以它柔软，很容易折叠成不堪的一团塞进塑料袋、垃圾桶或者火堆里。男人的吻热力能够燃烧多久？没关系，火焰能够更快地把一个旧玩偶舔黑。小怜将如何处理玩偶和记忆？总有一天，她会发现自己无须从一个廉价而受损的心形那里获得安慰。

假设我们以跪着的姿势和侏儒跳华尔兹，无论对方是否有张沉醉的脸，无论舞曲是否悠扬，我们对自己的残酷磨损都缺乏意义。从某人怀抱或者某段关系里滑脱，不必遗憾自己是变旧的果实，应该就此享受成熟之妙。

房间里汇聚着四个雌性：小怜、布布、我，还有砧板上的一条鱼。

……雌鱼湿漉漉的，未来的路刺痛，她体验着小人鱼的命运。不仅失去逃到童话里的尾鳍，还被剥落几乎所有的鳞片。即使每个鳞片，都曾是一枚爱的勋章，她也将失去全部的所谓财富。除鳞的鱼，体表可见分割清晰的侧线，像经过某种秘密的切割。我从雌鱼的肚子里掏出肥腴、滑腻的籽。离水之后，这个被驱赶出乐园的女性，圆睁湿亮的眼睛，间杂着血丝，她周身仿佛被丝网捆绑，随时携带着她的牢狱、她的刑具。

宠物布布，弱者小怜，还有刚刚放下刀刃的我，一起享用晚餐。现在，只剩三个。最后那个雌性，抵达终点，被我们的肠胃消化得毫无痕迹。空气中弥散着她体内的一丝微腥，尚未散去，尚未散去。

初洗如婴

"我想知道记忆是你所持之物还是你所失之物。"

——伍迪·艾伦《另一个女人》

边角有些塌陷的黑呢帽，链子银亮的怀表，是爷爷随身不离的两样道具。她记得那只康恩贝怀表的不锈钢硬壳，以及表盘上划分精细的刻度。爷爷早年是私塾先生，后来做过列车车长，因为一次酒后误了货物运输引咎辞职……但酒，一直没戒。

她对爷爷的印象，不是全家福上那个稳重老者。她的回忆，是这个尊崇儒教、善良懦弱的好老头儿，被按在床上打——扫床笤帚打在骨头和皮肉上，交替脆响和闷响。奶奶在那个年代算得上是身材高大的女性，她彪悍地骑跨在自己丈夫身上，使他无法挣脱，抢下来的笤帚躲过挨打者胡乱抵挡的手臂，准确落下。她记得爷爷含混的求饶和呜呜的哭声，眼泪鼻涕，斯文扫地。

爷爷是否记得住侮辱？也许不，否则这样的侮辱不会一再重复。爷爷不长记性，他还是经常醉到不省人事，醒了以后背着家人借钱，用以借酒买醉。在奶奶看来，一个没有记性的人是不值得尊重的。

沉溺于酒精的麻醉之中，也许谈不上什么灵魂之痛或对于伤害的回避，仅仅出于无聊和怠惰。并非不长记性那么简单，加之脑血栓重复发作，曾经知情达理的爷爷逐渐失去了他的记忆。随后几年，他糊涂，迷路，别人找到他的时候，他已衣衫破落地离家数百公里。爷爷不记得自己是谁，他的余生，将置身陌生人之中。直到死，爷爷不认识这个世界上的任何一个人，像初生婴儿，所有的都还回去。

她和奶奶关系不佳，因为她难以消除隐恨，也许内心的冲突源自奶奶对爷爷的家暴。一个失忆者，将失去全部的经纬，包括亲情温柔的捆绑……她无法安慰爷爷，无法缓解他彻骨的孤独。

爷爷去世以后，她被安排和奶奶一个房间，为了陪伴。奶奶入睡后打呼噜，她摇动椅子，希望终止恼人的噪声。奶奶愤恨的骂声在呼噜声里间歇响起。她不回嘴，沉默，然后持续椅子的反抗。咯吱咯吱。咯吱咯吱。奶奶说她必遭天谴。她们的关系从未真正和好。即使多年以后，奶奶亲手给她做过一个红丝绒背心，她依然不适应这种奇怪的暖意，像喝了一杯不凉不烫、温得无感而近于不舒服的水。

她怀念爷爷。帽子，怀表，他的黑条绒外衣，他的庄重和狼狈。她怀疑，失忆者的骨灰更轻，更虚无。

她从小就粗心大意，丢三落四成了习惯。直到成年，她每天花费大量时间，重复寻找那些无聊、单调又必备的日常用品。钥匙。钱包。手机。身份证。入门证。交通卡。每个人都被那么多琐碎的小事物围绕和干扰，甚至是影响和决定。她的手表经常神秘失踪，有的仅仅佩戴几天，还没有习惯表盘上的指针，就需要重新购买了。无数的耳机，无数的眼镜。她时常认错人，对甲称呼乙的名字，把从丙那里借来的东西还给丁。她不具备精细者的精明，这是性格，是命。

事务繁忙，睡眠不足，她轻易找到许多借口来解释自己的健忘。她以前对文字敏感，年少时曾有过目不忘的阶段，能把自己即兴的高考作文背诵得一字不落；现在她字斟句酌地写完一篇散文，过几天就想不起内容——这是轻量级的，几乎算正常反应，她有时竟连题目也想不起来。口语中错乱更多，张冠李戴，指鹿为马。"三心二用。"她说出的成语，即使隐隐感觉不对劲，也不知哪里错了。别人提醒后，她才明白，把"三心二意"和"一心两用"混淆了。她原来被夸奖为笔舌玲珑，现在，写错别字，说错别话。她感觉自己像个涩住的圆珠笔芯，如果不用力划，就不会呈现字迹。

对人对事，"记错了"的尴尬，往往超过"忘记了"的尴尬，所以，有时即使存在模糊的印象，她干脆说自己忘了。慢慢地，她巩固她的遗忘。

最初她并未慌张。爷爷只是个偶然事件，即使父亲如出一辙地重复家族性的健忘和抑郁，或许是他长期责任感缺乏造成的问题，她并不消沉。她虽然糊涂混乱，但对未来指向精确，像修表匠手下飞快拧动的指针。她不信，或说不愿，自己被套上魔咒。

随后发生的两件事，让她惊恐。

一次笔友聚会。不过是四个人的小场子，其中有个久闻其名、从未谋面的朋友。咖啡香缭绕、弥散，聊了整整一个下午，宾主尽欢。随后大家转场去餐厅吃饭。她去卫生间洗了下手，回到雅室，看到又赶来两位认识的作家。正在研究菜谱、商量点餐的几个人都熟悉，但，那个陌生客是谁呢？看似关系熟络，没有人感觉需要为她介绍。她若无其事，貌似对答如流，其实是在脑子里吃力地寻找线索。直到，陌生客的名字被他人称呼，她内心一凉。这个新朋友，她通过一个下午的了解如遇知己，仅仅数分钟离开视线，她不认识他了……竟然，雁过寒潭，了无痕迹。

另外一次的经历，更让她害怕。把车泊到停车场，她在一家北欧风格的家具店闲逛，买了小鸟造型的铁艺烛台。她在展厅里转着转着，毫无征兆，她想不起自己的家是什么风格的。家在哪个方向，是什么样子呢？她手里攥着一块不知什么时候拿上的织物，毛巾还是枕垫？她尝试辨识里面由红蓝两色编织的雪花图案。瞬间，她丧失了时空的衡量。可能过了三五分钟，或者更长时间，她震惊地发现，她不知道自己是谁，叫什么名字，从哪里来、到哪里去。时间一分一秒地过去，顾客穿梭，无人知晓她脚下的基座已被抽空，整个人沦陷到虚无里。她说不出话，不知怎么自救，每一根落下来的秒针都像压死骆驼的稻草，让她有窒息之感。展厅里造型古怪的灯，照耀着那些空旷的沙发和寝具，其中有张黑色的床。她的行为能力降至为零。很久之后，逻辑能力才有所恢复，她打开双肩背包，寻找携带的证据。小偷般的手在黑暗里摸索，尚未触碰到证件包的拉链……突然，她的障碍消失了。家庭关系和社会角色，重新像编织细密的蛛丝，把她捆绑到半空之中。

她专程去医院请教，大夫说这叫"人格解体"，但她心生疑惑。她并未产生扭曲的知觉，没有置身梦魇的失真感，她甚至并不承认渗透已久的焦虑。只是瞬间从皮壳中脱落，成为无所佑护的孤魂——她无法解释，这种短暂的解离性失忆。

想起祖辈和父辈日渐茫然的眼神，她开始怀疑，自己正是下一任的继承者——阿尔茨海默病，将在她身上表现出越来越明显的征兆。

别人以为她八面玲珑，其实她从未克服社交不适，尤其健忘缺陷日益严重的情况下，她辞去了编辑职务。接触的人越来越少，与此同时，手机通讯录里不认识的名字越来越多——她经常像面对外语一样，破译那些陌生的笔画。这让她产生隐秘而强烈的不安。她害怕的方式，同时也是害羞的方式。她尽量隐居，不提供让别人指责自己傲慢的机会。曾以尖牙利嘴著称，现在由于脑细胞的运转速度降低，她乔装宽厚的微笑。

雪崩终会来临吗？固如山峰的冰川倘若融化，她的记忆是否会变成一片冰冷的汪洋？

她陪同学去看望他的父亲，一个资深的电影导演。

老导演曾经指导演员如何通过表情和肢体，传达丰富的信息；现在无能为力，他有一张"面具脸"。如果患上阿尔茨海默病，平常说话不多、表情平淡的人开始不易被察觉，可假如平日性情活泼，对比就会明显。他们少言寡语，表情木讷，常走动的人能够勉强认识，不常走动的人根本想不起名字。

同学最早发现父亲的病症，是在堂弟的婚礼上。父亲代表长辈发言，他事先准备了讲话提纲，可他发现段落之间有许多怪字，不认识，不知道怎么念；父亲放下手里的稿子，说得不知所云。从此，他怕面对难堪的处境，开始沉默寡言。阿尔茨海默病患者常伴有抑郁，这是如影随形的。

病程一般三到六年，但老导演就像他迅速消瘦的体形一样，数月间发展变化很快。他分不出冷暖，记不住家里厕所的位置，他不知道自己生活在哪一年，也说不出带有转折的复句……然后是一句完整话都说不出来，然后只剩下几个词，然后过渡到几个发音。

洗澡时，老导演用手遮挡着自己，不让别人碰触他的身体。

最开始他易怒，有攻击性，他感觉烦躁和恶心。渐渐，他从暴脾气变成唯唯诺诺，眼神里全是弱势的哀求。医生越努力改善脑供血的不足，老导演越嗜睡。同学虽然觉得自己的父亲可怜，可宁愿父亲维持在这种状态里。因为治疗过程数次受挫，他服药后有时呓语，神经错乱，偶尔化学反应引起亢奋，见到陌生人会打。老导演向来以自持自律为傲，一生体面，却在一次试药过程中变成新花痴和老流氓，热衷以猥亵的动作调戏护士。等老导演的智力和体能速降，家人反而松了口气。她的同学被迫承认事实，父亲的病程不可逆，没救，没有奇迹。药物的作用并非治疗，而是抑制症状的恶化，让它减缓发展，让它相对停滞。所谓"治疗"，似乎针对的是尊严而不是身体。

每个人的成长都像树一样储藏自己的年轮。老导演彻底忘了，忘了春盛秋枯，忘了循序渐进的时间……那些本来易于分辨的年轮，变得像地图等高线一样弯曲变形，他忘记了它们隐约的数目。

半年后，同学告诉她，老导演彻底失去了打理自己的能力。为父亲洗澡的时候，父亲衰老的肌肤浸泡在热水里变成奇怪的粉红色，令他想起晚餐时的鲑鱼。鲑鱼一如树木，它的身体也纹刻清晰的肌理，像是旋涡状的年轮。当鲑鱼呈现艳异的粉红色，它将溯流而上，靠近它童年的栖居地，靠近它临终的死亡。

———
忘了春盛秋枯，忘了循序渐进的时间……那些本来易于分辨的年轮，变得像地图等高线一样弯曲变形，他忘记了它们隐约的数目。

她想，遗忘并非专属老年的问题，它可能是一生的忠诚伴侣。

　　媒体报道夏天的不幸，被遗忘在汽车里的孩子死亡，他们体表变色、灼伤、溃烂、脱皮，器官自溶——玻璃上印着挣扎的手印，座椅上留着扯下的头发和失控的排泄物，幼小的尸体承受过最后的煎熬。孩子的父母因此遭受强烈的舆论谴责与剧烈的内心折磨。是啊，多么粗心、多么不负责任的人才能制造这样的疏忽。致命的分心，简直是犯罪。

　　然而，调查结果，令人难过。这些被视同作恶的失职者，在意外发生之前，同样是温暖、耐心、慈爱甚至是近乎完美的父母。各种阶层、种族、年龄、职业的人都可能发生这样的悲剧，一次偶然的遗忘，足以将他们的余生推入内疚的深渊。

　　心理学家用模型来解释，灾难何以穿越重重防御机制发生，就像数片摞起的奶酪，不幸在于：奶酪上的孔洞巧合地重叠在一起。数小时遗忘，是因为父母以为孩子正安然地待在幼儿园或其他某个地方，就像我们上班时日常处理电话、文档、报表甚至安排娱乐活动那么安心，不知道自己的家门没有锁好，不知道贼会乘虚而入，不知道一生的财宝已被窃取，永不复还。

　　对健忘症患者来说，也许危险并未增加。比如她很怕拿公章、票据、证件之类的要物，怕那些需要细心或牢记才能做好的事情。由于不自信，她频繁质疑自己的能力，宁愿绕行，希望借此避开祸患。像猫掩盖自己的尿骚一样，她羞惭，试图掩盖自己昭然若揭的糊涂。她得承认自己害怕，因为不知道什么时候，暮色中的钟声突然敲响，伴随而来的，是绝望无边的黑暗。

　　我们之所以选择性地记忆，因为无法逾越我们选择性的感知。人类的眼睛只能看到百分之三十的光线，动物可以看到更丰富的。我们根本不知道冰山之下还有更大的冰山，甚至是想象也不能抵达。几乎是在沉睡状态，我们危险地漂移在生活的表层。

　　她难以开口谈论隐忧，没有谁会信，她看起来的状态与她所描述的，大相径庭。那么，病症究竟是生理事实还是她的精神臆想？趋势会渐渐严重吗？还是说，她的大脑只有某个区域受损，只要绕过盲区和禁区，一切无碍，她可以安享自己有尊严的晚年？

　　也许问题并非家庭遗传。她十五岁时误服药物，端起满杯开水准备饮用时晕倒，造成颜面烫伤——醒来时发现她自己坐在冰冷的水泥地面上，不知道发生了什么，不知道短短几分钟的失忆从此影响一生。此后，由于各种各样的问题，她经历数次全麻手术，其中一次，术后呼吸暂停。导致她忘记了许多名词：话梅、暖水瓶、拖鞋。她只能描述它们的功用，却想不起名称。名词，鱼鳞一样的名词细密地覆盖了世界……她看到的却是其中的斑驳。她用了整整八个月，勉强康复。对了，她有情绪抑郁的问题，一直没有根治。还有严重的慢性中耳炎问题，发病时她必须侧躺，头颅里就像一枚倒扣的钟被铜舌持续碰撞，带给她内置的难以消除的震荡。大夫说她需要经常体检，以防颅内生长胆脂瘤。抑或，无他，只是流感、发烧之类的小问题给她带来的大麻烦？人的体温通常保持在三十七度左右，体温过高过低，神智就会错乱。看，我们的脑子必须储藏在恒温的育婴箱里。温差、撞击、感染，都会使它致命地损毁。

脑部解剖面有着难以计数的生僻术语：枕叶、颞肌、皮质与并骶小体的联结纤维组织。她印象深的，是那个优美而神秘的命名：海马体。海马体主要承担短期记忆的功能，若遭到损坏，就会导致健忘症和学习能力的下降。她想象自己受损后的海马体，蜷起害羞的尾环，由此给她带来种种阻碍。

怎么解决呢？科学家一方面承认它的不可逆转，一方面又给出积极的应对策略，比如注意饮食、加强锻炼、学习外语、绘画或者听音乐。听起来，健康、明亮、大有希望……又那么，隔靴搔痒，画饼充饥。

她坚持每天食用坚果，据说可提升记忆。核桃状如脑部模型，她怀疑这种所谓的食补，近于仿生学意义上的原始信念。不过，宁信其有，如果消除了那些核桃般的褶皱，她的头脑，就会像被磨平图案的硬币一样失去价值吧？她更偏爱杏仁，清凉微苦，就像记忆本身的味道。她不习惯整个地吃掉那个坚硬、象形的心形；她喜欢像嗑瓜子一样，轻轻的咬力作用在杏仁的顶端……让它变成两扇对称打开的袖珍门。

她太懒惰，缺乏耐心，难以获得坚持才能取得的成绩。体育锻炼、掌握外语都需要滴水穿石的功夫，绘画更需要基础训练的漫长铺垫，不在她的耐力之内。她倒是尝试，去接受音乐洗礼，希望旋律的流水能洗去记忆鹅卵石上的沙砾，使它们得以干净地呈现。她对音乐一窍不通，所谓欣赏，不过是文盲见到了繁体字。庞大的交响乐团，或低婉，如泣如诉，或在高亢的混响里达至辉煌。那是个富有天赋的女性指挥，削紧的黑色礼服，双臂修长……她有燕子般自由灵动的翅翼，仿佛可以数年盘旋，甚至睡眠也悬浮在半空。指挥家镰刀般的双臂下，有无限的丰收。而她，不再是一粒包浆充盈的籽实，时间正抽干往昔的积累。她接受了，那种平静的无望。某个美国作曲家说过："即使是最野心勃勃的大师之作，它最核心的任务，依然是将你带回一个脆弱的、仅属于你自己的瞬间。"

她每年花大量时间旅行。异国他乡，永远置身陌生人群。她有时抱有美好而积极的设想：爷爷当年的频繁走失对他自己来说，并非危险，如同旅行，只是好奇之下的冒险，是对个人处境的逃离，是对难堪窘境的解脱——因为，在不熟悉的地方迷路属正常现象，不会被当作病人；异域的语言神秘而复杂，无法沟通、交流，失语者的障碍也是自然的，不会引以为异。一个旅行者，可以任性，可以自由。

在里约热内卢，狂欢的桑巴，到处是炸溅的斑斓色彩，她有若置身于一个放大的万花筒之中。人们脸上的油彩与面具，闪耀的胸乳、蓬勃的大腿和电力充沛的臀部，热烈的情色几乎把人淹没。

在洛杉矶的海岸，巨鲸沉潜，需要从暗色的涡流或浪脊中加以区别。那礁岩般结实宽阔的体魄，就隐现在闪烁的波纹之间，偶尔露出深黑的背脊，或喷出澎湃的水柱。由于鲸鱼伟大的谦逊，她能看到隐约的部分非常有限，但惊心动魄的想象依然令她沉醉。

在加德满都河谷，巴德岗神庙上瑰丽的木雕与漆彩。那里的人民对宗教怀有汹涌的情感，传说他们用收集的露水修建庙宇。那里的人们皮肤黧黑、眼睛渊深，那里的流浪狗皮毛肮脏，却可以在游客稠密之处安眠，在人群错乱的脚步和泥坯色的阳光中松弛地裸露自己的腹部。独木庙，帕坦皇宫，达拉哈拉塔……那些优美的古迹竟然在她参观不久就毁于一场地震，成为坍塌的废墟。

还有，卡萨布兰卡，一个随着阳光而改变面容的城市：阳光下，通透明亮，风情妖娆；阴影里，满是尘垢的沧桑。路途奔波，她枕着陌生的枕头入眠，黑夜巨大，像遥远的童年那样包裹着她。她严重失眠，好像仍然置身于集市上那些叫卖地毯、布匹、琥珀、香料、尖脚拖鞋和金属灯具的阿拉伯商人之中。似乎，鼓点延续，有个敲钟的盲人阻止了梦境。

……街上陆续有喇叭的短促声响，贯穿的人声，像在宣告或祈祷。掺杂着欢快的乐曲，高高低低的音阶。车辆驰过，有的在她的左侧，有的在她的右侧，交响嘹亮。车轮摩擦的声音，是破旧而松弛的交通工具碾过颠簸路面。一声喇叭被另一声喇叭追随、修正，这里响一下，那里响一下……她想象街上的萤火虫之夜。然后是狗叫，昏昏沉沉睡去已久的狗兴奋起来，还是这里一声，那里一声。皮毛松散、身姿曼妙的流浪猫，在汽车底盘的庇护下无声地醒来，伸开柔软的懒腰，埋藏在肉趾之间弦月般的爪钩暴露出来。狗吠不停，穿插在人声和车声里。平底锅上的黎明，像煎蛋一样慢慢热起来。然后是轰鸣，年轻而嚣张的摩托车呼啸而来。她利用窗口的微光，看到表盘反射出的指针：四点二十五分。她以为，城市只有六点半以后才会出现的喧嚣，没想到五点不到，就这么热闹。她感觉疲惫，与这个分贝剧烈的世界格格不入。为什么如此热闹？她隐约想起白天的短信，尽管隔着辽阔的欧亚大陆，她依然屡屡收到祖国传来的商场营销短信，用看似温馨的套语，提醒这是感恩节：一个重要的购物理由。她混沌，想当地穆斯林居多，为什么感恩节如此受到重视？是否居留此地的什么后裔，在遥远之地延续着他们的传统？摩洛哥有一些天主教堂，经常聚集虔诚的信徒。她想到教堂，想到悬置高处的钟舌……忽然，周围一切就像个聋哑者那样安静下来。随后的世界又像翻卷的潮汐，重新裹挟着它的声响，涌上她的床边和梦境……不重要，她睡着了。

第二天她才从导游那里得知，热闹并非来自宗教节日，只是世俗的欢乐。这只是摩洛哥人的风俗习惯，他们半夜结婚，在纹路好看的特雅木镜框前不断梳妆的新娘要换满七套衣服，欢宴持续到黎明，人们才会散去。想象中是神圣肃穆，其实是新人即将开始缱绻的淫乐。

作为游客，她难以对他人抱有哪怕是短暂的正确理解，依据记忆所积累的知识可能带来误导。人生，亦如此。当她坐在火车座位的一侧，从窗口窥望，景色飞驰，掠过她的视线和记忆。她能记住那些影像吗？记得一棵果树因丰收而发光，或者一个发疯少年正沉默执斧，无论带给她怎样的触动，意义也难免薄弱。不论禁受着怎样盛大的节日或灾难，对他人来说，只是相当于，一个困倦游客所目睹的、终将遗忘的风景。

人生如旅行，终会忘记一切。她想，包括至美的幻境和剧烈的羞耻。

荒谬的是，她甚至被朋友和亲人，误解为是一个记忆出色的人。她忘记她的财产，被误解为慷慨；她忘记她的仇恨，被误解为宽容。何况，还有白纸黑字的证据：她写下的文字，具有一些能带来现场还原感的细节。

她热爱写作，从未放弃初衷。她最初的职业是编辑，写东西纯属业余。朋友鼓励她说："业余和专业怎么区分？达至水准的就是专业。"然而，这使得她在后来获得了专业作家的身份之后，依然强烈感受到自己的业余。每每听闻作家逸事，她发现他们可以通过放纵或者贞烈的生活方式来保持写作的极端品质，甚至在同一个人身上保持分裂的两极……在对峙的张力中，他们拥有瀑布般席卷的想象力，既美又暴力，没有什么可以将之阻挡。以她的才智和勇气，只够，勉强支撑到平庸。但她心怀感恩和忠诚，执着于童年至今都模糊不明却依然难以放弃的目标。

辨别事物，有时靠记忆，有时靠想象，而想象是在记忆力的基础上形成的……她明白她的缺陷。她小心翼翼地敲击一个又一个的词，直到它们的蛋壳上出现细小的裂隙。那些精美因她而破裂的纹路，是属于她的创造，属于她的偶然性的奇迹。依靠写作，她才拥有那些时刻，才得以模拟那些瞬间而非凡的记忆。

她记得天上的云，如同无垠的北极冰层，堆云之术如何达至技艺的绝境。她记得夜空满天的霜晶，迁徙的飞鸟日夜兼程。她记得南方小镇，穿睡衣的女子梦游般穿过自己的八月。她记得那些覆满松林的无人山坡，起风时让人嗅到一种冷香。她记得自己在大雨中泡温泉，她无须逃避任何来自天空的击打。尽情的雨在水面砸出小小的凹坑，而打在泡池的水泥台子上，则是另一番状态：底部是平的，四周溅起小小的棘刺，就像饮下尽情的酒，却把起开的啤酒瓶盖子翻过来摆满平台……感觉自己方生方死、一醉方休，她记得。

即使与奶奶关系不睦，她依然记得关于奶奶的生活细节。蒸馒头时，奶奶总在锅里放一片摔破的碗瓷。那片瓷发出轻微的响声，这样可以避免蒸锅耗尽水而不被察觉。她不知道自己和记忆什么时候会被蒸干，但只要细节的瓷片一直响着，她的头脑里就弥漫云蒸霞蔚的水汽。出于自救，她不断捕捉那些一闪即逝的细节。

很奇怪，她偶尔记住的内容是如此零乱，几乎难以追踪往昔的线索。她最早忘记的是结构，是逻辑，是关系的骨架。比如，她会忘记和谁、在哪里、什么时间，在一起共享晚餐，但是她会记得铁板烧被厨师浇上醇酒，火焰像只狂怒的马升腾而起。她将进入一个丧失逻辑关系的世界里。全是碎片，她认不出它们曾经属于怎样的整体。

对她来说，保持记忆唯一的办法，是逐字逐句地记录。甚至照片为证都是失效的，因为她想不起合影者，背景也像是照相馆幕布上的虚设。她的秘密武器，是笔纸。别人以为她随身携带记录本是刻苦，其实是失忆者的防范和弥补，是一种过度掩饰。效果倒是显著，她看起来比常人更缜密、更疏而不漏……可离开记录的本册，她回忆不起具体的地名，复述不了大致的行程。

一方面，写作确实是有效的支撑，她欣赏过的风景、见识过的人以及由此涌起的悲欢，过不了多久她就会忘掉，可只要她写过与此有关的文字，哪怕是应景之作，都能提供刻在树干上的线索，让猎人不致在密林中走失，让沉沦大地重新浮现汪洋中的岛屿。另一方面，她不知自己到最后拿什么抵挡。因为，字词也开始了背叛。她喜欢阅读，那些书籍被她贪婪地捕食，很快成为狼藉的猎物，再后来就像被微生物消灭一样无踪无迹——有时到了一本书的结尾，她才羞愧地发现，这是自己的旧日读物。

有一次，边读边写，她在书桌上睡着了。仿佛，所有的秒针都停滞。凄迷的紫丁香般的梦境，从细碎的花枝间散发出浓烈却易逝的气息。她梦到一个占卜者，说着玄虚的语词；翻开对方的手心，那人竟没有一线掌纹，比婴儿更恐怖的纯洁展现眼前。醒来她立即感觉到冷，并且像做了整夜的梦那样，头昏沉沉的，像玻璃罐里塞满了石头。刚才所见，真实得不像幻觉，她看见自己的掌心布满纷乱的渔网状纹路。这便是树木的纹刻、鲑鱼体内的曲线吗？岁月潜藏，她不知自己将葬身于哪道掌纹之中。

有人说，健忘是好的。就像个魔法雪橇，什么恩怨的沟坎都被掩盖，速滑速降在陡崖，既有恐惧，也有快感。时间抹平沟壑，抹平她核桃般褶皱里所储存的那些词，那些精微的感知……一切，光滑、寒冷，像冰层，像镜面和锋刃，没有什么往事的棘刺能勾住她，摩擦系数变得越来越低，她从万事万物的表层滑过。

没有仇恨，没有积怨。有一次她去讲课，下面有张依稀仿佛的脸，她有印象，可是观察和搜索过后，一无所获。她只好不断微笑，显示出抱歉之下的殷勤。直到交流结束，那人上来问候，自报家门和出处，她才恍然，这是个攀龙附凤的钻营者，写作水准乏善可陈，擅长动用上层关系压制编辑以谋求发表，做人行事为她不齿。她轻蔑且愠怒，曾当着他本人直言不讳，并在内心誓不与此人交往。谁知事隔不久，她荒谬到主动示好。

有位哲学家认为："人的行为是由他们的记忆决定的。社会出于对自己的保护，必须使其公民通过希望和恐惧建立起社会秩序和合作的理念。"她羡慕那些受到记忆管教和盘剥的人，她愿意为昨天交纳高额的利息……但命运，要给她一个虽破碎却勉强成形的未来，还有一份因丧失痛感而带来的另类的自由。

是啊，"记忆是一种相聚的方式"，如果某天彻底失去记忆，她将失去约束，也失去她用一生时间慢慢累积的亲人和敌人。

遗忘带来打击，也象征安慰。记忆的砂纸打磨，多少铭心刻骨的爱恨都变得粗糙而模糊。从某种意义上说，记忆流失，是上苍给予人类的一份特殊礼物，它作用于摆脱那些易于让人沉陷的苦恼、哀怨、痛楚和仇恨——如果记忆不被磨损，这些不快将如影随形，烙印终生。毕竟，幸福在人生中所占的比例微小，更多时候我们被失意、疾病和灾难主宰。忘记了，能否就此不必偿还往昔的债务，负担瞬间清零？没有储存受挫的经验和教训，忘记了"害怕"，是否谁都勇敢无畏，人人皆英雄，刀山火海如履平地？不过，记忆真的提供了那么确凿的保障吗？不错，它是重要的储藏器，可它同样也是个容易变形的容器。某些时刻，有了记忆，我们反而丧失真相。几个记忆卓越的人回想同一桩事却大相径庭，甚至南辕北辙。每个人都言之凿凿，笃定别人撒谎。记忆天然地带有个人偏见，各自的利益和立场，不动声色地渗透进去，从而导致真相的歪曲和迷失。

小时候，她喜欢挤压塑料包装膜上均匀分布的气泡，指端压力下，破裂的小小气囊噼啪作响。她所存储的记忆将被时间压榨，被磨损或摧毁，她的人生将失去减震般的呵护。不过，无论悲观者还是乐观者，多多少少都有自毁倾向，以期缓解和逐渐适应死亡的冲击。所以人们在过程中不断寻找理由，失落的亲情、受挫的爱情、背叛的友情……受够了这些，就可以释然于最后的劫掠。人人终将陷入遗忘，像服用退烧药之后陷入安详的睡眠，化学分子作用于生物原子，物质、情绪、幻象、梦境以及凝结的种种记忆，都被分解。她想，死神之所以不等于魔鬼，是因为他比魔鬼严肃、公正，也比魔鬼更日常。无论忘情水还是孟婆汤，抹除前生记忆，死神最后把所有人都变成阿尔茨海默病患者。

忘掉表达，忘掉爱恨达至忘情，她能否获得唯婴孩才能体会的澄澈？无善无恶，无概念的困扰；无喜无悲，无利益的纠缠；无生无死，飘浮在冥河，飘浮在丧失坐标系的虚空之中……她是老胎儿，浑身布满新生的皱褶。往事中的羞耻或荣耀，将葬入马里亚纳海沟那样不可打捞的深处。每个清晨醒来，都是全新世界，像爱情中即将遇到的那个人。

2012 年 9 月，大卫·希尔菲克被确诊为阿尔茨海默病患者，这位退休医生兼作家开始记录患病后发生的一切。博客题为"看着灯光熄灭"，他以此形容逐渐丧失心智的过程；然而，他希望为数百万处于黑暗中的人指引方向。乐观得令人惊讶，因为大卫认为自己由此开始了"有生以来最为快乐和幸福的时光"。

在确诊之前，大卫沿着同样路线，重复同样事情，却丝毫不记得。他曾以为这是"离奇的记忆丧失事件"，仅仅因为上了年纪，并未予以重视。直到两年半以后，他知道自己成了阿尔茨海默病患者。所有事情都在崩塌。他看不懂自己亲手制作的表格，经常遗失钱包，在一次认知测试中没能画出立方体，有一次他在离家只有三十米的地方迷路，靠路牌和询问行人才得以返回。从卧室到厨房贴满蓝色纸条，上面记录着大卫不想忘记的事情。

"我们倾向于对老年痴呆症感到害怕，或是自觉尴尬……我们视其为生命的终点，而非一个阶段，一个给我们机会去成长、学习和去爱人的阶段。"谈吐依然迷人的大卫说，"如果我活在未来，这是痛苦的疾病；但如果我活在当下，却不是。"

大卫失去了"自我"，却开始享受生活。"我可以'出离自己'了，这是一个巨大的礼物。"他说，"跟佛教的'无我'是一样的，我们所认为的自己是不断改变的。坚持自己让人受罪，拥抱变化却开启了光明。"大卫·希尔菲克不知道自己还能活多久，但他试着以全新角度来理解放手，接受频繁犯错的自己，并学会对付可怕的无助感。

……读到这样的励志故事总是令人鼓舞。

她曾经幻想自己的晚年，能够拥有写作者寒意凛冽的笔。如果命运答案出乎意外，如果和大卫一样，她能够因为长期的心理准备而从容吗？因受挫而厌弃自己，还是深怀感恩地接受陌生的成长？她可以更豁达吗，忘记怨恨，就像把雨水葬进河流？她喜欢喝棕色的饮料：浓茶、咖啡、热巧克力；她喜欢口感跨界的食材：笋、蘑菇、茄子；她恐惧蛇的形象：一种全身密布关节的动物；她敬畏烟花，仿佛那是神明放大的彩色瞳孔……随着病程变化，她在丧失学习能力的同时，也会忘记如影随形的习惯吗？至少，未来让她好奇，这已算作对今天的贡献。

一生无论怎样壮烈或优雅，终点，不过是一支烟弹下的骨灰。她看到一个肉体被蚀空的昆虫外壳挂在悬动的蛛丝末端，被风吹拂，像打秋千的小亡灵……一切皆空，它说它看见真理耀目的条纹。

她父亲的视力急剧下降，分不出黄昏之后的台阶，分不出河水中鳞色灰暗的鱼。开始误诊为白内障，其实是青光眼，眼压增高导致的种种问题。他所看到的世界越来越狭窄，如同他所记忆的内容越来越遥远。某天，父亲心情大好，竟然跑到楼下参加象棋比赛，他自信掌握所有的规则和计谋——结果当然尴尬，握着圆润的棋子一味沉吟，他不敢招数简单的初学者。好在，他能够迅速忘记不快，记忆的粗筛，漏下他生命里的宝石和砖砾。

未必是阿尔茨海默病，医学检查只是支持智力和记忆衰减的猜测，父亲的颅内区域出现明显腔梗；或者更悲观地说，不仅是阿尔茨海默病的问题，老年带来了综合的麻烦。鲜衣怒马的少年，能够匹配上驰骋的未来；对一个年迈者来说，世界充满频繁的敌意。

为了掩饰沮丧，父亲的脾气变得急躁、易怒；但他失神的时候越来越多。除了日常服药，新鲜事物的刺激也有助大脑运转，当她发现旅游中父亲的活跃思维，她每隔一段时间，就会安排父母出行。即使衰老掠走体能，记忆逐渐闭合，她希望父母能够克服重重障碍，晚年过得平顺安详。

置身异地，母亲和她最担心的，是父亲万一走失。她们不会让他远离视线。防范之下，有一次父亲也险些迷路，他自己毫无慌张，闲庭信步。如同，当年的爷爷。有一次，她发现父亲的额头撞出硕大、青瘀的肿包，手背尚在流血，他自己并未留意，也不知道是什么时候造成这些伤痕。

她想起自己的童年。蒙住脸，把额头抵在粗糙纵裂的树干上，开始倒数。在她看不见的背后，小伙伴们陆续藏匿，直至，在她回望的时刻全部消失。寻找的道路，她既兴奋又慌张……她不畏惧，即使暮色正在降临，巨兽正在打开饥饿的肠胃。但愿自己和家人，在降临的暮色中不会失去曾经的勇气。

人间流徙，还有什么可供感慨？情到绝处，不留后路，不留令人唏嘘的归宿。

事实上，她自己也曾在只有一条主街的彼得堡迷路。她不急于寻找归途，随意走进路边一间餐馆。意外的相遇：那是著名之地，诗人普希金在这里喝下生命里最后一杯咖啡，他随后被决斗的子弹击中。室内设计复古，氛围低沉，墙面暗红，有一股暗杀的味道。播放的音乐，是歌剧里高亢的咏叹调。

她暂时想不起酒店的名称，没关系，这使她获得理由，可以不慌不忙品尝餐馆里的鱼子酱。橘黄色，黏着成团状，带有失真的化学色泽和质感。用舌头和上颚压碎，既脆弱又坚韧的鱼卵，爆涌出微甜、微咸、微腥的味道。几乎带来进食中的游戏感，那些颗粒释放一股股细小的暖流。她记得住饱满卵粒在齿间的破裂，却无法得知那条在溪流间闪耀鳞光的鱼。她将被滞留，在精心酝酿的未来被一天天摧毁却由此得到快意的这个瞬间。

　　她慢慢地喝着一杯含有气泡的饮料。泡沫破碎：明天、梦想、机会、健康……好在，什么也不多，什么也不少。一切，如溯流之鱼，重归亲切又生疏的远方。决斗的枪声尚未响起，命运的刺客还在途中。

恶念丛生

1

　　怕走夜路。我发现，黑暗所具备的最大恐吓力量，在于它消除了所有事物的界限。这是每个孩子从童年起就建立的基础认识：夜晚是危险的。路上的沟壑、狼的齿锋、坏人手里的利器，什么都可能被黑暗遮藏，我们会因什么突然丧命。

　　从梵净山下来，我需要从贵州的铜仁赶往玉屏乘坐半夜的火车。为了不在候车室滞留太久，我们深夜出发。车程漫长，月影映照着绵延中的山影，气象孤寒。我坐在副驾驶位置，看表，深夜两点半。除了车轮摩擦地面的碎细之声，窗外是辽阔的寂静。

一片浓黑。就在这时，在车灯照亮前方的光柱里，赫然出现一个行走的男人。看似中年，头发蓬乱，他怒目圆睁地在绝对黑暗的马路中间向我们迎面走来，手里提着棍棒。我心一惊，后脑发麻：完了，遇到坏人了。

2

我们无法终生浸泡在有营养的童话里，必然遇到这个词：坏人。在故事中，它是一个充满阴影和凶险的词；等它从书里笔画简单的两个字，变成生活中一张具体的脸，我们的童年甚至生命会因此宣告终结。对坏人的识别和抵抗，是我们一生中需要艰难学习的功课；然而，每当坏人真正出现，却让我们前功尽弃。

在这偏远山区的深夜，猝不及防，遭遇独行者那叵测的脸。我忍不住惊叫了一声，他有种越来越靠近的狰狞！当地送行的司机处变不惊，语气平静地揭晓了答案。不是偶遇，此人每天都行走在漆黑夜路上。这个业余值勤的人，曾被辞退，持续的受挫使他患有越来越重的精神疾病，于是他每每夜巡，想抓住某个迫害他的坏人。

寂无一语的独行侠并不闪躲，我们的汽车只好绕道而行。我回过头，他的身影就像落入深潭那样消失在浓稠的黑暗里；而他想象的坏人，在更深的暗处。

3

　　我的成长环境近于真空，很少接触原本必要的细菌，想不起自己直面过什么坏人。

　　印象深的，一次是上小学时，老师在全校大会上宣布失踪了一位同学。数天后我们得知，这个不满十岁的男孩受虐致死，尸体塞在废弃的烟囱里——他的眼球被挖除，指甲被剥净。案件破获，我虽从未见过居住在几百米外的邻院凶手，但似乎有个令人齿冷的隐约影像，散发着不祥气息，使我的童年受到某种持续的威胁。

　　还有一次，初中晨跑，天还没亮，遇到戴口罩的中年骑车人，经过我身边，他语气温和地要问点儿事——随后，我听到一个龌龊不堪的脏句子。当年一腔少女的悍勇，我毫无畏怯，追上正在逃跑的他，狠踹自行车的后轮。

　　漫长的二十多年间，这是仅有的两次经验，我看到了近处的邪与恶。剩下的时间，风和日丽，我没见过所谓的坏人，他们就像古老传说一样变成化石了：具备标本学的分类意义，但不会有闷浊乃至腥臭的呼吸吹到我的脸上。

　　直到，我与那个管教所里的少年犯咫尺之遥……数年前，在放学后的空旷讲台旁，在另一个同学的配合下，他亲手勒死了年轻的地理老师。

4

最初，是少年的心动。地理老师毕业不久，她束起马尾辫，额头光洁，看起来像是自己的师姐。他感觉自己的心脏，像尺寸最小的地球仪，在她指端微小的触碰下开始旋转。他的赤道，他的南极，他的子午线，都成为倾斜中的世界，仿佛正在丧失重力地飘浮……

正因这种迷恋，青涩的尚未学会解决矛盾的女老师，不知道自己的严厉和惩罚将招致怎样的积怨与杀机。我翻看过卷宗，里面陈述完整的犯罪过程。少年左臂揽住女老师的脖子，先是不知所措的愤怒，他用黑板擦砸——板擦分量太轻，他不得不额外花费腕力和指力，才能让木质的边缘陷进她的太阳穴里。女老师垂死反抗，更激怒少年，他扔掉黑板擦，几乎是在一种狂暴的宣泄中活活勒死了她。年轻的尸体滑倒在水泥地上，头发乱了。少年一分钟也没有考虑过收拾现场，就让她那么不体面地躺着，他收拾书包，回家吃晚饭。他一路上什么也没想，尽管黑夜的裹尸布上，月亮就像一只被打肿的眼皮，半睁着。

5

我恐惧的，并非因他仅仅是个孩子就具备冷静的杀人能力。恶，有时瞬间发生，因此并不需要多少恶的成分。也并非少年当初致命的数分钟，我恐惧的，是数年之后，他站在我面前坦荡的笑容。就那么一直笑着，我能感觉其中并不友善。他甚至轻蔑于我的好奇与沉重，微微歪头，有种凌驾事外的轻松与傲慢。我记得他曾经坚持了很久的表态："她该死"，直到，这个回答被沉默替代。

毫无悔意，少年把罪恶当作自己成长中合理的部分。

6

坏人从来不认定自己是坏人。他先把自己当成无辜者和牺牲品，并因受害幻想而滋生真实而剧烈的被伤害感，然后释放必要的反攻。作恶者认定自己在替天行道，把受害者想象成作恶者是最为便捷有效的卸罪方式。

那么谁是魔鬼呢？每个魔鬼都以为自己站在天使的行列里，满脸的天真、无辜和正义。法西斯主义者之所以效忠，因为他们自认信仰的纯粹与高贵。我们通常以为魔鬼的眼睛精芒四射，其实不是，我有时觉得魔鬼是个天生的盲人，因为他完全不认识自己。卡夫卡如此概括："A是目空一切的，他以为他在'善'方面远远超出了他人，因为他作为一个始终有诱惑力的物体，感到自己面临着日益增多的、来自至今不明的各方面的诱惑。正确的解释则是，一个大魔鬼附上了他的身，无数小鬼就纷纷而来为大魔鬼效劳。"

不怀隐忧，小人因其坦荡而形似君子。如果自认是恶，行动起来就需要经过灵魂的拷问与挣扎，太过消耗个人体能；没有意识的障碍与阻隔，恶，才所向披靡。

　　沽名钓誉的人，把自己放的那点饵料也当作隆重的付出；对施虐者来说，他觉得自己在对方身上花费了气力就理应得到加倍的赔偿。从善良者角度，想不明白啊，坏人的逻辑完全讲不通，十恶不赦，他简直是个天生的恶人——是的，天生的坏人不需要理由和借口；正因是天生的，这个恶人从逻辑上就具有无辜的成分。

7

　　有时候好人伤心，因为他用尽全部美德未必能得到坏人的一句赞誉，他无比委屈，甚至在震撼中感到愤怒。其实无须为坏人动用这么强烈的情感，因为让坏人超越自己去理解他人是苛刻。坏人只能从坏的方面去想，就像苍蝇落在最新鲜的蛋糕上也会即刻在上面传播病菌一样——苍蝇亲见，是脚下的腐蚀，它自认最有权判断蛋糕上的污点。

　　所谓善恶，潜在的，是一种对他人的行为判断；我们给予自身天然的道德豁免，每个人都以为自己身怀美好的质素，站在轴心，站在无可辩驳的正义地带。每个人都以独特的方式感知世界，并由此自信执握真理。每个人看到最远的地方是自己的边界，超出的部分是看不到的——局限之外，是我们的盲区。就像月球转动，当我们转到某个刻度，得以清楚地光照他人的时候，我们自身的斑驳和坑痕也得以进入绝对的黑暗。

只需要一道应用题就可以考量小学生的算术水准，可惜，人性的卑屈和险恶难用公式鉴别，我们从来都不舍得把自己作为砝码放上道德的天平。我们看待世界具有显著而不被自察的偏见，如蒙眼海盗的逻辑……然而海盗形象，是和劫掠的恶人不分的。到底，谁是坏人？

8

谁能区分恶，恶是一种离得越近越看不见的东西，我们身边没有恶人，尤其是我们自己。"坏人"比比皆是，"坏人"又无迹可循——朵渔题为"坏人"的诗把这种情形表达得准确而微妙：

> 坏人不可能是一个具体的人。
>
> 坏人是邻居，但不是我的邻居
> 是领导，但不是你的领导
> 是你，但不是具体的你
> 也可能是我，但这又怎么可能
> 坏人是个非人，非非人。
>
> 我说过的话，被坏人在另一个场合重说一遍。
> 我流过的泪，也曾在一个坏人的眼眶里打转。

9

　　我遭遇恶人的机会屈指可数。因为幸运，也因为恶人并非
像童话中描述的那样有着昭然若揭的长相。如同那个勒死老师
的阳光少年，如果不了解背景，他看起来只是青春期中的叛逆
者。翻开生活的底牌，我们才知道那么多黑桃小人都长着一张
王子的脸；也没有什么不化装的阴谋——阴谋才不是黑的呢，
反而有着彩虹般诱人的色泽。危机四伏，看似安全。

　　某个热衷出卖与诬陷的匿名者，被揭露之前，他只是我认
识的唯一狗嘴里可以吐出象牙的谄媚之徒。涉及别人的利益，
他貌似持有慷慨的公正；涉及自己的利益，立即变成害羞然而
固执的退让……似乎，他对自己多么吝啬啊。我们很容易就忽
略形象上的提示：魔鬼，长着和水牛一模一样的忠厚的角。直
到，人前的江湖情义、人后的阴谋诡计被撕除伪装，他依然戴
着习惯中的面具；仔细观察才能发现，他的确有一双阴谋家的
眼睛，像辞典里隐藏太多的繁体字。我轻蔑他的作为，但毕竟
隔岸观火，未伤及我，冷笑后就过去了。

　　让我心生寒意的人，是何尊。我在很长时间里甚至难以判
断他的善恶。

10

　　我曾对何尊施予援手。据何尊的描述，外遇中的女性对他

苛索无度，从威胁到围剿，乃至性命相逼——她要倾覆何尊的生活，不惜以鱼死网破的代价让他身败名裂。何尊的意志崩盘，瘫倒在难以收场的局面前。看到自己的朋友受到恶毒攻击，我当场涌起鲁莽的仗义，独自应战，用险棋拆招。我并无镇静和快感，过程中心惊肉跳、彻夜难眠，我唯恐他那位复仇女神会突然死于自己的失算。从内心，我盼望这位自己并不认识的姑娘从痴情中苏醒过来，得以平复伤痛，重获自由与幸福。本来是与自己毫无干系的事情，但我卷入太深，这场心理、智力和体能的博弈过后，虽然太平收场，但我被消耗得无比疲惫，与当事者一样大伤元气。

不久之后，我得知原来自己偏听偏信；当挖掘出那些被蓄意隐匿却无可辩驳的事实，我无言以对。并非那位女子天性疯狂，而是整个阶段中何尊的所作所为到了匪夷所思的程度。每当想起对攻中，我对那位女性出于技术需要的伤害，我一直不能原谅自己；尤其种种原因的限制，我竟然无法向她致歉，我只好终生携带心里那块难以擦除的锈迹。

可惜，那位姑娘的濒死丝毫未干扰何尊的行事风格。他故技重施。事实上，除了甜言蜜语和谎话，他不曾支付任何实际的成本，他自私地，一味索取对方的深情。只不过出于既往生活的教训，何尊小心行事，随时擦去作案的指纹，以免柄授于人。他有毒的迷惑，几近断送他人性命。有一种玩具叫作"飞去来器"，我当初对那位姑娘扔出去的刀子经过几年旋转，重新又飞向我的虎口，只是变得更锋利，破坏力更大，我难以接住高速旋转中的刃口。

11

　　终于明白，何尊并未悔改，只是更为狡猾。我不曾了解，当初自己去拼命保护的那个倒霉蛋，并非如我想象的俗界僧侣，原来是个偷心惯犯。由于何尊的严格保密，那些姑娘不知道自己是受害人中的一个分母，她们中的每个人都从未成为一个整数。我奇怪，他仅用肉麻情话营造的海市蜃楼，何以吸引一个又一个的溺水者？也许，海市蜃楼因其稀有而更近奇迹，所以何尊得以轻车熟路地打造他用料简陋的爱情神话。每当效忠于新女性，套路的表白如此：自己多年清简自律，尽管一直生活在婚姻阴影中；自己多病，亲人多扰，同事多事，只有你的善待让我心动。为了换得新欢垂怜，何尊不惜杜撰自己乃至亲人的绝症——他贤惠温柔的太太在不知情中承受了丈夫加诸自身的诅咒。在一个女人面前说另一个女人的坏话，就是他自证的清白和理解的忠诚；有时候他也用一个欣赏他的女人对付另一个爱他的女人。当然，同性在他那里也难以赢得荣誉，何尊鄙夷他人以反衬自身高尚。

　　何尊气质坦荡地撒谎，甚至期许由此获得赞誉，缺乏被揭穿后的悔恨。衣衫褴褛者放弃羞耻观，他坦然于自己的羞耻，归之为天然。我怀疑，人格缺陷使他不断沉浸在癔症般的幻象之中，在追逐权力时他具有缜密的理性，而对异性他散发廉价而混乱的热度。何尊看起来绝非不堪之辈，何以如此分裂？难道他是个穿制服的魔鬼，沉浸在自恋里，不担心复仇者已在路上？

最有意思的，是何尊对自己行为的解读。每每他都以为自己心怀善念，关照弱者；慈善带来的结果，是他不断在欺骗和索取中把冰冷的毒汁喷射到对方体内。另外，何尊的选择很奇怪，专门对不起对他好的人。后来，我想明白了，也许这出于内在的软弱，出于精密的算计——因为，只有从好人身上捞取好处才是安全和容易的。在坏人那里不易占到便宜，即使偶有所得，也后患无穷，通常遭到数倍掠夺性的赔付——是啊，如果是流氓见流氓，还不知道谁的两眼泪汪汪呢。

12

不易识破何尊，和他的形象有关。他看起来那么真诚、笨拙、清洁，甚至，善良。据说魔鬼曾住在天堂，因而拥有芬芳的体息。不过，这是符合逻辑认识的，魔鬼的样子才不狰狞呢，否则怎么会有靠拢过来的受害者？状若天使，他觉得自己住得离天堂最近……那是因为他住在天堂的下水道里。

我容易被何尊的某种表情迷惑：那是结合了孩子和患者的柔弱，相信那也是他畅行无碍的撒手锏。

有一种人，他是魔鬼的弃婴。因为是孤儿，面相上没有可以和父辈比对的脸，但他血里的邪恶灌压到每个细胞里。即使他的品格像蛇那么软而毒，但易获理解和原谅。因为，如此弱小无依的孤儿，他的衰败往往被感知为柔弱，从而激起善良人的怜惜。体能虚弱，他才工于心计，他需要更为耀眼的形象光环，需要更多的道德羽饰，才能让变形而低缓的邪恶不动声色地释放出来。魔鬼因无耻而磊落，而魔鬼的遗孤因为失去父辈的言传身教，身上全是失范的恶毒。

模仿孩子，就可以免于被审判。

13

其实，谁真正是童年的天使？当年，我们有小魔鬼那般的顽皮生动，以及，令人忽略的残忍。仅仅为了好奇，我们烫死蚂蚁和蝴蝶；撕断蜻蜓的翅膀，让它成为一根新鲜的铁钉；我们用汽油浸泡野猫的尾巴，让它边奔跑、边燃烧，像雷神降下的小火球……我们没有疼感，无畏生死，也没有善恶之辨。

当然，在所有的描述中，孩子都纯真无辜，否则我们就无法畅想人类所谓的未来。也许，在更小更小的时候，当我们毫无行动能力的时候，是这样。为什么唯有幼弱者的眼光是纯善的，即使那些狮虎之类的猛兽——因为它们还不具备威胁世界的能力，所以必须以讨好的方式换得安全；所谓强大，不过是累积自己的侵略性。

我想起芥川龙之介一句顽皮的隽语："由于年少，或者由于训练的不充分，我们在获取良心之前被指责为寡廉鲜耻。这是我们的悲剧。而我们的喜剧则在于，在被指责为寡廉鲜耻之后，终于获取了良心——由于训练的不充分，或由于年少。"

我们唯有在童年可以尝试被赦免的邪恶。及至成年，为了减免惩罚，我们有时需要以孩子的立场来洗罪。

14

因为当初见识过何尊那种失态的孱弱，而且对他的了解还未深入，我知他必不愿回忆这段经历，所以我刻意回避，与他相忘江湖，疏于联系，但求他未来平安。这种体恤并未获得何尊的理解。就在我当年为何尊抵挡风雨的时候，完全不知情，他同时已经秘密出卖我，何尊向他的复仇女神，把我描述成暗恋他而未果的受挫者，描述为出于嫉妒而中伤她的阴谋家。

不存在什么孤立的缺点。当你发现一个人爱撒谎之后，可能随之发现吝啬、自私等更多的东西，就像病鱼被撕下大片轻易剥落的鳞皮。在自诉里，他满身伤痕，我想那是因为谎言被一次次撕开时留下了罪证。当然，何尊的自我认知并非如此：他的所有错误，都需由别人偿付代价；他之所获，无非是作为旁观者的经验和警戒。正因得知他坦然的自私，他对我的负面评价对我来说无足轻重，根本在我的经纬之外。粗妇用吐口水的方法表示厌恶，但何尊的形象跌至负数，落到太深的深渊里……无须唾弃，我连"呸"一声的意愿都没有。除了远离，我无计可施——我的难以处理，是因为对他尚存一丝怜惜，也是因为我怕脏了我的刀。

毕竟，我对何尊有所帮助，他对我为什么由感谢转为敌意呢？因为，我没有摆脱施恩心理，他也没有摆脱受惠于人的耻辱。

15

恩是讲求回报的。一个小小的恩比许多暴利行业都容易增值。施恩者容易放大自己给予的好处，施恩变成了市恩——这是一笔要折算的买卖。

恩是什么？恩是一种压力。所谓"恩重如山"，讲的就是这种令人窒息、难以忍受的负担，让人誓以愚公移山的办法去搬除。我们听到许多恩将仇报的故事，假设，恩大到无以偿报，有时一了百了，必以仇报。这是对恩情残忍却简捷的消化方式。曾经的承恩者逐渐贬抑施恩者的动机、目的和价值，以换得内心平衡。甚至以更绝情的极端方式：诋毁、摧毁乃至销毁对方。

世间难存永久的恩情。所谓的恩，恰恰成为背叛与负义的理由。恩的内容伤害自尊，恩的重量妨碍自由，没有人甘愿在受罪的被动里。俗话说：滴水之恩，涌泉相报；若是涌泉之恩，无以为报，只能滴血相报了——当然，流血的不是自己，而是那个该死的恩人。为什么说"一碗米养恩人，一斗米养仇人"呢？没有人愿意忘恩负义，所以当你轻易给予过多的恩，多到难以理喻，你就在反复提示对方的无能与无耻，激发他用复仇来清空你因堆积而霉变的恩情。摆脱恩重如山的高额利息，最快的办法，是翻转恩情，将之变成血海深仇般的巨债，

我们才能化解自身的尴尬与狼狈，才能重新站在道德制高点上
谈笑风生。

16

也许，就像阳光下的阴影谈不上黑暗，有些东西谈不上
"恶"，仅仅是，不良。我们的生活很少直接遭遇歹徒的利刃，
只是频繁被谎言和谣言所伤……它们密集地进入空气之中，不
动声色，就像轻而晶莹的尘埃。就像何尊，不断利用语言的误
差乃至反差来牟利，我有时非常不适宜地怜悯，当他流露那种
卑微的自满。

许多人缺乏犯罪的胆量，但他们嗜好血色与悲剧，为加强
戏剧性冲突，他们不惜在背后煽阴风、点鬼火，他们拥有野炊
者的游戏乐趣，不以为这是恶的因子在发挥作用。这也意味着，
我们难以区别缺陷与邪恶的界限。

麻蝇传播观念里的那点脏，它尽管发出佩剑蜜蜂那种嗡嗡
作响的嚣张声响，其实是个低沉而有效的作恶者。只要不是战
争或特殊时期，我们难以目睹屠杀中那种触目惊心的人性之
恶——这种恶，甚至因不受约束而显得汪洋恣肆、荡气回肠。
日常的恶，就像分泌物或排泄物那样伴随，仿佛扯不上肮脏，
只是自然。然而，不要忽略，时机尚未来临。一旦适宜发酵的
条件足够——像细菌那么弱小的恶，将像细菌那么强大地，摧
毁世界的肌体。

"那场战争结束之后，我们这个民族的骄傲就没有了！那些战胜者骑在我们的脖子上作威作福，他们随意践踏我们的尊严，一个欧洲大陆上最高贵的民族的尊严！你们告诉我，你们是选择像本杰明·马丁一样去做一个自由的斗士，还是一个奴隶？"

听听，铿锵有力的声音，激发斗志的号角，是谁正发出有力的召唤？并非一个现代版本的斯巴达克斯，这是希特勒的演讲，试图从人们的苦难中唤醒"正义的反抗"。对称于这种"正义"的，是那些在集中营里因饥饿和疾病而死去的人，他们的体重和他们的命一样，轻到不可思议——活着，就已具备骨灰之轻。

人们能够理解拔苗助长的荒谬，却常常忽视，一代又一代的伟大理想，都是要把大地拔苗助长地改造为天堂。人们被裹挟着，进入黑体字的战争或革命。最初，死亡可能是零星的，迅速演变为数目庞大的亡灵。那些经过辩解和陈述而成为正义的杀戮，日渐频繁；最后，杀戮变得令人如此适应，谈不上什么异样和不安，敲碎头颅就像早餐打破外壳去做一只煎蛋那么日常。

德国的法西斯运动。苏联的大清洗时期。中国的"文化大革命"。大动荡之中，基础的原则丧失了，它们掉进人性遍布的陷阱中……这些黑黢黢的敞开的洞，就像随时吞噬生命的墓穴。人们依然盲目地、在坑坑洼洼的弹坑之上完成优美的芭蕾跨跳；即使有些舞者跳着跳着就殒命于黑洞，即使普遍而不加解释的失踪随时发生，依然不影响依然幸存者继续表现身体中的高潮和表情上的高亢。

越来越深的恐惧中，他们干脆选择盲跳。跳吧跳吧，闭上眼睛，忘记盯在背后的恶魔……忘记，湿而血红，屠宰场般生鲜的眼睛。

18

历史图片上发鬓染霜的日本老者，慈祥，端庄，让我们难以想象他在南京大屠杀中的兽性。或者某个黑帮老大，他后背上有只刺青怪兽——只是在日渐衰老的皮肤上，变形的怪兽显得那么滑稽，毫无最初文刺时那令人惊悚的威严。时间改写了事物的性质。那么，我们如何惩处一个老罪人？又如何去惩处弱小的罪人、残疾的罪人，还有那些洗心革面、立地成佛的罪人？这个世界有这么多冲突的原则，我们到底该遵从哪一个？轻易宽恕，是不是一种体面的放纵？

我记得曾经的一位邻居，姓氏少见，他姓绳。这位绳叔叔种花养鸟，情趣盎然，然而得知他的青春业绩，令我毛骨悚然。作为热血沸腾的红卫兵，他把像章直接别进赤裸的胸膛。就像从开裂的核桃里取出果仁，他带着孩子般的欢喜，爆开他人的头颅只为揭露隐匿其中的思想。不止绳叔叔，多少激进的革命小将，认定自己的目标纯洁美好，他们在伟大理想的驱动下，坦然砸断他人的脊椎骨——无愧无惧，他们认为这对受害者是种恩惠，可以让他们终身获得更为舒适的躺姿。

那时他们年轻，年轻得敢于使用任何词语，比如苦难，比如砸烂——就像擦亮又扔掉一根根火柴那样轻易地使用它们。但，不能拿"他们还是孩子"解释一切。

再看看历史悲剧，多少所谓明察秋毫的知识分子，都放弃勇气和理性，以合唱的方式齐声赞美暴政。歌颂丰收，歌颂积雪般的粮食，歌颂伟人官殿般盛大辉煌的良心——是的，明君如此仁慈，因为所有的斩首，都被推出午门之外；而在统治者的床榻帝国，只留茶韵书香，只留忠士和美女彻底臣服的笑容。

目光犀利的猛禽视域辽阔，这不意味着它能看清近切的事物。他们自己同样在劫难逃。他们磨利自己的钩喙，猛禽一样，去撕碎猎物乃至同类的尸肉……他们为此热血沸腾，甚至不曾察觉，之所以感觉到沸腾的热度，正是因为他们自己也被投入燃柴的锅镬中。

当我们检索人类历史，到底什么才是灾难的发动机？是一个帝王的邪念，还是无数因罪恶而发出响应、共鸣与欢呼的大众内心？

19

天堂和炼狱，已经从地理上揭示了位于高处的善和位于低处的恶。我们为什么不能从善如流？是的，我们不能，因为水天然流向低处。"从善如登，从恶如崩"，除了说明修善的艰难及逐恶的轻易，同样佐证善恶在空间的位置。

利益就是正义，自私就是道德——并非只有毫无自律者才会如此，我们每个人出于安全的考虑，都难免心怀恶因。

面对现实吧：恶念比善意更普及，复仇比感恩更有力——唯前者，能在我们的意识里留下更深的刻痕。所谓善意和感恩，其重量有时不过等同一句问候；而恶念与复仇，则酝酿漫长的行动，它的分量具体到——可以对应于数目庞大的死亡。

我们必须悲伤地承认：善，需要一生的自我克制，同时完成对他人的慷慨给予；而恶，可以是即兴的、任性的，可以是纵情挥霍的。好人谨小慎微，每天握牢沉重的劳动工具；坏人的工具，不过谎言或精巧的凶器，足够颠覆一切了。

恶是一种高效的手段，一种获取暴利的技能，多少作恶多端的人以逸待劳，在一笔罪恶产生的庞大利息上终生坐享其成。这个世界，说假话、干坏事的成本太低，甚至，假话和坏事成为谋取暴利的最低成本，那么，何乐不为？什么还在约束着我们？从信仰到法律，都显得这么松弛和虚无。

20

刚刚采摘的果实新鲜欲滴，等到腐烂，从一个坏掉的斑点开始扩散，侵蚀看似完好的部分，速度惊人。为什么在恶的带动下，轻易导致善的崩盘？难道，恶乃传染物，善属绝缘体？脆弱的善易被感染，它为何缺乏自我捍卫的能力？

必须承认，恶本身是有魅力的，华丽的恶常常战胜朴素的善。即使受到挫折的恶也无妨，坏人有个获得拯救的捷径，只要他临时靠近好人。事实上，坏人只要和好人捆绑在一起就难以遭受惩罚，就轻易得到饶恕——因为，好人既乐于也适于用来顶罪，他们的牺牲是必然的命运。就像罗马总督彼拉多不得不应和群众的呼声，释放恶棍巴拉巴，而让耶稣的血流入十字架的木缝之中。

羔羊去死，让狼活下来。恶既易生存，又易脱险，有恃而无恐，似乎是风光旖旎、诱惑无限的旅程。相反，美德倒是一种沉没成本，一个人将终生被他的善行所剥削，乃至剥夺。当恶进行掠夺、占有，善在给予和牺牲——所以恶呈现力量的积累和爆发，而善，递减。两者对峙，相对善良的那个，永远处于被动和弱势的位置。

……在被出卖的道路上，羊看见了它的悲剧命运。裹紧外衣，裹紧自己即将与肉分离的皮，它眼里涌起的，依然是告别中的柔情；所有柔情者无不怀有近视的缺陷，在模糊的道德宽容里，它难以分辨屠夫和牧人的脸。低头向前，用小巧的蹄甲敲出倒计时的声响，除此，它至死保持安静的顺从。善良之辈始终散发着自身的肉香，召唤应约而来的刀叉。

21

多数时间里，我们对人宽厚，因为我们知道，挑剔只会带来日常性的磨损却难以彻底修改局面……这是我们由自私分泌而来的美德。之所以能够被坏人频繁触痛，因为，常常，善良是作为懦弱的外衣穿出来的。

正如尊严的过度发育，往往与更早到来的羞耻有关。受到损伤的树，分泌出琥珀色汁液——善，更大程度上，起源于一种可能的隐疾：某种生理或心理的轻度不健康，正在酝酿美德的诞生。所谓美德，除了是对他人的抚慰和关爱，它同时也以诗化而隐蔽的方式秘密处理着个人创伤。当我们试图理解他人不义背后的不易，其实也是为了自身的减震与缓冲，以降低我们被撞击的受伤级数，用以麻醉自我、钝化疼痛。这种善，使人安全无声地，从怯弱者转变为拥有隐形的道德优势，从而完成近于强者的私密化的心理翻转。

许多失眠者的病征，起源于某个难以逾越的具体障碍；随着时间推移，障碍得以解除，失眠依然作为身体上的习惯被沿袭。善亦如此，即使无须再去经历与恶交锋的考验时刻，我们依然沿袭了心理的隐疾——或多或少，我们都曾用"善"来回避冲突，以此达至与他人或自己的和解。

善，亦为捷径，这是一条因熟悉而安全的道路。缴械，以期不杀。我们每当看到他者不幸，并非洋葱刺激而流下辛辣眼泪，而是此情此景，促使我们进入真实或虚拟的创痕回忆……某种自怜轻微地燃烧，转而成为对他者的烛照与温暖。

22

我们讨论善的至柔，讨论面对邪恶如何才能利器在握。善恶，在书籍里代表分开泾渭的简洁原则。在宗教里，好人上天堂、坏人下地狱——仿佛在神的车间，优异品和残次品轻易区别，分别通过死亡流水线，通向各自的去路。现实中，善恶远非界隔阴阳，常常难以判断。英雄并非金戈铁马，怎样将他从庸众里区别开来，当他头脑里充满堂·吉诃德的理想主义，却拥有桑丘的体形？善恶之难以识别，肯定不仅外貌迷惑这么简单。

什么是善，什么是恶？从来不是两个被封存的固体名词，它们有时就像比重相似的液体，交融得密不可分，人类的智慧尚不能够提炼两者，并使之保持在各自的纯度里——我们终身需要警惕其中的化学配方，却又被迫饮鸩止渴。

23

恶对于善的攻陷，还有一种可能：并非恶对善的俘获，而是，善对于自身的变节与背叛形成直接的恶。

是否坏人的最大坏处，并不在于他自身的毒素，而在于，为了抗衡恶源，原本的好人被激发起自身的邪恶潜能？我们可以在法庭上宣判"正当防卫"，但在法庭之外，假设一个穷凶极恶的歹徒导致善良人的自卫和复仇，导致后者的指缝里浸满污血，暴力因此得到滋生的养料——那么恶徒之恶，是否在于他制造了新的恶人，他在靠近身边的天使体内注入了自己魔鬼的基因？

　　是的，合理的自卫可能带来灾难。就像人体的内毒素。按照托马斯·刘易斯博士为我们提供的医学解读："内毒素并不真的是毒素，至少不是在对活细胞有毒性这一通常意义上说它是毒素。相反，它似乎是某种信号，一则误导的消息。当进入血液时，它携带着宣传信息，宣布大量的伤寒杆菌（或其他有关细菌）兵临城下。于是，数种防御机制马上自动开启。如果内毒素的剂量够大，这些防御机制会一齐起作用或一个接一个起作用，开始了规定套路的生理反应，包括发热、倦怠、出血、虚脱、休克、昏迷和死亡。这有些像兵工厂里发生的爆炸……这一现象为医学中大破坏理论提供了工作模型：疾病可以导源于机体自身的自我保护机制的正常功能，只要这些机制同时开启，起劲地投入，最终导致组织自杀。"原来无须真正的侵犯。一旦不受约束，善意上迅速滋生菌丝般的恶。顽强，繁茂，生生不息。

　　善会吸引恶，就像流血的伤口会吸引鲨鱼。所以，温顺的羊遭遇凶狠的狼，极端的好人势必与极端的恶人相逢。因为，善是恶的粮食：它一口一口喂养恶，直到，把恶喂大，大到可以消灭自己。有时，恶，只是作为微小的邪念存在，只有仰赖善的养育和滋补，才能具备罪行那强大非凡的破坏力。作为最有效的肥力，善直接参与恶的建设，并成为恶事半功倍的催化酶甚至肌体本身。这个世界有着奇怪的运行法则：善因结出的恶果，并不比邪念结出的恶果少，善，甚至成为行恶必须借助的某种捷径。

善里面，隐藏看不见的恶……我们难以抵抗恶的毒艳之美，也难以发现善的隐秘之恶。

25

最有效的谎言并非全然的欺骗，而是局部的真理；最具杀伤力的，有时，竟是那些看起来憨厚到笨拙的人。我吃过厚道人的亏。他们的自私如同隐疾，平日并不显露和发作，但你只要真切地与他们的利益发生摩擦，他们由厚道陡然翻脸的无情令人不寒而栗；并且你得不到舆论上的支持，他们积累的厚道形象深植人心。

我之所以特别害怕所谓的厚道人，还因为他们极其信赖自己的厚道，从不反省，永远处于一种似乎是无可辩驳的正义感中。跟刻薄人相处，你知道语言就是他的宣泄工具；跟厚道人相处，你永远猜不出他背后使用的是什么钝器。

凡人的平庸之恶，是不易辨察的。它与我们生活的美好无界衔接、渗透。许多恶性案件的酿造者，恰是那些看起来逆来顺受的老实人。很难想象他们平时沉默内向，何以肆意血刃、滥杀无辜，难以理解他们施虐中的淋漓快意。极度的不堪就像人性里的癌细胞，只不过，在有人那里发展为绝症，在另外一些人身上得以安全寄存。也许，我们每个人身上含而不露的孤独与怨恨、引而不发的专制与极权，随时可能发生核变，释放出恶的铀能。

如果调节社会的道德标准，人人都可能被划归恶徒之列。我们终生的所作所为，不过，囚禁并喂养自身的恶念。

26

……他还小，这个来临人世只有数天的婴孩，就像一张薄皮裹住的囊状物，能感觉下面的血肉，果冻般隐隐颤动；幼嫩的额头，已显现几道早衰的折褶，仿佛预知世间凄苦；极为纤细的闪电形的蓝紫色血管，在他紧闭的右眼皮内侧，微跳；指甲俱全，只是小得令人惊讶，这个男婴试图攥住什么，手指一直弯曲着。可惜，他来不及掌握什么。是的，他还小，他那颗来到世界不足一百小时的心脏，比一只核桃大不了多少。

没有降生时那层鱼皮一样滑腻的黏液包裹，把他抱在手上，还是有不牢靠的感觉——小鸦片说，去水房的路上，就差点摔了他。也许在小鸦片的意识里，他还没有成长为"他"，而仅仅是个"它"。尽管这个有罪的胎儿在她肚子里不动声色地潜伏了九个月。

小鸦片的头发剃得短短的，肩膀很窄，看起来是个少女，眼睛里还有未成年的稚感。在她的脚踝，除了注射毒品的针孔，还有奇怪的刺青图案：是组条形码，密齿梳般或粗或细的黑线，既整齐，又令人不安地刺目。谁也不知道它象征什么，小鸦片一直为这个秘密自得。即使在狱中，她依然对此缄口不言。

……墩布池的水位渐高，离边沿还有几厘米的距离。够了，小鸦片拧上笼头。那个扭动的肉团并没有哭泣，小鸦片的手只感觉到了最后短暂的抽搐和痉挛。因为溺婴的时候，小鸦片在墩布池的上缘盖上了很大一块毛巾，所以她并不知道，这块从自己腹腔掉落的肉团以什么样的方式完成他的水葬。执行过程中，小鸦片从来没有犹豫，她只是不知道过程持续了多久，因为，她离开那个溺婴的水池，来到窗台旁边，看树叶被风吹动——它们就像在赌场发牌手的腕下，翻转得很快。小鸦片不知道，与此同时的死亡，是不是进行得很慢很慢。无人作证，死婴更不能。

他是充满先天疾病的婴儿，像难以修复的小器械，运行困难，麻烦重重。为了那个神秘的从未现身的婴儿父亲，为了自己始终处于困境的一家人，小鸦片溺死了自己的孩子。

这个雏形的人类，和那些被流产扼杀的胎儿有什么区别吗？死就死了！这个杀人的姑娘有凶手的逻辑，她自认善行，因为牺牲一人而挽救自己、家人和他者，也包括那个死婴。小鸦片振振有词：自己算过命，这个婴儿长大以后注定是个罪犯；与其那样，还不如让罪恶被消灭在萌芽状态。

27

处理小鸦片杀婴案的法官是我童年就认识的玩伴，他给我讲述了小鸦片并无罪感的坦荡，和她那双依然纯净的眼睛。然而，重点不在这儿。

法官说，他听到小鸦片那番冷血的自我辩护当晚，正好处理一桩案件，某种巧合让他产生奇怪的联系。一个化学家杀死自己刚刚怀孕的情妇，用强水把她的尸体溶解得无迹可寻。巧合的是，这个化学家自述受挫的成长经历时，强调他原本是个私生子，险些被自己未成年的母亲杀死。假设，化学家有个小鸦片一样成功杀婴的母亲，是否就不存在后来的罪恶？

这是谎言吗？是化学家的谎言，还是法官的谎言，抑或，是小鸦片的谎言？谎言因音量宏大而酷似真理，它们的和声重叠，让人不知如何听取。假设一切源自真实，那么某种最初的杀，是善是恶？我们在动荡的天平上摇摆、失重……直至失去稳定的地平线。

小鸦片的照片，是笑的。我曾想象，她的脸上，应该挂着一张俄罗斯套娃那样平面勾画的僵脸，像恐怖片中尚年轻的巫婆。当然不。她真的，笑靥如花。

28

倘若，人人怀有恶因，那么我们出于自尊，除了把责任推卸给造物的上帝，是否还需对此进行某些辩护？或者说，所谓恶里面的"毒艳之美"，是否删去毒艳的形容词成分，美依然是其中真实而令人不安的存在？恶的意义何在，为什么需要它才能构筑与善对峙的象征公正的天平？既然没有谁会为了丑陋的恶果而作恶，那么，我们不惜作恶以攫取的东西是什么？至少那个意欲实现的目标，在作恶者内心，一定是美的，是真的，甚至，就是善的。是否唯此，我们才能反证善那至尊的价值？

谁蓄意把坏人放置世间？比如蛇，谁让它潜入繁花似锦的伊甸园，谁又让被驱逐的蛇带着邪恶的花纹和凛然的齿锋，匍匐且自由？因为有毒，并且没有视觉暂闭功能——所以蛇，可以做到真正的杀人不眨眼。正因有蛇，鹰作为天堂英雄才可以施展尖爪和利喙，毫不犹豫地撕开蛇的血肉，通过同样的杀戮手段却抵达更大的正义。

假设善是恶最大的养料，那么，恶是否同样为大善的粮食？有了坏人，世界才衔接为自洽的臻于完满的圆形。在这个意义上，坏人和圣徒具有某种既可怕又象征正义的平等。

29

假设每个人都携带着微型教堂般的心脏，人间形同一场漫长的道德考验和品质修行，就缺少一些多样且卑微的乐趣。坏人存在，至少，人类可以预防惯性幸福下导致的不智。说谎的坏人往往比圣人更形象光辉，因为他的心思都用在设计让人甘愿走入的迷途——那么我们的识别与摆脱后的自由，就是一种增智的过程。

蛇终身成长，如不会自我遏止的恶。它在壮大，约禁它的道德的皮需要不断蜕掉；对善怀有愚忠者，难免脾肾双虚、气血两亏，蜕掉的蛇皮入药，可以治疗我们随时发作的善良症，以免沦为过于廉价的牺牲品。

何况，假设世界全善，没有任何阴影，也就无从产生唯有恶参与其中才能创造的悲剧美。被污垢的美，在湿黑的肥力下愤怒地开放——是的，"怒放"这个词，体现了具有反击能量的美。

鸟兽为什么没能进化到文明社会？与人类相比，它们一直过着相对平等的生活，即使杀戮也出自存活本能，而非人类意识里那种对于罪恶的需求与享乐。也许，文明的进化所需，是血液与罪恶的持续灌溉。

30

如果从善恶的辩证意义来说，从人类行为的广义来说，恩到最后几乎必以仇报——这种看似不公的平衡，减少了两善相遇导致的近亲繁殖。

为什么坏人逍遥、温顺者受惩？灾难中被无端夺去生命的信徒死于折磨，这都是为什么？难道，因为不公正对所有人都随时发生……对所有人都随时发生的不公正就成了天道的公正？

是啊，这个世界哪里会有那么多细致入微的公正呢？如果每当遭遇小人，我们就落实到对具体个人的追究，把受挫变成了不幸的偶然事件，就会平添对自己的怜悯。其实，幻想不遭遇恶人，幻想始终的温室，是一种活着就幻想进入天堂的贪婪行为，是一种不动声色的懒惰。

我们不可能生活在一个无公害的世界里——或者说，公害帮助我们在集体主义色彩的所谓公正的社会尺度下凝聚和黏合，而不是在私属的不快中，把什么都处理成可以轻易降解的怨气。是公害和恶徒，让善良的人因软弱而团结。如同，对狼的敌意和恐惧让羊群紧紧团挤在一起——这是弱者的体温，虽然，希望天敌去死和希望同伴去死一样，是每只羊同等重量的渴望。

在散沙状的社会里，畏惧罪恶所产生的恐惧，是一种有效的聚拢方式；使我们对恶的屈服都显得不那么屈辱，因为，人人都不是关于屈辱的一个整数，而是整体屈辱中一个微不足道的分母。是的，如此微不足道，远远小于一，更靠近零的程度。

31

且慢，把善良理解为一种怪异的平庸，是否本身就是一种恶意曲解？不断看到失信与寡恩，看到渐变色的悲剧，善者仍不悔其志。善意在运用过程中常常带来自我伤害和诋毁，行善意味着承受种种不快、冲突乃至痛彻的教训，这个过程，恰证善的不软弱——它不是莽撞的示好与妥协，而意味着某种更大的运载力。真正的修善者去除功利诱惑，在坎坷路跋山涉水，并非为谁自证清白，并非道德春药激发的短暂公正，而是一以贯之的自省与自觉。

所谓善良，应该不是近于廉价语气助词的评判。即使弱力的善也应该包括令人尊重的成分，而大善，能够自我捍卫而不辱其名——菩萨慈悲心肠，金刚霹雳手段，它不吝以暴制暴，不吝消化恶，甚至把它变成自身无动于衷的部分。

善恶之间互为粮食，假设善消化了恶，究竟是一种彻底的灭迹，还是一种隐秘的继续养育？那么到最后，什么是善、什么是恶？什么是我们修行的方向，什么又是品行的障碍？义玄大师曾说，为了向至善行进，可以遇佛杀佛、遇祖灭祖，因为这些佛与祖，都是意识里的心魔。我们何以区别神与鬼？对恶的报复导致善，还是更大的恶？甚至对善的护卫导致更大的善，还是更大的恶？这些都易于让我们陷入伦理的僵局。

善恶观念，既是主观也是客观的，否则这个世界无以界定、掌控和改良？还是说，善、恶，只是临时状态的某种命名，就像黑棋和白棋共同存在，是为了使游戏运行下去，两者之间并无天然的绝对意义的立场——它们可以在任何时候发生突然的倾覆性翻转？

32

暴雨天的电闪雷鸣，让人猜想天上的刑场，那里是否也有送死的神？还是说，之所以成为神，就是因为至善，他们得以获得永恒的赦免，从此享有至尊，再无更高的仲裁者施以审判？

窸窸窣窣的草丛里藏满伪装的动物，而云朵坦荡，是铺在天堂洁白而柔软的瓦砾——仿佛神不知道遍布世间的欺诈与残忍，更让人无从猜测，这一切，究竟是出自孩子般的纯真还是无情。

这不是一个能够自圆其说的世界，我们只能给出自欺欺人的解释……

然而，潮汐后退，不是为谁忍让；果实丰盛，也不是为谁慷慨。

耳语

1 方舟

　　醒来的时候，发现我们的手握在一起，吓了自己一跳。两只手不仅十指相扣，而且呈垂直方向，肘部作为支点，握在一起的两只手类似拱拳，保持力度地垂直向上，像一种仪式中的宣誓与承诺。热烈地给予之后，我习惯像蜗牛一样迅速缩回壳子里，收紧自己，不能继续碰触对方的任何部分。这种突如其来的露骨的信赖和默契，让我感到羞怯。

　　许多人习惯只与自身相处，排斥与他人的肢体接触。热恋的情侣，有时一个人的嘴唇轻触另一人的脊背，对方会因睡眠被搅扰而发出隐约抗拒的呓语，即使不清醒，也会潜意识地移开身体。我们是多么刻意地捍卫着自己仅有的领地——公共汽车上碰撞身体让人反感，甚至只是轻微地靠一下，也易于爆发争吵；在图书馆，假设有人放弃空着的座椅却选择与我们邻近的地方，我们马上就萌生警觉。是否，我们放弃这些日常到平庸的肉体接触，以使自愿靠近爱人时那种珍贵的迷醉和欢乐变得更加强烈？

像镶嵌在礁岩上的蛤蜊，在无比坚硬之上建立的是无比的柔软。昨晚大雨，今天也时断时续下着，耳语般滴落。我喜欢这种略带倦意的灰暗。整个世界并非忧伤，只是令人出神罢了，像调音师无意间按响了一个低音。这样的时候，我们可以像水生植物，安静而无根地，寄生于冥想之中。慵懒而缓慢地，我感觉自己的柔情像湿润的蜗牛触角向你延伸……微妙的天线，小而凉的血肉，里面有说不清的心理密码和动作笨拙的寻找。我将裸露自己的壳，并准备由此承受危险……这，是否近于爱意？

暴雨将至，这是一部电影的译名。我喜欢这个名字，甚至喜欢置身其中的灾难情绪。仿佛，诺亚方舟载着幸存者远离，而自己被留在洪水之中……看着和你彼此握紧的手臂，好像神迹，让我看到最后的桨。

2 孪生

就像有些数量稀少的动物，它们一生中，可能只遇到同类一次，甚至没有这种幸运，就孤寒告老。我们为何如此相像？

无论善意还是急躁，包括羞怯，也包括极尽克制的温柔。你如此了解我，从外在的习惯到隐秘的内心，也许一切，仅仅因为我们太过相似。你的身体里，有我的故乡之味。甚至，我们的梦境在气息上都是相似的，就像采集同一种花酿制出来的蜜浆。

我记得动物园里的禽鸟。几米高的笼子里，集中了各色鹦鹉。有的红，有的绿，有的是一团暧昧的肉色。奇怪的是，它们成双成对地待在一起，一只依偎着另一只倒影中的自己。这些没有照过镜子、不知道自己何等模样的鸟，如何准确寻找到自己的孪生，而没有因审美迷惑而混搭？也许，潜在的，每个生命都知道自己到底是谁，就像黑暗里也知道自己手臂和腿脚的方向……也许，我们只能爱上与自己最为近似的人。

腹部都有一道对称的伤痕，这在我们看起来，像被裁切的连体婴。我想象，孪生子之间必然会分享未来、一生珍惜，因为，当他们在黑暗子宫里像盲人般无视、像聋哑者般不能倾听和言说的时候，就开始了那种分享和珍惜。赤裸相拥，此刻我们就是孪生的胎儿，在黑夜的子宫里，沉默地，丧失重力地漂浮。我们的身体里都有一头害怕孤独的小兽，寻求交颈摩擦的温暖和哺喂。为什么贪恋性爱？因为我们幻想彼此之间连接着一条难以被剪断的脐带。即使离开，我的身体里依然荡漾你留下的涟漪。

3 隐忧

有时贪婪并不丑恶，比如我们想让怒放之花静止在时间深处。对凋谢的恐惧始终伴随，甚至说，恐惧在，我们的依恋犹存。爱和美，从来，都天然携带内在的威胁。

我不像一棵树，成长，有可以判断的年轮和落叶以证，但我知道自己渐渐积累的倦意。是的，我不再轻易相信光可鉴人的道理，甚至难以克服对抒情以及热爱抒情的自己那种鄙夷，反而更愿认同那些看起来畸形的真理。比如我猜，渐入中年的人们不可能再百分百地喜欢，尽管大比重的欢愉可以帮助我们暂时克服那些即兴而频生的厌意，分离是必要的，想念有助遗忘摩擦和不快——这使彼此间的烦怨不致累积，成为显著而尴尬的事实。我愿意给你更多的自由，让彼此的肠胃和心性都能够消化因熟悉而带来的厌倦。

分开的时候，我的夜晚铺满落叶一样的梦境。梦里，你的表情如此神秘，像正在书写经文的僧侣；即使在梦里，我也能闻到你身上有酿蜜者的芬芳，好像你体内的悲伤，已经像果实那样成熟了。这是不再年轻的好处，我们可以根据现实裁剪梦境，也可以承受霜降一样不动声色的悲伤。其实，所有人一生不过如此，芭蕾脚尖一样，试图以优美弹跳掩盖狼狈，在生与死、欢与苦之间。我们在浅薄的自信里欣欣向荣，或者在沉重的反思里自暴自弃——最后的成熟意味着，逐渐理解情谊中的丰富，懂得暖意，也懂得接受友情中最暧昧的部分、亲情中最脆弱的部分和爱情中最卑下的部分。

这是一个什么样的世界？时间看着钟表的脸色才能行进。替代水的茶和替代你的想念，是不是都会因此变得浓酽？心有猛虎，细嗅蔷薇，我不知自己身置何处……因无以为表的温柔形成情爱的暴力，还是因辽阔的不安导致看似波澜不惊的无情？

如同窗外那棵樱花树，雨后寂静的树冠，同时享有它的茂盛和荒凉。所谓的优点，常常等于两个弱点相加之和，比如善良的形成可能因为立场不坚定加上多余的怯懦；有时，我觉得和你之间难以启齿又难以割舍的牵挂，是因为我们两个人彼此足够了解的破绽。

是你告诉我，树并无冗余，正是那些鹿角般枝杈形成难以言喻的童话之美。也许唯有保持身体上的亲密，才能消除两个灵魂之间彼此远隔的天涯，就像树枝与藤蔓之间誓死之后的亲密。

只有你，叫我秘密的昵称，有时还带上叹息般的语气助词。语气助词，是没有权力的音节，它不能命名和指使，因此更纯粹。尽管回忆里的昵称偶尔像只小刺猬，让人抱到怀里会疼，但对我来说，它依然万分温柔。因为你叫我名字的时候与众不同，所以，我是被你发明出来的新的我……带着婴儿般的信赖与天然的听从。听从你，我在落叶归根般的沧桑与忠诚里，感觉到世界在某个瞬间秘密停顿下来。

4 亲密

有些时候，我们像被糖浆粘住的蜜蜂，沉重、甜蜜而绝望地振翅。你面颊和额头上的汗，就像从教堂檐角滴下的雨，落在我身上。我们的情欲里，似乎包含自我毁灭的冲动。

何谓情欲？藏在身体里的一条小命。我想起海鸟，浑身颤抖的雏儿如何毫不设防，打开自己的咽喉深处，而雄鸟哺喂的食物混合着充沛的体液。身体的咸，来自生活的每一粒盐。悲喜会像潮汐那样冲击并左右着我，并留下贝壳般的零碎之物……从你身上嗅到的微咸，让我感觉重回海洋。

……贴合着我，那海豚一样灵活跃动的脊背。在海浪般的拍击下，我是你的一千零一夜。你让我像电鳗一样，致命地颤抖；或者蚌一般打开，献给你我的珠粒。情欲，让贯通的钨丝发亮，让我辐射出光源。下潜，下潜，到体内的某个深处……那里从未被触及，像我的灵魂一样。你给我酿制的酒浆和暖意，你有一支能把我送到彼岸的桨。羞耻带来迥异的快感，如骨髓深藏。我感到自己在以三倍的速度膨胀，感到心脏泵出的血液，像礼花一样扩散到四肢末端。皮肤灼烫，体内泉涌，我完全没有预料到那种震撼性的后果。极度的快感，使我忍不住流泪。你在我身体里，给我节日的喧哗。

原来，感情和付出的体液成正比：汗水、眼泪、血液和分泌物。这些我爱过的罪恶，只在夜晚向我围拢。在寓言一样丰富的黑暗里，我们的身体紧紧咬合，拼命抓住彼此的缺陷和空虚，就像甘愿被某桩意外洗劫一空。曾经，我是那么拘谨自闭，原来翅膀的自由正是源于蛹的被囚。丰腴，多汁，如此盛大的果实，我像一枚蜕变后的种粒体验自身的丰收。

每每感觉到你的鼻息，心就被什么轻轻漾动，如同被微风吹拂，我枕靠在最微小的涟漪上。有时，温柔是多么有力的腐蚀啊……因为，它近于一种自律的激情。入睡的人，我的耳语不会惊扰你。睁开孩子的眼睛，你是我的小野兽；合拢温柔的眼帘，你是我的大天使。裸背上的肩胛，那是骨质的大蝴蝶……你降落到我身体上，是为了带我飞翔。我的指端之下，是你因放松而微弯的脊椎……像优美的弓，我的未来在你的射程里。

黑暗中的安静是甜美的，像花籽的光泽。这引而不发的安静，又像暂时休眠的火山。和喜欢的人在默契的安静里，或者在身体的喧嚣里彼此交缠，或者那就是我们唯一能够随身携带的天堂。这样的夜晚之后，我终身生活在对你的纪念里。

从此，我将对你怀有小锡兵的忠诚。如果融化我，能给你带来一点明亮的银色，那么，这是柔软的手臂、缠绕的腿和括号般对称打开的膝弯……你的火焰使我因温顺而屈服。

5 樱花

微凉的雨天，我相信世间存在着一种冷静、无边的大公正。希望来自天堂的祝福都像雨一样安静、低语，微小而纯净。这时候的天，映出了一点难以察觉的微蓝，像海里的贝壳打开了它柔软的内部。

我小心地亲吻你，你的嘴唇让我想起忍冬青：既有夏日般的清凉，又有寒冬坚持中的暖意，既象征永远停驻的青春，又象征同时开始的凝重。你有令自己害羞的善，以及带有邪恶感的智慧，无惧无愧，你不明白自己有多好，包括你暴躁中的温柔、狂怒般的激情以及谨严后的放纵。从柔软的嘴唇，到坚韧的身体……我想念你的汹涌。为什么你近在咫尺，依然不能阻止这种想念？想念，是一种轻微的缺氧之感，我像沉入深处的鲸鱼，需要海面上的空气。是否，我因潜在的不安和恐惧，需要把你作为一种习惯、作为一种日常性的不容易被戒除的瘾继承下来？就像咖啡，从微苦里分泌出依恋，就像良性的慢毒。我想，习惯，才是身体由衷的纪念，它是记忆里牢牢捆绑住我们的无数个片段。

当爱欲汹涌，情人们体会着彼此开花的身体和它分泌的甜浆；等到朵瓣凋谢，还有多少不可降解的情感从此凝结在果实里？其间的距离又多么短暂，有时，仅仅一念之间。陆地上最迅捷的动物猎豹，从静止到时速七十公里，只需要四秒。凶手的子弹比猎豹更快，从出膛到抵达一个人的心脏，只需十毫秒。这些生生死死的事物，都因远离而被我们忽略。然而，就在我们无知无觉的睡眠中，地球每秒都以与子弹近似的速度旋动，并且同时以每秒三十公里的速度保持公转……我还能抓住什么？一切闪逝而过。

月夜，盛大无边。我喜欢看月亮烟灰色的阴影，猜想那棵大树根里的年轮。月亮升得更高，孤悬，有如一种令人动心而酸楚的理想。这样的时刻，愿伤感者得福，愿善意不受阻碍，愿羞怯的心收获安慰，哪怕是小小的贪恋也得到满足。有一天，当我们苍老，愿皱纹是笑过的痕迹，愿我们的弱点始终被自己接纳，被彼此当作个性珍惜，直到，积累的暖意足够抵消倦意……愿未来如一，被月色照耀，身心明澈。我愿那时，自己还爱——哪怕我将无法变得平静，就像无法在马背上获得睡眠。

据说，樱花落下的速度，是每秒钟五厘米……缓慢而迅急，时刻面临绝境的美。当面对一场盛大的樱云花事，我们无以形容那种生死之间既缠绵又决绝的态度。暴雨将至，枝条摇曳，刚刚绽放就被吹落的樱瓣依然优雅，隔窗，在我摊开的掌心，花影婆娑。好像某个风停的瞬间，花瓣安静下来……在我的手心，睡眠、做梦，然后死去。

假设生命万年之长，我们会有无数次的机会，来处理一万次的争吵、一千次的相爱、一百次的背叛。然而，正因短暂，灵魂终将告别，终将成为既聋且盲的哑者，所以我才如此珍惜，倾听你在黑暗中给予的旋律。趁着还有能力制造回忆的时候，来吧，我的身体已开满樱花，落英缤纷。

浮世绘

1 只唱独角戏的独角兽

据说，原本陌生者在聚会之后散场，假如不加微信，是不打算继续来往了，就此别过，相忘江湖。交换微信呢，就像交出电子的印信，意味着从此可以越过时空的阻隔、熟人的牵线，一对一，点对点，彼此如崂山道士般穿墙破壁，应声而来。哪里有什么远方是太远的，千山万水，不过咫尺的天涯。

童话里的皇后，每天都希望魔镜照出最美的自己；现在每个人的微信里，都隐藏了这样一面会说"你最美"的魔镜，对着手机自拍，顾盼流辉，女皇就听见那句无声的耳语。我们热衷一闪之下的摆拍和被瞬间所固定的永恒，美颜是重要到必要的手段，我们磨光脸上的皮肤，拉长腿部的线条，修片直到把自己处理成为愿望之中的陌生人。而我们索要的美，带有或多或少的畸形。吃得越来越少，以至患上厌食症，我们尽量减少乃至杜绝食物与自己发生身体上的化学反应，好让锥尖一样的下巴像礁石，坚硬地浮出脸平面；好让玲珑腰线，活活塞进芭比娃娃那比例失真的紧身衣里。咔嚓，咔嚓，镜中人唇红齿白，"美啊美，请你停一停"。学识渊博的浮士德就这样输给魔鬼，浅薄的我们就这样输给自己。

有了网络，每个人都可以盘踞中心。我们变成悬挂网上的蜘蛛精，在任意方向都可以运筹帷幄、进退自如。我们的电子蛛网就是我们的世界地图，不必远游，等着食物和牺牲品前来，我们过着守株待兔般被喂养的生活。自己吐出的话，结出绳结将自身捆绑，我们身中奇怪的圈套。

天地辽阔，我们体量微小如蜘蛛，可每个人都自认是只唱独角戏的独角兽，孤独又独特，并且无人理解我们看似平静实则喧嚣的美。人人都觉得自己说话像加粗的黑体字那么有力，那么引人注目，即使实际上已钝感得丧失穿透力。我们在微信里发出的无聊感叹，哪怕仅止一个语气助词，也希望被频频点赞；他人再精彩的演出，我们也吝于鼓掌，视而不见……除非，为了赢回对我们加倍的关注。

2 时时刻刻地交欢

从微博到微信，我们随时向全世界直播自己的生活，一笑

86

一颦，一举一动。始终站在舞台上，我们的行为和招式渐渐带有表演感。以演技论英雄，出位者得天下。我们忘了，有的美，唯藏身于羞怯之中，如同酝酿在花瓣后面的果实。我们更习惯粗暴地直接摘取结果，没有耐心去等待。知耻近乎勇，假设无耻成为勇气本身，何必舍近求远？

开车时我有时听广播。除了新闻、歌曲排行榜、热线答疑汽车维修和情感挫折，还会听到各类医药专家坐诊。各种神医国药、祖传御用，各种秘籍偏方、膏丹散剂，正通过万能的无线电波悬壶济世。所有发生在眼睛、心脏、肺叶、膝盖和周身气血的疾患，都能被彻底扫荡。搭载其他乘客时，我不敢打开广播，怕尴尬，因为以男性病节目为最——最多，最频繁，最露骨。同一时段，数个频道都在讲解男人塌陷下去的腰力以及由此带来的焦虑。

除了发情季节，很多动物平常甚至远离异性。唯有人类，无时无刻不在交欢；且稍事停顿，立即陷入末日般的恐慌。从中草药到动物脏器，只要号称补肾壮阳，应者云集。从治疗男性隐疾的广播里，你会震惊于听到那么放浪的挑逗，那么赤裸裸的意淫狂欢，那么多乐此不疲的暴露癖公然展览自己的私处。他们谈论具体的器官和部位，谈论尺寸和时长，就像谈论发烧多少度、鞋穿多少码一样不以为意。效果、场景和感受，他们知无不言，言无不尽，包括夸张而逼真的形容，只听声音，都感觉他们的眼睛、舌头和性器，处于兴奋状态的涨红里。广播里的专家身份可疑，有一次我听女医师呻吟加撒娇的讲解，瞠目于她简直像用声音唇交。那些所谓的患者，所谓无能为力又枯木逢春的家属，多是医托，很难想象那么多人能以坦荡到淫荡的程度，肆意谈论自己不能或太能进行酣畅淋漓的性交。无论你什么时候收听，都是"大力度的厂家优惠活动马上就要结束"，快，快，快！从此男人雄风威武，女人酥软如泥，能在药力的帮助下，立即颠鸾倒凤地捆绑上天堂。

我们在广播里宣泄生理上的隐私，我们去电视台解决情感纠葛和财产纠纷，在网络直播吃饭、睡觉、自杀乃至杀人的过程，毫不掩饰，没有什么不能公开谈论。除了，银行账户。不过，你以为自己躲得了吗？每个人都被操控的网络随时窥探。手机上的摄像头，马路上的监控仪，无论你是躲在自己的斗室，还是开始史诗般的长途跋涉，亿万只间谍的电子眼，牢牢盯住你的风吹草动。全程，夜视，红外，微距。人人都是新闻记者，都是眼线和卧底，都是掌握现场图片的目击证人。

我们并未因密布的监控而获得安全感。一键之隔，黑客可以轻松逾越禁地，为所欲为。我们的电话、住址、工作、车牌、房产等信息在网上随意买卖。我们很难在出演的同时不向他人出卖自己。

3 在他人点点滴滴的损失里

他人，意味着什么？其实，我们的悲喜、恩怨、功过，无不首先建立在他人身上。

路口等红灯的时候，我遇到一个精神不健全的女人，她眼含泪光，述说自己被凌辱的历史，她的悲切，她的肉体被污损的过程……许多过路者因为聆听获得了秘而不宣的快感。她的灾难，是他人的消遣。与此不足二十米，一个男人在车流外面挥动房地产的册页广告，司机摆手拒绝，这个男人毫不气馁地走向下一辆车，下下一辆车，下下下一辆车……在汽车的后视镜里，他的蓝T恤变得越来越小，直至这个失败的蓝精灵消失在雾霾里。我们在或大或小的利益里，其实是在他人点点滴滴的损失里，谋求生存之道。

　　我们每天接到最多的电话，不是朋友，不是同事，而是由陌生人组成的庞大军团。他们询问你是否需要保险、理财或抵押贷款，是否需要买卖楼盘。电话铃一再响起，你的信用卡被冒用、你的包裹未领取、你遭到法院传唤……在诱惑和恐吓的背后，是层出不穷的招摇骗术。

　　难怪我们无法给予陌生人信赖，他们是险恶的匿名者，随时用温柔的甜言蜜语或凶猛的非法暴力打劫我们的生活。骗子曾经需要勤劳的努力，需要良好的记忆力、稳定的心理素质、出色的表演天赋、克服困难的毅力和重复情节的耐心，才能施展他们的罪恶；今天，只需电话线那端的一块流程版，新手照本宣科也可以上岗作业。骗子已经标准化、系统化、规模化，学会从各处掘取机会，从江河湖海，从公共信息和小道消息里，寻找一切可能……我们被迫步步为营，处处提防。

　　人生无他，不过皮肉和心肠——那么为了自己的好皮肉，舍弃对他人的好心肠，也许不失为成功的捷径。

4 猎人的眼中无所谓美

　　为了中饱私囊，我们不惜在他人碗里下毒。硫黄熏过的姜，工业蜡刷过的苹果，苏丹红泡过的蛋黄，地沟油炸过的丸子，双氧水洗过的凤爪，荧光增白剂染过的爆米花，避孕药喂过的鱼虾，苯甲酸防腐过的海带，明胶注入的冰激凌，毛发水勾兑的酱油，敌敌畏渗透的火腿，福尔马林腌过的过期肉。黄瓜用药液蘸一下，顶端的花就不会凋谢，成为长久保鲜的尸体。掺入香味素、嫩肉粉和种种添加的制剂，食客就不知道自己吃下的是什么，不良商贩完全可以指鹿为马，以老鼠冒充羔羊。有毒的食物，生长在有毒的空气、水、土壤和肥料中，喂养同样有毒的我们。

　　人心千疮百孔，盛不住一滴忏悔的眼泪。罪人甚至无须在自律与堕落之间承受折磨，因为，利益就是标准和道德，就是全部的正义。

　　我们习惯了，河水会有血液那样的黏稠度，空气会有固体般的重量和煤烟般的气味。挖沙船的吃水线在下降，河床被啃食得斑驳而贫瘠。山脉被活活炸开，掘墓的铲齿挖进去，就像要从牛腹中剖出牛黄，我们幻想从大地内部掏取它的黄金。我们不惜践踏亡灵依然在其中艰难喘息的大地。我们使用的能源中有五分之四都来自古老的有机物。当自然不需要利用它们令星球运行，就将其安全地深埋地下。亿万年的沉淀，形成了高度浓缩的煤炭和石油——然而在不到三个世纪的时间里，我们挖出沉睡亿万年的财富，烧毁它们。

我们习惯了残忍的农业和血腥的工业。

这样一个瞬息万变的世界，每1秒，心脏跳动了1~2次，人体每个细处已发生近10万次的化学反应。每1秒，4.3个婴儿出生，1.8人死亡。每1秒，全球有890个汉堡被吃掉，16000罐碳酸饮料被喝掉，1600万吨水从地表蒸发。曾经肌肉蓬勃、毛发葱茏的地球，由于一种叫作人类的病菌滋生，导致斑秃和皮炎，甚至被挖心剖肝、喝血吸髓。

猎人的眼中无所谓美和疼惜，就像螳螂不会怜惜蝴蝶的鳞粉，豹子不会欣赏牝鹿的花纹。我们拥有高贵的鉴赏力，美，值得我们亲手去杀戮。只有人，专门以美为由进行猎杀；越稀有的美，越吸引狩猎的号角、捕杀的凶器、滴血的牙。竭泽而渔，坐吃山空，我们出现在哪里，哪里就是一片坟墓里的死寂。世界不再是抵抗风雨的砖石，而是布满孔洞的酥脆易朽的饼干，具有短暂的甜和转瞬即逝的保质期……即使明天沦落到只剩空空如也的饥饿胃囊，今天我们也要撑到爆裂，不剩留一口救命的口粮。

一个物理学家曾做过如下数字分析。

假设某个细菌以每分钟一分为二的方式增殖。两个变成四个，四个变成八个，依此类推。如果我们将这个细菌放进瓶子里的时间是上午十一点，正午时我们观察到瓶子已满，那么瓶子半满是在什么时候?

答案是十一点五十九分。

如果你是瓶子中的那个细菌，会在什么时候预感自己的空间就要不够了? 当十一点五十五分，瓶子里还有百分之九十七的剩余空间的时候，你根本不会意识到几分钟之后就到来的终极灾难。相反，你会急于扩张自己的领地。

5 只顾拼命往前跑

快，快，越快越好! 我们听不见引爆装置倒计时的读秒声。我们用小聪明的时候多，喜欢至巧的投机，讨厌至拙的气力。因为缓慢，不再是优雅，仅仅等同于笨重。古典表的盘面，有着精细刻度和装饰性的指针，如今垄断手腕的智能手表，是简洁而单调的晶体模块。钟表业曾骄傲于精湛的手工技艺，如今不必强调人工——我们不再需要个性的人，也不再需要耗时的工。

我们要快，快得直达目的。

植物被催熟，动物被催肥，我们对待自己同样用快捷手段——饲料以突然暴力强行塞进填鸭的食道，我们接受强奸式的喂养，并由此变得丰腴。占得先机，先下手为强，出名要趁早……我们不断听到这样的催促，愈加丧失定力，只热衷速度、推崇效率。无论是技能，还是财富或地位，希望它们到来得无比迅猛，我们没有耐心等待哪怕是几个小时以后的明天。

甚至是爱情，都懒得酝酿与沉淀。在悠远的中国古代，人们舍得用大量的时间来思念和等待。抑扬顿挫，起承转合。那些古人害羞到笨拙，克制到古板，一生来不及经历几段情感。现在《非诚勿扰》里年轻的孩子，彼此看过几个 VCR 短片就能决定一起去马尔代夫。

快，快，快！像回音壁的呼喊，后一句能否追得上前一个句子的尾音？那宝贵而诚恳的初音，在无奈递减。当一切都丧失了理由和过程，我们成了只重结果的功利者和势利鬼。快节奏里，什么都是浮光掠影，混乱，动荡，转瞬即逝。一切都是破碎的。认识是破碎的，好奇是破碎的，热情是破碎的，仇恨是破碎的……我们失去了专注的能力，失去了滴水穿石的耐心。

疾走如飞。我们像穿着冰刀，看不清途经的风景；即使滑倒，我们脚下也要靠着这近乎凶器的利器行走江湖。

跑得快，容易丢东西。丢掉家门钥匙一样，我们，丢了灵魂。

6 灵魂何用，拯救何来

灵魂？

孤楚，病弱，这个词看起来不比影视中的鬼魂美人更漂亮。它还值钱吗？灵魂是否轻得，就像一张被抽去防伪线的钞票？这个世界是否无须灵魂介入，只要至嗨至死的娱乐就够了？环境恶劣，我们无法从空虚里打捞灵魂，就像无法从匍匐在地的蛆虫那里打劫一双翅膀。

天使不需要爱情与货币，狗不需要身体里的兽性……如果狼是因为拒绝交出什么而成为狼的，人会因为拒绝交出什么，才能保住"人"这个残剩的定义？灵魂说来玄虚，其实就是尊严和尊重，就是痛感和耻感，就是界线和底线。

在这个只许狼咬、不许羊叫的世界，灵魂形同道德，似乎沦落为一种陈旧的习惯。如果你认同羊的哲学，就必须忍受羊的命运。草食者中，运气好的会成为隐士，运气坏的会成为猎物……羊，无法摆脱身上的膻气一样终身无法摆脱宿命的悲哀。瞧吧，能够坐上王位的，无非狮虎；如果不具备内心的冷酷，就只能出现在牺牲者的行列里。假设没有灵魂，就没有自省和拷问，就没有刑罚。

灵魂缺失，信仰缺失。何谓信？是人与人之间的关系，关乎美好；何谓仰，是人与神之间的关系，关乎敬畏。当两重关系都被破坏，难道我们只适应交往鬼怪？还是说连同我们自己，都成了人神共愤的鬼怪？我们每个人都觉得自己不认识魔鬼，也许之所以没有魔鬼随从，因为我们就是魔鬼本尊。

人们把天使画得脸色红扑扑的，像硬脸颊的塑料玩具娃娃；魔鬼通常消瘦，仿佛灵魂时刻受到困扰和煎熬。奇怪，圣徒的样子竟然更像按照魔鬼的原型塑造，他们可怜的肋骨，像教堂的狭窄台阶。或者说，魔鬼的形象，阴郁而憔悴，简直就是脸色更差的圣徒。为什么？邪恶为什么会像神圣？淫荡为什么会像纯洁？黑最像灰，白最像灰，为什么黑白类似到彼此可以置换，就像它们本身都是混沌的灰？极端对立的为什么长着孪生的脸？判断的混乱乃至颠倒，让人无所信赖，无所适从。我们不知道，哪个方向才隐居着绝对的神，哪个脏器里藏匿着残剩的魂。

我们不再相信虚拟之物，从宗教到哲学，信心已被怀疑所腐蚀——那些抽象的形而上的词语正在消失它们曾经的影响力。尼采曾说："从前他们想成为英雄；现在却仅仅是纵欲者。对于他们来说，英雄是一种折磨与恐惧。"诸如英雄或史诗这样的名词，仿佛古化石，只存在于神话里。这些辉煌之物，仅限在书本上立于不败之地；现实里，它们被迫像墓碑一样固定自己的脊柱，并忍受无人缅怀的漫长的荒凉。困扰我们的，不再是有着饱满亮度的词汇。是小词，一个又一个的小词——在小人一样的词汇里，我们辗转反侧，我们共度良宵。

7 或轻或重的敌意

……且慢。

每当现实和自己预想的世界不一样，我们易于滋生反感和抵触。我们的批判，是否裹挟对自己逝去韶华的怀念？伴随着代谢能力的降低，我们无法消化变动的一切，当钙化的价值观没有匹配灵活的膝关节，我们能否以僵硬的脊柱象征某种强直？

如今老去的，半个世纪前曾经也是年轻人，他们一腔热血，不惜把纪念章别进赤裸的胸膛。他们拥有无边的自信，以为自己的力量能够铲起乌云，为世界保持广阔的晴朗。

我们这代中年人，是他们所曾预见的未来吗？最初，他们曾多么厌恶我们的所作所为：穿牛仔裤，听摇滚乐，恋爱的次数和离婚率都居高，没有以政治诉求为表现形式的使命感。他们伤感并愤怒：纪念碑下集合着我们这些漫不经心的掘土者。可谁在意他们的喜怒呢？车轮滚动向前，急于赶路的乘客无暇顾及落在站台的沮丧者。多少誓言融化在时间里，空气中充满背叛的味道。我们沿着自己的理想道路前进，看起来却像在给他们的理想抹黑。只有少数乐观的老者，把我们的表现视作描红练习——描摹着鲜艳的红，却让我们的手沾上墨迹，沾上比原来更多的黑。

我们熬到中年，开始对年轻人口诛笔伐：看似活力充沛，头脑和内心却虚无；看似桀骜，其实也将以谄媚终老，一生磕着多米诺骨牌的头：向财富、地位、制度和舆论。然而，无论我们直言还是腹诽，何曾被现在的年轻人关心？我们在隔阂中暗生猜度和鄙夷。断崖式的社会变迁，使我们之间，仿佛隔着星空那样隔着世界。我们不知道，年轻人的挥霍，是否就是他们在无奈与颓废中保持激情的方式；他们所表达的失望，是不是克制之后接近的愤怒。

是否，每代人都需要对上一代的理想进行某种抄袭和歪曲，才能提升自身的技艺？上一代人看不起下一代人，包含着复杂的心理因素，既是对未来社会的美好期许，也是对自身痛楚的缓释与麻醉。这种怀疑和不满，也包括某种校正——上一代人的经验向下一代传递，社会运转需要一定的摩擦系数，才能保持安全。

这是最好的时代，这是最坏的时代。像钟摆一样被重述的道路和历史。与其说我们运气坏到遭遇悲剧，不如说，我们始终需要对置身的时代保持或轻或重的敌意。

8 唯有寒冷中才闪烁童话的光

我们失去了伊甸园。没有神的庇护，世界凶险。铁丝网外面的难民想用被刺结扎破的流血之手，抓住边境官的拯救。幽灵船上漂来堆叠的无名尸体。瞄准的 AK47 让音乐会上的听众来不及发出最后的呼喊。密布的核弹头，让人类比火药桶上睡眠的婴儿还要脆弱。一切，令人想起里尔克的诗句：若我呼喊，谁，将在天使的序列中听到我？

深冬，北方空旷。风吹过光裸的枝条，只有末梢零星的干树叶发出锡纸抖动般的响声。整个冬天被清空，只剩下微弱之物：微弱的能量，微弱的信念。这是遭到洗劫的世界。

树干底部残留积雪，依然散发寒气，并未随着上升的光照而消融，这些曾经看起来最干净的冰晶，数日之后肮脏不已，仿佛为逝去的时光殉难。什么被积雪掩埋，什么又被积雪所彰显？冰雪和梦想，都是慢慢析出的结晶。据说最美好的东西只能用最深痛的创伤来换取，所以我们沉默地等待下去，濒于绝望，依然怀有信任。

大雪弥漫，即使野兽用蹄爪在雪地留下印记。相信在天上，在层云的远方，依然有无与伦比的雪国的宁静，有教堂般的图书馆，以及图书馆一样的老人。相信在大地，在旷野的远方，有人用冻得僵红却不肯放弃的手，尝试堆积起纯洁的雪人……它有孩子的脸，坚持的站姿，以及唯有在寒冷中才能闪烁的童话般的光芒。

……我们能否重新开始，向几近枯竭的自身深度开采？只要尚存爱意与勇气，内心的伊甸园，能否在灌溉下暗藏复苏的可能？但愿，每粒冰霜，都是小而幸存的水源。

离歌

1

就是在那天。

那天，我跑到西四环看影展片目:《超新约全书》。

情节设计天马行空，那种想象力，长期在自由里才能养成那种百无禁忌的天真。当住在普通三居室的小女孩伊娅，抱怨她的父亲是上帝，唯我独尊，不考虑任何他人情感和意见，抱怨他暴虐、自私、喜欢给陌生人制造悲剧的时候——观众没想到，这位穿松垮背心、邋遢格衬衫和家常裤衩的大叔，竟然，真的就是上帝本尊。

上帝靠一台电脑和横行霸道的作风统治世界。伊娅决定改变运行的法则，在她通过滚筒洗衣机抵达人间之前，小女孩擅闯父亲的禁地，把每个人的死期通过手机传送给它的主人。刚开始，接收信息的人以为是谁的恶作剧，很快预言验证：还剩下半分钟寿命的人绝对活不到一分钟。有人发现自己的人生还有漫长的余数，高龄才会离世，于是成为无畏的挑衅者：他毫无保护地从高楼往下跳，砸死的是路人而他活着；他从火车上往下跳，正好有盛满面粉的运输车经过；他从飞机上往下跳，落在另一架飞机宽阔的翅膀上；除了偶尔外伤，或者脖子上围着用于恢复功能的颈圈，他无损。当人们知道自己的死期，胆怯的劳作者不再被束缚，忠诚的婚姻受害者不再挣扎，自由就像垂到嘴边的果实那样到来了。

死亡，在这个世界如此自然，就像随手翻开的是一张带花色的纸牌。我们甚至可以挑衅上帝，但必须臣服死神……他有一双喜怒无常、暗杀者的眼睛。

我所在的影院，位置偏西，离北京的火葬场近。看电影的时候，我毫不知情，当时他身体的气息是否已经散尽？当我跟随剧情笑着，吃爆米花，喝带气的苏打水——我不知道，与此同时，一个二十年前撤离我生活轨道的朋友彻底失踪，他的五官已经消失在自己躯体腾起的火焰和烟雾里。他从一粒目力难辨的受精卵，变成一个有体积的受难者离世，用了整整四十九年；而摧毁一个成年男人的二百零六块骨头、六百三十九块肌肉、三十二颗牙齿、十根手指和十根脚趾……摧毁和消灭这些，只需要短短二十分钟。他没有剩下什么，除了散落的骨块和灰烬。

消失了，他黝黑的皮肤、宽阔的鼻翼、草食哺乳动物的眼睛。

2

当接到小夜电话，我颇为意外。

她的开场白是："我是屠苏的初恋，也是他的合法妻子。"声音几分强硬、几分委屈，然后是长久的停顿和哽咽，是令我错愕的颤抖着的呼吸……我不敢肯定，对方压抑的是哭腔还是一腔愤怒。我蒙了，从没遇过这种情况，她像是处于弱势的正室打给行市见涨的小三，既有委屈，又带着示威的意思，像在进行一场并不恰当的投诉。

我控制住疑惑，也控制语调以便传递友善，询问怎么回事，并解释说我与屠苏，既无恋爱前史，又无暧昧纠缠，除了中间打过一个短暂电话，我们二十年来断无联系。

小夜说，不必澄清，屠苏和我的关系她相当清楚，她只是来通知我一个迟到的消息。半个月前，屠苏独自死在深夜的办公室，猝死病因不明。追悼会恰恰安排在我看《超新约全书》那天，当我为编剧的构思击节叫好之时……他被火化，灰飞烟灭。

来不及消化突如其来的噩耗，我发呆，不知怎么跟小夜交流。挂了电话，我沉默，长久盯着窗外，没有任何痛感。我为自己的平静感到好奇和羞愧。时间，停了。直到一只皮毛松散、形色俱厉的玳瑁色野猫，穿过阳台，纵身跳入冬青灌木丛……我忽然难以自控地流泪。

3

二十多年前，我做儿童文学编辑，业余写作，写得也业余。

早于屠苏，我先认识他的几位同事。他们或公开写小说，或暗地写诗，这些在政府机关的年轻公务员，热情洋溢，尚未被体制所规训。大家偶尔交流，不算密切，但关系融洽。我还为其中一位介绍过女朋友，可惜双方相处寡淡，很快分道扬镳。好在大家年轻，对爱情和婚姻心怀向往，但这个年龄，它们更靠近束缚而不是安慰。

见人之前，我最先见到的是屠苏的信。字迹清秀，他的表述清晰又克制，让人感到出色的文笔和教养。屠苏从同事那里读过我的作品，希望结识，聊聊文学。他把信直接寄到我的工作单位，越过他的同事——屠苏没有跟谁索要我的地址和电话，也没跟谁打招呼。这封漂亮的信，这个空降的高人，令我好奇又敬仰。

我按屠苏留下的号码打了电话，他说话沉稳，却有中提琴的胸腔共鸣。据研究者发现，刻意压低嗓音会使说话者听起来更强势，而拔高声调则会削减一个人的权威程度。屠苏的音量不高，带着一点轻微的鼻音，总像感冒刚刚开始的样子，给人信赖感，同时又带有让人动心的柔弱感。他没有通常难以克服的口音，应当从中学就开始坚持使用普通话、并在北京生活的数年中不断校正自己才可能有那么清晰的吐字，不过从温和、缓慢的语速里，还是隐约听出几丝南方地域痕迹。

忘了电话里聊了多长时间，我随后写了一封其实是模仿他行文风格的回信——20 世纪 90 年代，人们还保留写信传统。鸿雁传书，相见恨晚。

屠苏温良淳厚，细腻体贴，有一双草食动物般微微湿润的眼睛。屠苏其他的优点被我随后发现：善良、聪颖、博学、专注。他内向安静，不饶舌，却是一个极好的谈话对手。屠苏毕业于北大，受到扎实、系统的学术训练，加之阅读涉猎广泛，我们虽然年纪接近，但在许多方面他都堪称我的师长。是在屠苏的指导下，我认真拜读马尔克斯和博尔赫斯的作品，而不是把他们仅仅当作外国文学史里略微拗口的名字。屠苏鼓励我的写作，说有灵气，他的口气带着发现得意门生的欣慰。

最初交往的数月，我和屠苏的联系，迅速变得比那些我早已结识的朋友密切。他让我获益，明白自己在知识和认识上的误区与盲区。我喜欢和屠苏聊天，我们沉浸其中的海阔天空，旁听者大概觉得云山雾罩，因为内容是形而上的，抽象而不食人间烟火。我们谈文学，也谈我根本连基础都没有的哲学和逻辑。屠苏好脾气，能够忍耐对牛弹琴；对于牛嚼牡丹的我来说，则是齿颊留香的享受。

我们都喜欢阅读，默默写作，不为博取功名，因为它能让我们探索事物的极限，包括挖掘自身的可能……写下文字，是为灵魂种粮食。写作是孤独的，永远独自面对困境，所以遇到心有灵犀的同道，格外欣喜。屠苏新写了什么拿给我看，如果启动灵感，我就应和一篇。我根据他的行文节奏来调整自己的，乍看，珠联璧合。我们没有意识到自己的身影，在彼此作品里都留下了文身。沉浸在文字里，我们像两个研习武功的人。屠苏比我技艺精进，我把他当作潜在的师长。

周末，我兴高采烈地跑去和屠苏聊天；过了正点，才随便找个餐馆吃饭。屠苏慷慨，秉承由绅士结账的旧习；可我有些男孩性格，埋单时当仁不让。我平常也大大咧咧，屠苏遗憾于我不是淑女。我嘻嘻哈哈，从未想过从他的那个良。我对屠苏说：按你的要求，我再从也是个良，不如当自己的优。我们彼此都不是适合对方胃口的家乡菜，但把坐言欢，我们刻意或潜意识忽略那些可能引发的矛盾；我们盘旋半空，回避溅上大地的泥浆。有一次，在拥塞的小餐馆，邻桌的菜都快挤上我们的桌子，我低头看见遍布通红的辣椒之间，是剁碎的牛蛙，一块眼睛一块嘴巴的；然后我抬起眼皮，视若无睹，继续和屠苏谈及短篇小说的叙事技巧。从余光里，我看到邻座的酒徒：一双发呆的眼睛，半张错愕的嘴。

4

屠苏自称本少爷，言谈举止，有些蔑视尘俗。和他相比，我气息混浊，常自惭形秽。其实屠苏并非优渥家境滋养出的少爷，相反，他出身清苦，是从农村底层挣扎出来的。屠苏的脚趾分得很开，他指着凉鞋里的这对蒲扇告诉我，家里以前是渔民，常年赤足在波涛摇晃的船板站立，才长出有利平衡的骨架构造。屠苏与打鱼的祖辈没有隔出几代，身体的痕迹尚未随环境而改变。

屠苏没有乡村孩子的自卑，他比常人清高。他曾是当地高考状元，据说理科成绩极其优异，只因热爱文学，才弃理从文。屠苏依然保持了出色的数理化基础与学习能力。仅靠自学，他的计算机水平几近专业，擅长组装、修理和编程。他博闻强记，研读历史、哲学、人类学、政治学。屠苏智商超群，难免孤傲。他脾气虽好，也会因对方没有及时领会自己的暗示滋生恼怒。不过，屠苏克制，很少流露。无论情感还是仕途，他都希望不战而屈人之兵。

屠苏告诉我，他有生以来第一个暗恋的姑娘，是他中学老师的女儿，她写诗，因此卓然不群。这段暗恋，徒劳无功，后来两人失散江湖。真正的初恋女朋友叫七虹，大学期间以分手告终，他还写过散文，纪念那段令他心痛的恋情。我尊重屠苏的感情，偶尔也拿他对七虹的怀念打趣，说回忆和泡菜腐乳之类一样，都是借助了腐烂的力量，才产生些许与众不同的味道。

他不够高大，我不够漂亮，作为两个皆有虚荣心的人，我们的外貌都没有达至对方的基本要求。我偏好小爸爸类型，喜欢清瘦高挑，既伤感又幽默那种。屠苏喜欢甜美淑女，最好气质上靠近南方水土。幸亏我们长得不达标，这是对彼此的适度保护。屠苏和我都心性敏感，容易在感情贸易上计较顺逆之差，影响和破坏美好的平衡。我想，上帝不会让两个心灵易损的人结成同盟，他们惨淡的结局会让神灵感觉自己无能。尽管屠苏和我不足以引发心动，可我们的关系曾遭到尴尬的误会。

一天晚上，屠苏和我坐在护城河边的草地上聊天，我们没有任何可疑的情绪和动作，只是没注意到时间流逝、夜色深沉。突然，从马路上方射过两道手电筒的刺目光柱。为了保障北京正在召开的重要会议，加班加点的联防队员们，五六个人组成自行车队巡逻。我第一次知道如何抓嫖——首先迅速分隔二人，询问对方名字。我觉得联防队员看到我的近景特写，立刻粉碎了预想，之所以持续质询，不过是因为启动了程序无法收场。我如实回答问题，是不想给在政府部门工作的屠苏招惹麻烦，但内心几乎笑场，能把我当作流莺算是褒奖，行业得多缺人手，才能轮得到我这种模样的上岗。荒谬的误会解除，我笑出声，屠苏气愤不已。他才不看成玩笑呢，他视为侮辱。

屠苏缺少与异性朋友交往的经验，而我的好友以异性居多。我最为漫长和信任的友谊，是与十七岁就认识的两个高中同学结下的。没做过情侣，可延续至今。不仅我和这两个男孩是朋友，和他们的太太是朋友，乃至两家父母都成了朋友。所以对我来说，不存在关系上的迷惑与障碍。我愿和屠苏亦是如此终生信赖的朋友：发白齿豁，依然鸡犬相闻、肝胆相照。

5

我不知屠苏怎么在官样文章和文学之间平衡自己。公文，并非公共的文学，走的是文学的反途。屠苏没有表现过多的挣

106

扎。随着交往，屠苏与我的矛盾倒是渐露端倪。

屠苏不喜欢我穿牛仔短裤，不喜欢我笑起来肆意。我难免抵触：你又不是我男朋友，管得着吗？我拒不悔改，越加对抗地穿上自己并不喜欢的夹脚凉鞋。他们单位楼上楼下有我认识的朋友，都是早于屠苏的熟人。我去聊天，难免照面、打招呼，或者约上大家聚餐。屠苏厌恶某君做派，说他整天热衷攀附，孜孜以求的，是一把主席台上的座椅和一个放大音量、伴有回声的麦克风。他惊讶于我并不反感接触某君，还与其谈笑风生——屠苏蹙眉："有什么可说的呢？聊得那么热闹。"我戏言："你觉得他拉拢关系可耻？人人都是裸生而来，如果他能结交超乎寻常的莫逆关系，证明他在这方面既有本事又肯下功夫。"我自己无意于人海竞争，但看到仕途挣扎者也能理解——人各有志，各有他的不安与不易。屠苏对我的态度是轻视的，认为我丧失原则和立场。

屠苏对我挑剔，流露冷淡和嘲讽，我云里雾里。我追问原因，他不讲明为什么，只是怨意越来越难以克制。我们靠着美好的惯性以及隐约的猜忌，继续来往。后来，听说屠苏交了女朋友，我好奇又热情地提出和她见面，大家一起玩儿。被屠苏拒绝。他恋爱的那个阶段，假设我联络少了，他语含讥诮，说我薄情寡义；等我改正错误积极致电，他用失望的腔调说："哎呀，怎么是你，我以为是我女朋友呢。"我糊涂、茫然又生气，不知如何相处。

屠苏有一天突然表明，希望和我有个告别之夜，从此咫尺天涯，相见不如怀念。我习惯静水深流，不明白为什么这么快就是山穷水尽的结束。尽管不知道哪里得罪屠苏，但我年少气盛，自尊不允许我继续一段需要挽留的情谊。我当时有种直感，屠苏放弃与我的友谊，专注恋爱，投入预备状态的婚姻，似乎完成了重要的内心转变——他放弃悬谈理想，决心务实生活。我所代表的一切，和屠苏的未来都是不兼容的。

最后的见面，屠苏在我家睡了一夜。同一张床，和衣枕卧，秋毫无犯。在这个充满纪念仪式感的告别之夜，彼此气息达至耳畔，我们好像需要格外调整和校正自己的心跳。直至天明，我假装没看到他夏天薄薄的浅色裤子外面情欲的湿迹。克己复礼，他有君子之风。屠苏眼睛里含了泪光，对我说：即使终生不再相见，在心理上，你是我一辈子或明或暗的情人。

此生，我再也没有见过屠苏。

6

分别之后的两三年，一个共同认识的朋友说屠苏后来提及，说和我"心心相印"。

分别之后的七八年，我意外发现屠苏用网名发表的回忆文章，再次说在精神世界里，我将是他"一辈子或明或暗的情人"。相隔时空的深情，让我落泪，但内心骄傲和往日的不快阴影，让我畏怯于重新建立现实中的联系。按照以往习惯，我默默以文字应和，给他起名"匹诺曹"。

我想对匹诺曹说，你是我天然的朋友，不加糖，不含色素，没有防腐剂。我贪图这种友谊，希望它源远流长，希望我们发白齿豁的时候还可以在一起温故知新。也许，纯粹的东西保质期不长，因为它连空气中的细菌都难以对抗。这是在中途，谁是唇齿相依的爱人，谁又是肝胆相照的兄弟？是否已到终点，为什么匹诺曹成为一张旅游地图——曾经是指引，很快便成纪念？

　　我曾经无法不炫耀，像贪吃水果的人，手指上难免沾染甜的果汁。我在与别人的交谈中流露，在文字中书写，匹诺曹就像长篇连续剧中的主人公，在每一集里占有戏份。惯性持续下来，即使在我和匹诺曹天各一方以后，我还在写作中编造他的存在，化装他的身份，我杜撰种种故事情节，以使月白风清的友谊至少能够在纸页上生生不息。因为融合部分真实，我的谎言看起来天衣无缝。真话有什么好呢，只能让我们成为平庸无奇的孩子；我宁可做一个童话中撒谎的木偶，被惩罚时刻威胁，也不愿忠诚于缺乏想象力的现实。

　　现在我沉默，我愿我是小偷，我愿我有熏黑的心和灵活的手，可以把匹诺曹从昨天的口袋里安全偷回，又不受到任何责问。然而，时间总是要收回它曾经许诺永远给我们的。所谓成熟，不过是你不会再为丢了的即使最宝贵的东西而伤心。所以，我就若无其事，只是偶尔在深夜里想一想匹诺曹说过的话，就像重逢。我由此得知回忆的音量：它像耳语，亲近，又忧伤。

　　和屠苏分别大约十几年之后，我偶遇路平安。当年我们都在一起玩儿，路平安是屠苏的同学兼同事，虽在学校不是同级，在机关不是同一个部门，但了解屠苏的基本情况。路平安说屠苏离婚了，事业坎坷，过得不好。我得到屠苏的号码，略带忐忑地打过去。屠苏的反应出乎意料地古怪，他依旧语速缓慢："哦，你终于打来电话了。"那种口气里有犹豫迟疑，有叹息，但肯定说不上热情。那些所谓的惋惜和依恋，难道只是屠苏的文字抒情？也许他只想把我当作一块供起来的牌位，并不需要我复活。我匆匆向他要了快递地址，给屠苏寄了几本自己的散文集。然后，再次断了音信。既然他不需要对友谊温故，我何求知新。

　　不过，我始终感恩屠苏，因为他在文学上给予的鼓励和指引。有些隐身人的存在，对我们如此重要。你醒的时候，有人和你一起醒了；你睡的时候，有人和你一起睡了。虽然相忘于江湖，像一盘打得散落的棋……但，他只要在，就够了。

　　二十年后，突然，平衡木那端空了。没有了"我们"，我只是我自己，体会从复数变成单数的孤独。屠苏像水滴进入池塘，返回虚无。

7

　　去家里看望小夜那天，屠苏正好离世一个月。

小夜哭了，想找我聊天。我心怀恻隐，马上开车出门，前去安慰这个可怜的新寡。而且，屠苏提前离世，也让我对分别之后，他人生所走过的江河有一点好奇。

到达屠苏位于东三环的家，颇费周折。居住了七八年的小夜说不清家庭地址。我本来就路痴，小夜的信息数次出错，我被互相矛盾的指示弄蒙了，绕来绕去。屠苏自己不谙世事，也找了这么个不食人间烟火的老婆。

最后拐到一条路况复杂的窄小胡同里，如鲠在喉，车开进去不是，开出来也不是。我犹豫着是否要在一个垃圾堆旁边停车，混合着尿渍色的烂泥地，根本下不去脚。幸运的是，我在另外一个垃圾点找到勉强塞放的车位。

与屠苏小区仅一墙之隔的这条胡同，破败至此。临近CBD核心区和繁荣的三环主路，此处有高昂得令人咋舌的地价，但这条盲肠般隐蔽着样貌和功能的胡同，两侧建筑，一样简陋。一侧是廉价钢板房的小饭馆，另一侧楼体陈旧，有的房间竟然没有完整窗户，有的纱窗是千疮百孔，垂下长长的已经不能被风吹动的缕缕灰尘，几乎成了半个窗帘。没人修整，都等着拆迁——既然被摧毁的时刻指日可待，在窗户上加固一根钉子都是浪费。这是一条被乞求速死的胡同。走在里面，路段分别有不同的味道，有时气味也许并不存在，是视觉经验带来的想象中的并不美妙的幻嗅。

从胡同里能看到屠苏家所在的楼，可院门不冲这个方向，必须绕行。真正的入口，位于一座现代商厦后面。我只走了六七十米，绕了个弯儿，就从旧社会走进了明晃晃的新时代。商厦一层的星巴克里集中各式各样的城市脸，或聊天，或发呆，或看杂志，或敲击电脑键盘。在星巴克喝咖啡，是便宜又体面的社交方式和休闲方式。

咖啡馆的落地玻璃，和胡同里那些破漏纱窗，离得多远……六七十米，还是六七十年？还是离得多近……就像窗户，打破就在瞬间？从星巴克旁边的小路穿过去，就是屠苏家肉粉色的楼。高档楼宇几乎避用的那种肉粉色。

电梯里有胡同里的气味。

8

小夜圆润，长相年轻，比实际年龄显小。娇巧玲珑，有点袖珍，和她相比，我显得体格健硕，像个鲁莽的女巨人。小夜眼睛潮红，哭过不久的样子。她聪明，口才很好，表达流畅，说起话来头头是道，不像电话里那个缺乏常识的指路者。

环顾亡友的家，我暗暗感慨。屠苏年近半百，来北京三十个年头，和同龄人相比，居住条件欠佳。单位的周转房，合住，屠苏的使用权只限于两室之一。好在另外那屋主人住到岳父岳母家，屠苏这才享有基础的隐私。家里布置堪称简陋，像年轻北漂住的过渡房。桌椅是在夜市大排档常见的，桌子是可折叠的简易桌子，椅子是面积圆小、无靠背和扶手的简易塑料椅——我小心坐下去，姿态谨慎，怕坐翻摔在地上。

与此形成鲜明对比的，是比过道大不了多少的勉强当作客厅的空间里，满墙，都是屠苏参加重大活动与领导或名人的合影。在这个微型展示厅里，贴满了逝者的殊荣。墙上的屠苏在各种场合微笑，都是小夜为了纪念离去的爱人，洗印出来的。

小夜说：你寄给屠苏的书，他没时间看，我读了。小夜的话让我心里一沉，并非因为自己被冷落，是因为突然意识到，我为什么觉得屠苏的家里有什么不对：他的书呢？我所认识的屠苏，办公室和宿舍里到处是他的书，连睡觉的单人床一半都让书占了，像他永恒的伴侣。他家虽然空间有限，总比集体宿舍宽绰，可我的目力所及，却是奇怪的空空荡荡，只有两个简易的小书架，没有溢出它们之外的任何本册。坐在屠苏生前居住的屋子里，我感觉不到他的气息。那个文学上曾经的点拨者与指路人去哪儿了？那个沉迷阅读的博学者去哪儿了？

通过小夜的讲述，我聆听屠苏的爱情神话。小夜正是屠苏此生第一个心动女生，那个少女诗人，两人同班，可是高中毕业后就天悬地隔地分开了，令屠苏分外失落。七虹算是屠苏正式的初恋——但小夜说，七虹其实是自己的替身；然而，自己离去造成的重创是任何人都弥补不了的。不仅七虹，包括后来屠苏未曾谋面的短暂笔友，还有写作的我，不过是屠苏在寻找小夜的种种碎片罢了。小夜承认自己以前写诗，具有天赋的她之所以放弃，是觉得文学虚无缥缈，她愿意在社会建设中担当更重要的角色。小夜说重逢之前，屠苏厌世情绪严重，万念俱灰，准备剃度出家。小夜再度出现，一切峰回路转，否则屠苏孤独的灵魂无以为寄。

9

我一直不明白，即使屠苏心有所属，也并不妨碍与我的友谊。或许是，对于男女之间的情感，屠苏认为非此即彼：不能往婚姻方向发展，那么异性之间的友谊也应及时切割，所以他才有那么庄重而正式的告别仪式。算上去，屠苏从谈恋爱到结婚之间，我是中间一个短暂插曲。

愉快聊天的同时，屠苏需要消化隐秘的不适，包括我的成长。他喜欢被轻微仰视的感觉，喜欢被夸奖。我最初低于屠苏的写作水准，很快差别就并不明显。我直言，他需警惕唯美却乏力的修辞倾向，避免过多使用酸甜气味的形容词。屠苏喜欢柔弱类型，我却拒绝扮演言情剧中目光迷蒙、心性依顺的女主角。

和我告别之后，屠苏迅速结婚。新娘叫明慧，与屠苏单位的原领导是同乡，毕业实习期认识了屠苏，芳心暗许。于是，她请这个叔叔辈的领导当恋爱介绍人。关于屠苏成家的细节，以及屠苏转变心意的历程，我知之甚少，也从未主动打听过。小夜说，当初屠苏选择明慧，是因为对单位领导的介绍不敢违抗，也希望明慧能用关系来推动自己的事业。对小夜的说法，我心生疑虑，与屠苏曾经的交谈，以及他对文学的热爱，让我觉得他不致如此世故，不会为了所谓事业，牺牲感情。我想，明慧身上，一定有什么东西让屠苏迷恋过。

小夜说，屠苏在走入婚姻的过程中就犹豫过，甚至在老家摆了酒席之后还萌生退意。但领导不满，在单位已公开关系，在老家已举行了准婚礼，说不愿意就不愿意了，怎么对明慧交代？不行，得领结婚证书。领导如此在乎明慧与屠苏的婚姻，这让屠苏婚后对领导额外的关照有了期待。

领导愿意给屠苏介绍女朋友，举手之劳，成人之美；若论提拔干部，就是另一回事了。明慧，都算不上领导近切的熟人。屠苏失策了。小夜愤怒于：明慧是地地道道的农村人，家境穷苦，甚至比屠家还惨。柴米油盐的日常生活，让屠苏也让明慧，失去了彼此的优势。一旦发现明慧对自己未来的仕途不会提供什么帮助，这段委屈之下成就的婚姻就成为对屠苏的煎熬。

10

和小夜见面后，我也与明慧联系过。是路平安提供的电话号码。

明慧的语气平静沉稳，给人感觉有礼貌、擅长倾听。明慧也在机关工作，职业带来的秩序感让她稍显严肃，听得出，是言必行、行必果的人。她回电，和在短信里事先答应的时间都精确吻合，前后不会相差几分钟。

明慧总结，屠苏智商高、情商不高，难以处理复杂的情感和交错的社会关系。他选择困难，反复衡量，往往选出的是负面和恶果。无论仕途还是婚姻。

屠苏本来在机关很好，按部就班，循序渐进，论资排辈熬年头也能上去。后来有个重大项目上马，公司开创者正是屠苏的老上级，在他的动员下，屠苏跃跃欲试。毕竟那边待遇更高，只不过这项事业如果遇挫，工作人员将自谋去处，无论是过去的机关还是现在的公司，都不再负责解决出路。明慧提醒，新岗位假如真是个好机会，早被利益高层的七大姑八大姨捷足先登，轮不到你屠苏。此前，屠苏就想过应聘那些经济回报丰厚的企业，明慧就劝阻过：在高效率、快节奏的企业，屠苏根本拼不过生龙活虎、野心勃勃的年轻人。她说屠苏还是适合留在机关，平平稳稳地度此余生。其实，以屠苏那种知识分子的心性，机关也不适合，做领导需要擅长摆布，业务能力可以弱于协调能力，而屠苏胜在书本层面的智力，在其他领域明显不足。明慧所谏，是肺腑之言，且是两害相权择其轻的考量。然而屠苏看来，妻子的温情和体谅既是安慰，也有自己的能力被轻视和低估带来的遗憾。屠苏自负，觉得有些发达者只是凭借意外的机遇，假设位于同一起跑线，屠苏觉得自己未必屈居人后。

　　多年的学霸生涯，让屠苏习惯被人仰视。没有了崇拜的明慧，让屠苏觉得自己一无是处。屠苏之所以果断地换工作，他的决心和力量，除了憧憬，也包含被婚姻捆绑所产生的对抗。他对明慧失望、对抗，他需要释放自己作为出色者的能量……和委屈。他从这个婚姻里什么也没得到，倒赔进了过去与未来的可能性。也许正是因为这点不甘，当屠苏的能力被小夜肯定并放大时，他的心理得到了豁然的满足。屠苏执意创业，还有隐秘原因，当时他已与小夜暗通款曲，并受到后者的跳槽鼓励。几年之后，投身的宏大事业不了了之，原来的岗位早被鸠占鹊巢，屠苏重回机关已没有选择，委身一个既次要又清苦的部门，升迁遥遥。

就在离开机关又重返的几年间，屠苏离婚了。

11

很难说清，在屠苏与明慧解体的婚姻里，小夜负有多大的责任。即使小夜不出现，梦想与现实的巨大落差，也许也让屠苏难与明慧白头到老。关键是，在屠苏困顿于仕途和婚姻的时候，小夜适时登场。

作为屠苏一生中最早的暗恋对象，小夜的再次出场充满欲扬先抑的戏剧性。

小夜自述，第一个打给屠苏的电话，她诉说自己离婚后的落难处境：没有钱、没有工作、没有地方住。善良的屠苏动了恻隐之心，于是英雄救美，飞蛾扑火。小夜把玩笑开得特别长久和正式，她一直维持寒苦的形象，这让屠苏怜惜不已，想尽办法弄到小夜爸爸的账号，立即打款。屠苏在与明慧的婚姻里或许没有完全的满足，像一颗蛀牙没有得到及时修补，小小的溃口，本来可以重视、也可以忽略不计，可屠苏让自己的生活从此决堤。可怜的屠苏，他的温柔善良，他的文学爱好，都成为有害的悲剧因子。他的软弱，他对初恋的怜惜与姑息，他尚

未泯灭的拯救落难女孩的公子情怀，他文人心里那点不切实际的爱情期许……一切，导致他做出莽撞而沉重的选择。

自从与屠苏重新联络，小夜就不停往返北京。以屠苏财力，无以支撑宾馆住宿的开销。那时一家人住在明慧的房子里，屠苏自己有时住在合租的周转房——他在这里藏娇小夜。藏不住。这是单位的房产，同事都住这里。何况，小夜公然以屠苏爱人自称。和所有俗套剧本一样，明慧发现，屠苏总是躲在阳台偷偷发短信。屠苏的掩饰技巧乏善可陈，窥出端倪的明慧偷袭，马上就翻出底料。

明慧学识低于屠苏，即使屠苏难以实现她寄予的厚望，她也逐渐接受现实。明慧喜欢屠苏身上的老实厚道，也接受他交际上的吃力和经济上的困窘，但屠苏与小夜那种公然的僭越，触动了明慧的婚姻底线。痛苦之中，明慧选择隐忍；坚持提出离婚的，却是屠苏。两三年的拉锯战僵持下来，明慧无奈放弃。

罔顾幼齿的孩子，屠苏之所以主动且强烈地要求离婚，离婚之后几天就迅速迎娶小夜，原因无外乎几个。没有耐心忍受与明慧的争执。急于安慰受了委屈的小夜。完全公开的艳遇，使屠苏从无可挑剔的好人形象，变成令人指摘的角色，他需要法律上的正式名分来平息非议。或许还有个重要原因，是小夜拟写的剧情陡然反转。

他的温柔善良，他的文学爱好，都成为有害的悲剧因子。他的软弱，他对初恋的怜惜与姑息，他尚未泯灭的拯救落难女孩的公子情怀，他文人心里那点不切实际的爱情期许……

小夜并非她最初所形容的走投无路。小夜说，她带屠苏去自己所在的城市，指点他参观自己体面的住所，屠苏才明白这是一出苦情戏。小夜的表述，从一个落难女孩的极端，走向了呼风唤雨女能人的另外一个极端。

12

　　谈到与屠苏的重逢，小夜说，她之所以联络屠苏，因为一个梦。她梦到屠苏死了。

　　其时，离异的小夜还在省会，她说在北京有个身居要职的司局级男友，地位和才华都出众。距离并未构成异地恋的干扰，男友心仪并宠爱小夜多年。经过磨合与考验，两人正紧锣密鼓地筹备婚期。当准备迎娶小夜的男友得知小夜噩梦，心疼惊悸的女友，他很快利用人脉找到屠苏下落，希望小夜解除心中芥蒂。

　　小夜甘愿离开功成名就的男友，放弃成为高官夫人的好运，决意走向潦倒却痴情的屠苏，走向他捉襟见肘的日子与入不敷出的债务……即使屠苏当时婚姻尚未解体。小夜郑重告诉屠苏：她在大学任教，又给企业做法律顾问，每逢重大项目在官场疏通关系，便需要与高层熟络的小夜亲自出马。立足学界，涉足商界，纵横官场。作为学以致用的通才，小夜早在四十岁前就一劳永逸，实现财务自由，不被生计困扰，她名下仅房产就有十多套。小夜流露出很深的社会背景，似乎具备帮助屠苏实现仕途梦想的能力。她说自己怎么与高官熟络，怎么与他们谈笑风生，办事怎么易如反掌。小夜承诺，如果和屠苏结婚，就助力他的事业。

以屠家的本分和保守，一开始他们当然不主张屠苏与明慧离婚。为什么他们后来转变心意，尤其是屠爸爸还鼎力支持？是被屠苏的一意孤行所感召，还是另有隐情？

小夜曾对屠苏父母说她怀了孩子，能给屠苏生儿子，对屠爸爸来说，大喜过望。早年我与屠苏的交往中，他曾谈及为了供他继续学业，小妹所做的牺牲。十多岁的少女，正是城市家庭父母的掌上明珠，绝不会舍得让一个刚刚初潮的女孩子下田泡到冷水里劳作，也舍不得让屠妹妹牺牲自己的未来供养哥哥的未来。但屠家小妹很早辍学，屠家任由年幼的女儿风吹日晒、挥汗如雨，因为农村家庭对儿子怀有隆重的寄望，相信那种回报值得这种付出。在相对漠视女孩权利、重视男孩荣耀的地方，才能有如此选择。更何况，小夜许诺，只要屠家父母支持，婚后马上送给他们一套房子居住。有钱、有本事、有生孙子的可能，连续的利益诱饵，令人怦然心动，似乎值得鱼死网破地下注。

在政府职能部门工作的屠苏，一直相对沉寂，小夜虚构的远景，屠爸爸喜闻乐见，由此动摇，就像当初抵押女儿的命换儿子的运，他只能赌那个赢面大的。

最为关键的转折，是小夜帮屠弟弟调动了一次工作。屠弟弟上班的学校离家稍远，他想换到离家更近的学校。小夜雷厉风行、大显神通，据说一个电话搞定。这次恰逢其时的施展身手，使屠家对小夜扭转态度。屠弟弟调动工作的例证在眼前，小夜的通天本领绝非虚言,她必对屠苏的仕途有所作为。小夜流露自己熟识诸多达官显贵。最离谱的是说与国家领导的夫人相处甚欢,经常一起喝喝茶买买衣服什么的。当那位夫人形象出现时,小夜指着屏幕就聊起她的点点滴滴。其实谎言容易戳破,抵抗不住几句追问。凡与高层有特殊交道的,一般有着来历和渠道,这种事情上,没有空穴来风,而小夜说不清来历。假话,气球一样,膨胀而虚无……屠家低微而迷信,从来不存针尖大的质疑。父母本来就会根据屠苏的态度来决定对小夜的取舍。既然屠苏和明慧并不幸福,还不如迎接新的机遇。钦佩能力的,感谢恩情的,呼唤未来的,屠家纷纷改投赞成票,支持屠苏另娶佳人。只有这样,才能一改屠苏颓势,才能让屠苏重整旗鼓,再创考上北大那样的辉煌。

13

　　半文盲的父母,当年培养出显赫的北大学子,全家容光焕发。高考发榜之后,屠爸爸宁愿债台高筑,也要花钱请了放映员,在村里一连三天放露天电影庆祝。蓬荜生辉,光宗耀祖,那种感受太令人陶醉了,如同铁匠儿子考上清华,满县的人都想成为铁匠一样。屠苏高考创造的奇迹,绝非涟漪短暂,在当地曾像地震那样影响很久……教育的金字塔尖,北大啊。

　　北大,分配到每个省的名额都极为珍稀。几千个高考学生中,只有一个能上北大。据说北大中文系的历史,近乎半部中国现当代文学史。

屠苏的童年是被欺负的。因为个子小，因为学习好。考试时他耸起肩膀，不让坐在背后、他内心轻视的男孩抄袭自己的卷子。他要捍卫一种公正原则。屠苏的脖颈、衣领和后背，溅着钢笔囊里溅出的一腔墨水，是他身后的复仇者所为。不过，他同情那些笨拙的差生。屠苏向往捍卫的公正和他心怀的一腔柔善，无法在一个简单的行为里同时存在。屠苏后来用成绩为自己赢得了尊严。他永远是尖子生，是状元，是地位不被撼动的学霸，是老师和学校引以为傲的榜样。

他人的期待，很难说是命运的奖励还是灾难。天才的缺陷，一如他的优势那么明显。或者说，成为天才是有代价的。他们跌跌撞撞，走过的，多是一条带血的路。这是令人恐慌的消息，屠苏同一宿舍的兄弟，竟然先后走了四个。高达半数的比例啊，他们陆续死于自己的中青年，都够不上遥望老年的距离。天才、名牌大学、少年班，这些光耀门楣的牌匾下面，哪个，不是埋满尸骨。

是否天才敏感，是否年少辉煌使他们丧失必要的受挫练习，是否鹤立鸡群使他们缺乏在团队中的合作精神与协调能力？学校教育中的佼佼者，进入社会，未必如鱼得水，也许狼狈不堪。

14

虽以当地状元的身份考入北大，但屠苏的骄傲能持续多久？不管你曾经多么风光，来到精英之地也会平淡无奇，像一滴融入池塘的水，分不出哪一滴更混浊，哪一滴更清澈。那些屠苏看来光鲜的城市身份、城市习惯和城市生活，在北大学子中相当于标配，根本不能拿来炫耀。城市孩子把大学当作延续的教育，对乡村中挣扎出来的屠苏来说，意味着实现阶层晋升的跳板。

毕业后屠苏留在北京。不算如意。文笔出色的屠苏本来分配给某位领导当秘书，没想到，最终被才华略输但更有背景的同学代替。为了留京，慌不择路的屠苏流落到工厂，在蒸汽、齿轮和噪声中写材料、写报告、写领导讲话稿。几年后，企事业单位改革，岗位向全社会公开招聘。屠苏复制高考夺冠的历史，一骑绝尘，终于踏入政府机关耀眼的大门。

鲤鱼跳龙门，屠苏一次次创造奇迹。故乡人看待屠苏是即将开展丰功伟业的大人物，未来不可限量。

作为典型的寒门子弟，屠苏忧伤而无声无息地努力。他是十里八乡的美谈。他的人生闪烁几个灯塔般的光亮，照亮远方。故乡那些被感召的仰慕者，并不了解，多数时间里屠苏都在汪洋里独自漂泊。每个人都在黑暗中行走，包括屠苏和每个离开故乡的人。故乡只是记忆里模糊的微光，暗得，甚至不如家门里的一灯如豆。

屠苏不是那种读成功学长大的孩子，他甚至对抗和轻蔑那种类型，然而现实要求殊途同归，他必须和自己不喜欢的人们一起角逐于跑道，看起来像引为同道。他必须跑得既快又稳，即使缺乏装备，他也必须光脚奔跑在密布渣石的道路上。他甚至不能靠摔倒来赢得一个休息的机会。他禁不起输。

何况，北京到处都是他这样只能靠自己改变命运的卖汗卖血的打拼者。举例来说，北漂里天津人所占比例很少。一方面，天津作为城市，远不如其他省份的面积广阔、人口基数大。另一方面，京津两地距离近，落差没那么大，天津人容易安身立命于本地并感到满足。地域和阶层的落差，催生忘我而赌命的奋斗者。跑啊跑，传送带上的生存，像既美好又残酷的童话，像《爱丽丝梦游仙境》里红桃皇后说的："你必须全力奔跑，才能待在同样的地方。"

故乡人眼中他是传奇，然而，作为薪资微薄的小公务员，在北京的汪洋中，他只是近于无限的分母之中微小的一个。北京是个黑洞，有多少明亮的起飞，就有更多的陷落和葬送；每个成功者的励志故事背后，是一万个失败者的悲剧结局被掩埋。屠苏必须撑下去，不能从涨停的股票，变成跌停的股票。否则，他家族的骄傲、故乡的信任就倒了。屠苏背负沉重的寄望，重得，似乎大过整个未来。

15

尽管我非常不愿意承认，但从明慧告诉我的离婚过程里，还是看到屠苏的迫切里流露出自私者的品性。

两人在婚姻存续期间，日常开销用明慧的钱，屠苏的钱用于存储。离婚时，屠苏的账面只有区区几万块。明慧不知道这个作伪的存款是屠苏自己操作，还是被幕后的小夜操盘。即使存在转移财产的疑点，明慧并未计较。她只要孩子果核。明慧甚至说，如果屠苏有钱，让他留着贴补自己的爹娘。离婚之后，可能工资卡并不直接掌握在屠苏手里，果核的抚养费，屠苏支付得不及时也不够数，后来只是偶尔象征一下。给，明慧就拿着；不给，她不催要。明慧说自己不是出家人，也并非出世者，不该给的她不要，该给的拿走也不行。之所以不追剿屠苏，并非混沌和不精明，她在捍卫果核权利的同时，也想在孩子面前呈现出母亲的尊严与宽容。

不仅抚养费不按期按数交纳。上幼儿园的果核高烧，明慧找屠苏帮助，屠苏没问半句孩子的病况，只是不耐烦地说："孩子的事，你不是说可以自己解决吗？"随后挂了电话。明慧伤透了心。我吃惊，屠苏是那么像好爸爸的男人，如此冷漠。他毫无歉疚吗？他要彻底抹除前尘，以崭新、美好的自己，开始值得的新生？

我想起，屠苏两任妻子都告诉我：他基本不做家务。无论是婚姻的和平阶段还是解体时期，屠苏都没怎么管过孩子。屠苏的时间更宝贵，应该用于更重要的事情。可以视之为清高，可他的清高需要别人的不清高来喂养。有时懒惰，也可以被包装在清高里。我一直认定屠苏柔情，从没想过，这种柔情可能由部分的绝情来喂养。

为了抵达自己所向往的幸福，屠苏大步流星，走得坚决，简直有些杀气腾腾。这样的屠苏，让我陌生。

16

屠苏真的奔向幸福了吗？

伪装成灰姑娘到来的小夜，约等于仙女。小夜说自己不菲的嫁妆，保障屠苏得以自由，包括经济自由。从此书生不必操劳，放心地阅读、冥想、研究学问，只做自己情愿的事。我感慨于小夜富不外露，今天的简朴和以往的风光落差巨大，小夜不抱怨。她再也没有上班，作为企业的法律顾问，偶尔被咨询和请教，剩下的时间，宅在家。小夜说离开职业女性的角色并不可惜，毕竟辉煌过了，为以前生活的城市留下几个著名工程，比如隧道、剧场之类。小夜并非政府决策人、承建公司老板或者总工程师，她不仅精通法律业务，还与省部委、与市政府疏通关系，这些工程才得以立项。

小夜不在北京置业，宁可放弃投资者的眼光和兴致，因为屠苏不喜欢。他们可能要回故乡，或者漫游世界。小夜提到自己经常周游世界，上次出国给屠苏买了十几万的瑞士表。她一贯纵容屠苏，屠苏想买辆售价十万以下的车，小夜转到紧邻的汽车4S店，甩手买下十多万的车，希望屠苏更有面子。

即使没有生存压力，小夜还是节俭，她宁可保留挣扎者身上潜在的印记和勒痕。我请她吃饭，她选在楼下网送外卖的盒饭小馆。谈及拣选影集，她的语气急促起来："你相不相信，相不相信，光是洗照片就花了我两千块钱儿！”小夜微微站起，身体前倾，两只手臂撑住桌边，口气恼怒。小夜说到“钱儿”的次数那么多，这个铜质的字眼儿，密集贯穿整个谈话过程。回忆最初重逢，屠苏要求小夜来京陪伴自己，小夜犹豫，招致屠苏的不快反问：“你到底是要人，还是要钱？”小夜神色活泼：“我说，当然要钱儿了，人有什么用，钱儿才重要。”儿化音明显，小夜的发音是“钱儿”，有股市井的痛快。

与小夜七年的婚姻质量，别人不得而知。实际情况是，小夜没像当初许诺那样，给屠家生下孙子，也没有帮屠苏大展宏图，她宣称的富足在婚后呈现的更是负数。除了帮屠弟弟调动成功，小夜对屠苏一家毫无建树。似乎没有手眼通天的本事，屠苏活着的时候，小夜无法在北京自谋生路；屠苏离世之后，小夜无法返回家乡重整旗鼓。怎么看，她都像是寄居在屠苏身上的拖累。如果说，出身贫寒的屠苏希望借助婚姻，实现飞黄腾达的梦想；当他后来发现，小夜并非神通广大，屠苏是否再次涌现悔意？

17

许诺中的前景，就像孕育中的胚胎不翼而飞。小夜当年说未婚先孕，后来不了了之。可小夜告诉我，婚后数年她才通过试管婴儿的方式艰难怀孕，是果核谩骂，使不堪骚扰的屠苏要求小夜流产了胎囊。每次，胎儿都是戏剧性地怀上，又戏剧性地消失。

明慧不希望屠苏再要孩子，可能是想保护本已受伤的女儿不要再失去想象中的父爱和利益。屠苏直接告诉过明慧，不会，因为"嫌小夜脏"。何出此言，是编造吗？究竟是愤怒的明慧编造了一句狠话来安慰自己的创伤，还是即将恩断情绝的屠苏顺嘴说出一句重话来取悦前妻以息事宁人？

屠苏曾有一次对果核说："爸爸心里苦。爸爸错了，可爸爸回不了头。"是否，屠苏终于看穿小夜的品性？是否他已觉醒，尚未泯灭的良知使他难以在一个所谓美妙其实丑陋的感情关系里支撑着自己去日复一日地耳鬓厮磨？是否他禁不起第二次失败，他丧失了再次激流搏击的勇气？多情又骄傲的屠苏，前路已断，他只能继续前往悬崖。

离婚时各有交代，屠苏对明慧的嘱咐是："照顾好孩子，把她交给你放心。"明慧对屠苏的嘱咐是："好好生活。"离婚后联络很少，屠家找她办理丧事，明慧才得知屠苏平常都住办公室，他只在周六回家一天，周日就回单位。屠苏离世前，是清明节的三天假期，监控录像显示屠苏只身一人，住办公室，活动半径仅限于周边百米。屠苏孤独，他给自己过了一个清明节。明慧疼惜这个自己往日珍重的男人，伤感地说："当初答应我'好好生活'，他没做到。"

被明慧称为"低级错误"、被同事概括为"自作自受"的第二段婚姻，究竟带给屠苏什么？明慧所言的细节，难以置信。可若非实情，一个以虚构为职业的小说家都很难捏造。当父母要把屠苏的骨灰带回老家安葬，小夜提出，骨灰分成两份，一半带回去，留下一半放在北京。她关心的是丧葬费用如何分配。如果说小夜忙于洗印屠苏与名人的合影，我能理解，可一个沉浸于悲伤、自称准备殉情的弱女子怎么还有心思顾虑别在丧葬费上吃亏？连我这个外人都不忍屠苏尸骨不全，小夜怎么忍心提议把骨灰一分为二？还是明慧想出办法，说果核作为唯一的骨血，为自己的父亲在老家买好墓地，不用出资的小夜才放弃对屠苏的善后构想。这让我有了奇怪的联想，《圣经》里所罗门王的故事：两个母亲都说自己是婴孩的母亲，难分真假，于是所罗门要把婴儿劈成两半；只有不忍自己的孩子被一分为二的，才是真正的母亲。

明慧的惋惜与难过，让我觉出她对屠苏的留恋。她说，当初并不富裕的屠苏曾给过自己特别像样的婚礼。屠苏问过明慧恨不恨自己，毕竟前妻把最美好的时光都给了他。明慧不恨，她对屠苏甚至是感恩的，被挫折历练，她才因此发现自己的潜能。当初离婚的重要理由之一，屠苏说：因为明慧离开自己能活，小夜不行。

明慧果然活得不错，事业和职位胜过屠苏。除此之外，令她真正骄傲的是女儿。明慧希望果核拥有良好的性格与教养。孩子恨过爸爸，她的整个童年和青春期都被屠苏忽略和冷落，好在并未产生致命的破坏。她绝非小夜形容中满嘴脏话、热衷暴力的混混儿。明慧说：果核优秀，情智双商都高。学习成绩出色，处事冷静清醒，超乎年龄的早熟早慧，出色的管理能力和人缘使她一直担任班长。我禁不住夸孩子"厉害"。明慧说："有一种厉害是做事果断，有一种厉害是性格强悍，很幸运，果核属于前者。"明慧并非只看分数，她训练孩子的综合能力。果核放学早，作为单身妈妈的明慧不能天天请假接送，所以果核从幼儿园开始就是班级里最后离开的孩子。小学和中学，她一直在各种兴趣小组里等待迟来的妈妈。奥数。书法。诗歌。英语。朗诵。围棋。小提琴。柔道。缺少父爱，果核并没成为问题儿童，相反，她是耀眼的天才少年。

……扑朔迷离，明慧和小夜的版本，到底哪个更靠近真相？

18

小夜早从职场退役，据说与身居领导要职的男友分手，导致她无颜面对过去的社交圈，人际关系都斩断了。丧偶的小夜，孤孤单单。她与屠家关系紧张，无法跟法律意义的亲人们在共同语境下回忆屠苏，她无法找到专注而仰慕的倾听者。小夜以为我暗恋过屠苏，必有锥心之痛，所以能在一起谈、配在一起哭。我的表现，让她失望。

二十年来，屠苏生活在一个我完全陌生的世界里。我想不明白，屠苏一把年纪了，怎么会想起来读博，而且是和中文专业不相干的教育学博士。工作本身繁重，屠苏不得不像高考学生那样刻苦，抓紧每分每秒，夜以继日地苦读。屠苏在职读博期间撒手尘寰，小夜说自己正积极活动，为他争取学位证书。

我诧异，小夜怎么能想到给未及答辩的亡故者申请学位呢？人都走了，要这个证有什么用？我隐隐地恨这个证书，如果不是为此拼命，年近半百的屠苏何苦有家不回，孤独地死在办公室？

除了证书，小夜还想在寺院供奉永生牌。当屠家想利用儿子分房子、票子和车子时，是她为屠苏操办后事种种。小夜话锋一转，启发我："你，不该为屠苏做点什么吗？"她明确表示让我写纪念文章，以后想给屠苏出版一本回忆专著。想起屠苏，我会难过，但我不是那种众目睽睽之下的哭泣者。我无法立即加入缅怀者的合唱，不仅因为难以在镜头下分泌眼泪，还因为，我只写自己眼中真实的屠苏，直言他的优点与弱项，无法歌功颂德，恐怕不能按小夜的要求为屠苏增加赞美的重量。小夜同意我的态度，但事与愿违，她难掩遗憾。

仅仅一个下午的短暂相处，我和小夜因屠苏而建立的临时情谊已呈现败坏的迹象。我从小夜的谈话里不断提炼出另外的内容，离她所需要的安慰越来越远。我克制出的温和语感，其实是在用强力压缩怀疑。我们都明白，彼此印象欠佳，对方不是自己欣赏的类型。与小夜告别，她逆着路灯的光照。我们的身高落差很大，面对面站立，我再怎么调整，也是俯看小夜的角度……近于，低看的角度。我们语气友好，掩盖敌意。因为屠苏离去的余温，我们坚持着，把耐心用到说再见的时刻。

想不清楚，屠苏为什么钟情小夜。尽管明慧说屠苏悔恨，可屠苏与小夜每天打一个电话，微信也频繁，似乎爱意绵恒。厌烦购物的屠苏，津津有味地在淘宝网挑选各种衣裙，一一截图发给小夜，根据回馈的意见买来送给小夜。看起来，她是他的公主。

即使情侣间有许多不足为外人道的亲昵，我还是诧异，他们彼此使用昵称之外，还用叠字指代物事。什么睡觉觉、洗脚脚之类，并非情色暗示，就是直接的低幼语言。屠苏热衷自拍，让我意外，尤其自拍照竟然经过美颜。微微发福的屠苏，在调高的亮度下，有着异样的唇红齿白腮粉。也许，屠苏使用的是小夜退役的二手机，照相会经过自动修饰。因为小夜主动邀我合影，她的相机不是那种简单的美颜处理，而是加了雪花。坦率地说，屠苏的美颜自拍像经过不自然的敷粉，给我隐隐的不祥之感……有点，像殡仪馆里的化妆。

19

没见屠苏最后一面，我如鲠在喉。

屠苏骨灰葬回老家，我决定专程去墓地拜祭……是怀念，更重要的原因是怀疑。因为小夜而焕然一新的屠苏，令我如此陌生。我对小夜态度矛盾。一方面，有所抵触；另一方面，我没有抚慰亡友之妻，反而不恭，多少让我愧悔。我自责。是否，屠苏不告而别让我不知迁怒于谁，转而指摘小夜？我想，如果不是小夜乖谬的表现，我可能终生默默缅怀屠苏，而不会远赴千里寻找答案。

我不愿向小夜索要屠家的地址和电话。小夜说，屠爸爸给邻居鱼塘下毒，屠妈妈唯利是图，屠妹妹从业风尘。她明显防范我与屠家接触。即使小夜给了联系方式，他们之间裂隙深重，屠家恐怕对我也不会有好脸色。

我决定找明慧帮忙。

屠苏走了以后，明慧和果核一起去参加追悼会，鞠躬，送别。多年不见，她发现婆婆穿的，还是自己当年买的旧衣。明慧希望公婆体面，不能破衣烂衫地去见儿子最后一面，所以去商场给他们买了丝棉袄。

明慧说，婆婆是以童养媳的身份被娶进门的，没有文化，但她具有农民的朴素与诚恳。婆婆几次向明慧道歉，说儿子对不起她，如果不嫌弃，愿意终生把明慧当作女儿看待。明慧对屠妹妹的评价与小夜大相径庭。她说，屠妹妹刚上初中就辍学，为了供养考入北大的屠苏，妹妹小小年纪就起早贪黑，干最苦最累最重的农活。屠妹妹在艰难、颠沛与辗转中，婚姻也受挫。尽管受文化程度和接触环境所限，屠妹妹有自己的局限，但她善良、耿直、天性纯净，不仅不犯浑，还特别重情义、讲道理。妹妹有承担，是个女汉子。屠苏有所亏欠——妹妹舍得用自己青春期的血汗浇灌屠苏，才有屠苏的进步。

与屠家关系良好，明慧很容易联系到在外地打工的屠妹妹，说明我的心愿。此前，趁着学校放假，明慧已带着果核前去祭扫。明慧说："让妹妹陪你，说话方便。老人伤心，就别通知他们了。再晚南方就入冬，没有暖气，你住不习惯，容易感冒，还是早去早回吧。"

她的体恤，令我感动。

20

临出发，我才知道，要去省会。屠苏的埋骨之地，不在我原来认定的鼓城，两地相距二百多公里。由于城市体积的几何膨胀，吞食许多村庄和荒郊野郊，失去土地的屠家现在生活在省会郊区，看起来像被纳入城市户口，只不过还是农民身份，没有医疗和退休金的保障。

那个我印象很深的地名：鼓城，屠苏只是在那里读书。就在鼓城中学，他初识小夜。情窦初开，青梅竹马——这些成语如果越出字典，吉凶未卜，不一定值得回味和歌颂。就像书本里真理的等号，从来不是现实中笔直的路。屠苏从鼓城中学考入北大时，小夜只是一场没来得及发酵的无痕春梦。基本能够确认，小夜的爸爸当年是教过屠苏的学校老师，至于小夜声称爸爸是大学教授，不知侥幸落实了哪类知识分子政策。屠家从来没有任何人见过小夜父母，大概只有屠苏见过。

十四五岁的屠苏，已在远离家乡农村二三百公里之外的地级市鼓城独自求学；换言之，青春期之后的屠苏，家人并不了解，因为相处时间很少。但屠苏并非孤雁，他有亲情的关爱。屠苏排行老二，有姐姐和弟弟妹妹，但他的成绩出色，全家集中财力，把所有赌注都放在他身上……屠苏凝聚着整个家族播种到远方的希望。

屠苏感恩虽感恩，但不喜欢父亲的武断和急躁。他温和的好脾气，是因为他潜在而强烈地要求自己，走向父亲性格的反面。屠苏明显与家中女眷亲近，念及妈妈和妹妹，深怀牵挂。只有一个妹妹，可屠苏跟我提起从来都说"我的小妹妹"，叫名字也用昵称。屠苏梦想着，她能因为他而过上更好的日子。当我得知妹妹因他辍学，才知道屠苏的惦念里包含着愧疚。

屠妹妹电话里的声音大，和屠苏相反——因为耿直豪爽的性格，也因为打工留下的后遗症。她原来做零件组装，每天工作十几个小时。她从来不因加班抱怨，反而欣喜，加班有加班费，累点不算什么；而且加班时被钉在岗位上，出不去，就不用花一分钱。缺点是眼睛越来越看不清，尤其是装耳机零件，尺寸太小了，很毁视力。眼睛不行了，她就调到包装车间，噪声大，说话得嚷。屠妹妹大声跟我约好时间和地点，为了哥哥，她难得请了事假。

不年不节，中途回家的女儿让父母诧异。了解情况以后，屠苏父母执意要我去家里坐坐，然后陪我一起扫墓。

21

屠苏父母住的像是回迁小区，旁边还有零星菜地。楼房简易而实用，空间小，但一室一厅够老两口住了。

屠家人就是想象中的朴实样子，我没觉出交流障碍。屠苏长得像父亲，尤其是草食动物的眼睛和微卷的头发，还有体形。

我偷偷猜想，如果屠苏有晚年，也许就是这个模样。屠苏妈妈戴着套袖——无论在家、出去吃饭还是上坟，她全程戴着套袖。这是多年底层劳动留下的习惯。她的手干涩，握住我，还没说话，就红了眼睛。屠妹妹下夜班就赶火车，一脸倦容，看到妈妈流泪，她也难过得低了头。

略感惊讶的是，我坐下来的第一件事，是屠爸爸指着茶几上一张放大的照片，说："看看，你认识几个？"集体合影，三四十人的规模，站成两排，屠苏位于后排的边角位置。我的确认识一些，这些名人是报纸、电视和网络媒介上的熟面孔。这是一次大型社会公益活动，屠苏作为工作人员，参与了协调和服务工作。屠家引以为傲，这张拿得出手的奖状一样的照片封了塑料膜，禁得起来宾的手反复摩挲。这种巧合让我感慨，无论去屠苏的妻子还是父母家里，我首先参拜的，都是他履历光荣的照片。作为辅助的工作人员，这份合影的光荣，多少有点狐假虎威。再残酷一点，珍馐美味之所以昂贵，在于它的主材，至于陪衬的是绿叶还是萝卜花，不在考虑范畴。屠苏和名人们平起平坐，再像，也不过是模拟成功者。

屠苏之所以令家人和家乡人艳羡，不就是因为，他抵达了这种辛酸的成功吗？一种倚近成功的成功，到底是更像成功还是失败？还是说，来自虚荣的成功，才能带来最为真实具体的心理享受？屠苏一路攀行，以靠近这样的光荣。谁想到，在一张照片里已经与名人比肩的屠苏，梦断途中。

屠妹妹性情中人，爱憎分明。

她夸明慧，聪明能干，穿什么衣服都好看。她对小夜恨之入骨，说小夜就是罪魁祸首，哥哥假如还和明慧在一起，就不会死："我哥瞎了眼，那么好的嫂子他不要，非娶小夜。她对哥哥没感情，只会逼他挣钱，逼他考学，逼得他活活累死。家里没有温暖，哥哥才会住办公室，发病时也没人救，我哥死得太惨。"直到葬礼，明慧她们靠近时，屠妹妹和屠弟弟依然说："哥，你的老婆孩子来看你了。"他们依然承认这个早已解除法律关系的前妻。可能由于缺氧，屠苏的耳道和嘴唇都有瘀血般的青紫痕，屠妹妹甚至怀疑是小夜下毒所致。即使并非如此，小夜的表现也令屠家气愤——小夜竟然站得很远，害怕，不敢靠近遗体，到最后也没像亲人那样凝视过哥哥的遗容。

这么多年，小夜没叫过屠苏父母一声"爸妈"。安葬屠苏骨灰时小夜回来，屠妹妹发现小夜在旅馆住宿使用的竟是假身份证。此后小夜不再让屠苏父母进家门，她不接电话，斩断所有联系，屠妹妹和小夜算是彻底撕破了脸。

我发现，连当初怎么和屠苏重逢，小夜给我讲述的版本和给屠家的版本，都不一样：不是什么司局级的显赫男友，是同学要带小夜去听讲座，授课者正是屠苏。和小夜相逢又终成眷属的这么多年，屠苏基本不打电话回家。屠妈妈难忍想念，主动打电话过去，儿子也是潦草应对。去世前两年，屠苏根本就没回过家，包括春节和中秋节。八年时间，屠苏总共回家两次……回家就窗边抽烟，叹气，还很少说话。当小夜渲染成为坏孩子的果核有多么糟糕时，屠苏沉默，退到阳台抽烟。如果说，屠苏是忌惮于小夜脸色，那么事后，单独与亲人相处的场合，他也从未替女儿辩解半句。为什么，他舍得别人诽谤自己的孩子？可以推断，小夜在屠苏面前，也会肆无忌惮地攻击他的父母和兄弟姐妹，相信屠苏也不会给予哪怕是语言上的保护。屠苏怎么如此纵容小夜，到丧失原则的程度？

得知屠苏烟瘾不小，我吃了一惊。当年精神洁癖明显的屠苏，非常讨厌别人抽烟，他连烧烤的烟味儿都难以忍受，什么时候变得烟不离手？难道，他压抑的胸膛，需要随时掩饰自己深呼吸的渴望？

23

"哥哥以后混好了，一定报答你。"屠妹妹记得哥哥语气里的怜惜和珍重。很早以前，屠妹妹遭遇困难，借过一万块钱——屠苏说不用还了。多年后，小夜阴阳怪气地电话要账。妹妹悲愤："我借钱的时候，你还没进这个家门，那是我跟哥哥之间的事，还钱也不该给你！"妹妹伤心于哥哥愚痴，借钱的事小夜本不知情，为什么哥哥要向小夜交代？

来往零星的电话里，屠苏也会安慰妈妈："你不要舍不得，需要钱，跟我说。"可与小夜重逢的近十年间，他一共给过妈妈三千块钱，平均每年三百；而且屠苏和小夜一旦回家，吃喝取用都是家里的，他们分文不掏。越到后来，屠苏越一毛不拔。

弟弟的孩子首次进京，赶上过生日，屠苏毫无表示。父母提醒，是否该给侄子买个礼物或给个红包，屠苏回避，说等孩子上学或结婚时再说吧。这是托词，屠姐姐的孩子结婚，屠苏什么也没给外甥。当年屠苏支援妹妹，同时也给姐姐一万，说姐妹公平，没想到屠苏后来也把这个秘密向小夜汇报。外甥大喜的日子，指着这个光宗耀祖的舅舅回来证婚，小夜抓住时机，要屠姐姐迅速还钱，否则不让体面的舅舅出现在婚礼现场，不给这个脸。迫在眉睫，姐姐赶紧筹款还债。一万，在外甥婚礼上趁机勒索，屠苏几乎等于要了证婚人的出场费。

屠苏拒绝为过生日的侄子破费，屠家父母为了面子，只好扮演幕后的好人：偷偷塞钱给屠苏夫妇，让他们给侄子买身新衣服。他们照办。滑稽的是，当不知情的弟媳表示感激，小夜毫无愧色地接受美誉："我这个人嘛，花钱大方，给孩子从来都舍得！"

屠妹妹后来明白，屠苏交代的，是一份没有任何遗漏的黑名单。

当年弟弟购房，屠苏拿出三万，让弟弟多买一间，留待自己回来时居住。屠苏的确回来就住这儿。小夜得知屠苏的内线情报，得知不是免费住宿，不干了，不管时隔多少年，钱总是要还的。小夜的催债电话没打给弟弟和弟媳，直接打给屠苏父母。父母为难，怕因此兄弟失和，又怕拒绝之后屠苏不得消停，他们只好瞒着小儿子，咬牙，自己还。这个故事是残忍的，夹杂着知音体的辛酸插曲。我这才知道，屠苏父母说租门脸做小生意，这个小生意是什么。他们一直卖力地捡拾和收集废品，靠这么辛苦的劳动，积攒三万，赔偿逼债的小夜。

屠苏悉数交代，颗粒归公……无比忠诚于小夜，对家人，近乎背叛。屠妈妈心疼儿子，屠妹妹替哥哥辩护，她们说屠苏太善良、太老实，耳根软，怕吵架，他的经济能力完全受控于小夜，他心有余而力不足啊。

最后的春节团聚，屠爸爸无法忘记那次伤心的麻将。那是与小夜结婚以后的第二次回家，也是屠苏最后一次回家。

小夜好打麻将。初一早晨起来，见弟弟一家还没赶来，牌瘾上来的小夜让屠苏父母当牌架子，撑一会儿时间。小夜不许屠苏在桌子前面放钱，如果屠苏赢了，小夜立即把他的进项归入自己口袋；如果输了，小夜只交自己该给的钱，屠苏那份，因为门前空空如也，无法支付，无论是屠苏还是小夜就不给了。打了三圈，屠苏妈妈说大年初一，给屠苏那里也放点票子，图吉利，"面前有钱"，让屠苏讨个口彩。谁知小夜一听，勃然大怒，站起来一抽桌子的垫布就掀了麻将桌。她怒气冲冲地收拾行李，让屠苏跟着走。屠苏不知所措。唯有这次，屠爸爸对引以为傲的儿子发火，嚷了起来，骂他"窝囊"。屠苏脸色铁青，也是唯有这次低吼一声，让小夜别再发飙。

屠爸爸因此悔意深重，最后一次见面，没给儿子温暖。我安慰老人："您一发火，结果毕竟是屠苏留下来了；否则他走之前数年都没和家人共度一个春节，未免凄凉。"

从屠家老人的角度，如果当初没有离婚，儿子的结局比现在美满。屠家保留的旧照上：年轻的屠苏盯着计算机，年轻的明慧手臂搭在他肩上，满心的爱意与满足。屠妈妈看着看着，就哭起来。当初贪图鱼钩上的零星肉味，他们就被钩牢下巴活活钓上来，嘴角流血、浑身疼痛地摔在坚硬的地面，再也回不到原来的平静池塘……每挣扎一下，他们的眼睛就沾上更多的土粒。

24

屠妈妈哭诉再婚以前的屠苏，是个多好的儿子。本事好，脾气好，从来没说过一个脏字。他惦记家里每个人，嘘寒问暖；后来的屠苏，变得冷淡、吝啬、没有心肝。屠妈妈说，家里没人沾到屠苏一点点的光啊。

我承认，二十年来屠苏的作为，根本不像当初认识的那个善良的、笑起来又温暖又羞涩的他。印象中，屠苏是不计较的、温存的、慷慨的、怀恋的，变化让我想不通。当年和明慧恋爱，哪怕我是与他并无身体沾染的女性，都被他杜绝，成为清场的内容。是什么让他发生那么大的转折，果核刚刚长全乳牙，屠苏就半公开地与小夜双宿双飞，无暇责任与情分——他斩断旧家庭时那么不惜，没有断臂求生的疼痛。

屠苏怎么会被小夜搜刮到粒米不剩呢？如果屠苏那么容易

被控制，不想离婚的明慧施压为什么不管用？即使被小夜把控财政，落魄的屠苏难以给予物质援助，可他自己住办公室，有充足的时间、空间和自由，至少给妈妈打个电话并不困难，屠苏却发展到从不主动联系的程度。孝顺，在人生支出中所占比重很少，谈不上多大的利益损伤，有人甚至愿意以此为手段塑造个人的道德形象。对一个掌握财富和权力的人，孝顺非常容易完成；对普通人来说，也绝非难事。孝顺也是内心的牵挂和惦记。屠苏懒得走个形式。什么样的温柔乡，值得这样众叛亲离、头破血流？一个我只用两三个小时就觉出破绽的女人，为什么可以让屠苏焚身以火，什么样的热忱引诱着，令他如此决绝？

屠苏性情敦厚，并不意味着，他能免除人性的计较。屠苏与明慧在一起时，还想着父母，想着照顾兄弟姐妹；和小夜在一起后，从钱到情，对其他人都没有了贡献。我隐约觉得，屠苏也许没有把明慧当作绝对的归宿，当他天涯海角觅知音，觅到小夜——他们的新家，成为唯一的利益集团。父母、前妻、女儿、兄弟姐妹，所有的责任成为对幸福的干扰。

吃下毒糖的屠苏，脱胎换骨。找到什么样的侣伴真的太重要了，配偶可以把我们改造得天翻地覆，甚至导致灵魂的癌变。因为每个人都由复杂的元素构成，能被激发善意，也能被激发恶意。

不过，很少见到六亲不认的爱情，主人公能从中获得真正的好处。屠苏每况愈下，仿佛被惩罚。他想追求感情的自由，却连肉体和灵魂也被牢牢捆绑。屠苏本来是在岸边观景，海拥有作为景色的大美。说自己穷困、等待被拯救的小夜，就像一块漂向深海的浮木。屠苏一开始，或许只是想把浮木从大海里捞起来。打捞过程中，屠苏游累了，还可以借助它休息一会儿，他也幻想借助木板的浮力遨游海洋。一旦深入，海是最凶险的深渊，他发现自己唯一能做的，是抱紧浮木……不停地，越抱越紧。最初接触浮木，屠苏觉得是自己在主宰命运，很快在浪涌中他难以控制；即使这块浮木是条化了装的鳄鱼，即使鳄鱼慢慢撕咬他的肉，他也只能流血地陪伴，直到丧失最后的体力。

哪里还有回头路？哪里还有呼救的气力？屠苏离开了陆地和海岸，离得那么远，他听不到家人的呼唤。耳畔只剩一个声音，在讲述一个因为沾血而显出胭脂红的爱情童话。

25

早晨下雨。灰蒙蒙的，像天使脏了袍服。

我穿行雨里，买鲜花、糕点、水果和烟酒。拒绝使用塑料祭品，我要给节俭的屠苏买真烟好酒……听说他平常抽最便宜的烟。屠苏的头发微卷，屠妈妈说过"头发打鬏、银子上锈"，意思是钱用不完，都锈死仓里，可屠苏从没富裕过。屠家凑了数万元，买了中档墓地，半山坡上的墓碑毗邻而居，算是屠苏此生最为豪华的住所。

墓碑上的照片，屠苏笑嘻嘻的，曾经茂盛的满头卷发，脱落为一层薄霜。照片上的眼睛不再浓黑，头发也是灰烬色。屠爸爸和屠弟弟点燃厚厚的冥币，同时被点燃的，还有很多张屠苏身份证的复印件，它们当初无论是什么功用，都随着屠苏之死变成废纸……浓重的烟气弥漫，渐渐，铁盆里只剩骨灰色的纸片。

无论在生活中怎样满怀忧惧，到那个世界，他可以永久微笑，体会到久违的解脱和自由吧？根据与小夜的谈判，移骨的条件是墓碑必须署上她的名字，所以墓碑呈现出荒谬的组合：爱妻小夜率女儿果核泣立。数月之前来这儿祭拜的果核曾大哭不止，就是因为小夜，果核的童年从未体会父亲的温暖乃至存在；可现在，她被迫与仇敌的名字牢牢刻写在一起，形成堪比石坚的结盟。

屠苏有知，听得见果核的哭声吗？还有，屠妈妈的哭声。

她哭屠苏，说过一定给妈妈找个好媳妇，没想到找到小夜。这个近八十岁的高龄老人，提起变心的儿子，一直骂他"陈世美"。其中含义，不仅指屠苏对前妻的负情，也包含他对自己以及一家老小的寡恩。整个家庭，从父母到兄弟姐妹这么多的血本下去，换来的，是无意义的牺牲。屠苏给他们带来的苦难和骄傲同样沉重。屠苏曾带来昂贵的光荣，他们现在为此支付太多的眼泪。

屠苏陌生得让人既不敢相认，又不忍责备，我只剩独自的悲伤。他先是在黑暗的室内，绀紫色地缩成一团；然后在黑暗的地下，烟灰色地缩成更小的一团……屠苏缩回乳婴的体积。每个人都用一生的时间，去学习如何在命运结尾处告别——屠

苏擅长学习，只有这次关于死亡的技能，他学习和掌握得太快，速成得令人痛楚。

想起多年前的告别之夜，屠苏真的一诺千金啊。我以为是礼节性的"再见"，是对下次见面的约定；我以为某天还会聚首，我们把曾经的负气当作云淡风轻的玩笑来回忆；我以为是短暂的逗号，没想到，他画下曲终人散的句号。此生未见。原来是那么重的告别，是我们之间的生离与死别。我们再也无法调整和修复，年少莽撞造成的无意伤害；再也无法给予，年老沧桑而达至的理解。

我不打伞，陪屠苏一起，淋着微凉的雨。没想到我当年写给屠苏的文字一语成谶："说着说着，大滴的稀疏的雨就落下来……那是因为，有一个在灰云里缓慢飞行的天使在哭。"

26

屠苏没有托梦，屠家谁都没有梦到过他，包括肝肠寸断、以泪洗面的屠妈妈。他们认为，这说明屠苏在那边过得很好。我在簇拥的墓碑之间观察过，屠苏不是最年轻的，目力所及，我就看到一个二十出头的孩子。但屠苏肯定算是相当年轻的，而且年轻得不幼稚，是那种年富力强、可以委以重任的年轻。

无论在生活中怎样满怀忧惧，到那个世界，他可以永久微笑，体会到久违的解脱和自由吧？

他在彼岸有体力和能力帮助别人，愿他由此得安慰和成就。屠妈妈说，家里找人算过，问屠苏在那边的情况。答案令他们欣慰，屠苏在那个世界里被前呼后拥，是个当官的。屠妈妈难得地笑了："我儿子在这边没有什么朋友，没想到，到那边，还风光哩。"

我也从来没有梦到屠苏。我在墓地与屠苏独自对话的时候，凝视着他的眼睛。我愿死后有知，也许鬼魂只是透明的人类，不动声色地与我们擦肩而过。我没有梦见屠苏，因为他有太长时间甚至连名字都没有出现在我的生活里。屠苏与家人同样如此疏离，见面的次数有限，他的父母甚至连做梦所需的素材都不够。我无法作为知情者或者叛徒那样开口：小夜告诉我，屠苏在她的梦境里已往返数次。

就让我把这算作屠苏的懂事和体恤吧。正因屠苏多年以来的疏离和冷漠，缓解了他离去给家人带来的伤痛，并且让他们能把情绪转移到对小夜的愤怒上……这样，生生撕开的创口也许没有那么疼。

27

也许屠苏的困难，远远大过他的努力和挣扎。如果说，屠苏的前半生旗开得胜、所向披靡，当他破釜沉舟，与小夜另结连理，他变得对经济越来越计较，我猜和他对自己的未来缺乏信心与安全感有关。

他怎能不计较？清水衙役的屠苏，活得虽不至水深火热，但负担新妇，手头不宽裕。另外，屠苏在北京生活了三十多年，没有一间真正属于自己的栖身之所，没有一个可以按自己心意装修并购置家具的落脚地。屠苏工作的政府部门，位置接近天安门，像是整个中国的核心，但他的购房目标，不得不一点点地以五环乃至六环之外为选择方向。他辛苦攒下来的积蓄，每次想靠近一个更为降低的目标，就被市场甩出更大的一截。在北京房价飞涨的情况下，买房成为他一生也完成不了的任务。别说实现目标了，连靠近都不再成为可能。令人绝望的是，即使放弃买房，以屠苏微薄的薪金，租房都是妄想。挤在合租的周转房里，他终身，都有寄人篱下之感。

即使屠苏想为屠家再创辉煌，也无能为力。屠苏当然有怯懦的一面，可能被迷惑、被捆绑、被同化，然而，除非屠苏自愿当奴隶，捍卫他唯一的女王，否则他不至于事无巨细地向小夜汇报每笔大大小小的外财。他多少会隐瞒性地储存，不至于对父母滴水不漏。屠苏凝聚终身之力，也还不起父母恩情，只好抹杀和忘却。他背不动整个家族的大包袱，余力只够背起一个体量比常人还轻的小夜。所以，他对屠家所有人采取回避的办法。屠苏回避他的处境，渐渐，他回避他的良心。他说服自己，他给予家族的光荣，已将全部债务偿还。

屠家人难过，小夜直眉瞪眼地打上门来要债，都是屠苏告知的内情。他们恨屠苏不争气，恨他心眼少、耳根软。谁也没想到更深的可能，有个更靠近可能的残酷答案。屠苏与小夜之间有着充分交流和谋划，小夜才得知幕后的细枝末节。屠苏想要回那些曾给兄弟姐妹的钱，他自己开不了口，就把数目透露给小夜。他知道这样，他既收回损失，又不丧失亲情和声名。

唯有神，因万能而慷慨；卑微如他，因无能而吝啬。

屠苏家的位置，恰在贫富夹层里：一边是富丽堂皇的新建筑，一边是散发排泄余臭的危旧房。自律且自傲的屠苏，多么怕沦入后者之境，中年已无多少余勇和体能的屠苏，即使只是背负小夜的包袱跃向前者，最终还是从裂隙之间掉了下去。

28

原本重男轻女的屠家，现在只剩小儿子。被哥哥的耀眼光芒映衬，屠弟弟的成长显得平凡。屠弟弟没有屠苏那么大的天赋和梦想，只要感到吃力，他就降一降工作的难度，知足常乐，随遇而安。风水轮转，随着地域的重新划分和用途改造，屠弟弟不仅获得了省会户口，生活在城市的新型开发区，还娶了贤妻，生了好儿子。

我喜欢屠家小儿媳，长得干干净净，是那种善良又文静的好看，不俗气。做事本分，温顺懂事，她一点不张扬，是过日子的类型。节俭归节俭，小儿媳对公婆不吝啬。在她的支持下，屠弟弟给父母买了房子。屠妈妈告诉我，小儿媳在社区开了超市，辛苦些，好在维护家里开支之外，还有不错的余额。屠弟弟一家到外地旅游，总要带上父母，小儿媳新年的时候还给婆婆买了金项链。一个女人的美好，是否可以惠及男人的命运？父母膝下承欢，儿子学业争气，屠弟弟过得顺风顺水。

活着时的屠苏是否发现，自己在精英集聚的北京，混得，竟然不如根本不起眼的弟弟？曾是天之骄子的屠苏，在弟弟面前，优越感乃至存在感也逐渐消失。他每次回家，都需要面对自己的挫败感，这是否是他不愿回家的理由？如果屠苏当初没有那么努力和出色，是否更能获得命运的垂青？屠苏走了那么远的路，付出那么大的代价，为博取一个成功的机会。可惜他博取到的，只是一个机会，而不是成功本身。

29

给屠苏扫墓之后，我在火车站查看列车时刻表，准备买票回京。一个熟悉的地名跃入视线：鼓城。我突然改主意，决定去一趟鼓城。

尽管屠苏离开了三十年，那里早已没有他的任何气息和线索，我还是想去看看他青春的成长地，何况到鼓城，只需一个多小时车程。高铁时代，谈笑间，就走完跋山涉水的路途；在当年，十四岁的屠苏，会不会觉得学校与故乡之间距离漫长，就像难以返回的单程旅途，他所依靠的，唯有脚下一双把自己运到远方的鞋……

出了鼓城火车站，暮色四合。我排队等出租车，要比别的城市等待的时间更长，并非客人多，是因为出租车经常断档。

每辆出租车的顶灯，都是植入广告的滚屏：海底捞火锅隆重开业；蓝魅KTV首次入驻；口腔医院种植牙现场观摩；反复二十一次成习惯、看一千遍成品牌……最强广告媒介。等候站的灯箱，以漫画形式，强调开展爱国卫生运动以及提高人民健康水平的重要性。不乱倒污水。不乱扔垃圾。不在公共场所吸烟。不乱放柴草、农具。不乱贴乱涂。基础的要求，需要被宣传和提醒，这和这座三线城市兴建起的巨大广场，并不匹配。暮色渐暗，广场空旷，有刚刚剃过头的那种生味儿。

终于上了出租车。城市的迎宾主干道，沿途挂满喧嚣的中国结路灯。那么红的灯，像急救车排成长队，红得那么急促和紧张。就在大放光明的大道两侧，是大面积连绵的辽阔黑暗，能隐约看到修建完毕的小区楼群。无人入住。楼体整齐划一，有些高耸，有些还没镶上玻璃，裸着缺牙的窗户。鼓城的周末，比一般城市要暗淡，曾经蓬勃的房地产如今萧条，一眼望去，能看出显著的压力和困窘。

30

第二天上午，我穿过老街，步行去鼓城中学。

老街两侧，一侧是新修的仿古建筑，灯笼高悬，露出高大的檐脊；另一侧，充气的大型儿童乐园正在营业，喜羊羊城堡里蠢萌的羊和狼，被风吹日晒，呈现出塑料老化的旧色。

老街里有个宰相故居，院墙遭受破坏，依然是励志教育的圣地。这个曾以神童著称的宰相，很年轻就入京会试，一举成名。他深怀抱负，功业彪炳，直到被皇家护送灵柩，荣归故里。少年屠苏肯定来过这里，那时他对未来作何设想？是胸怀韬略、治国经邦的渴望，还是寒泉汲水、清水写字的逍遥？故居旁的栾树结满水粉色的苞荚，秘密的籽粒隐藏其中。

鼓城在宣传语中是座历史文化名城，但到处，都是极力掩盖却依然裸露出来的贫穷，从物质到精神都在没落。扩建的大路旁边，坐着许多擦皮鞋的妇女，马扎空着没有客人的时候，她们就慢慢抠着自己油污破损的指甲。文化馆建得像大型公厕，外观粗鄙，门口坐镇的老大爷打量着我："你跳舞？旁边买票。"原来文化馆已被出租为舞厅，那些力争压押的脚，纷纷穿梭在白天的灰尘里。

临近鼓城中学的巷子狭窄，让我想起屠苏家后面的胡同。巷子里是面馆。是潦草的发廊和足疗店。是老年打麻将和纸牌的茶舍。是自酿的土酒坊。日杂店和照相室。降价鞋的摊铺。小药店。牛羊肉批发店。文具行。还有所谓的取名斋，昏暗的墙上挂着手写字体：感情破裂、财运有损、病变、天灾、人祸。一个未到季节就穿上羽绒衣裤的拄杖病人，缓慢走着，进行劫后余生的康复训练。油泥粘鞋跟的苍蝇饭馆，案板铺在流满污水的地面上。厨师蹲着杀鱼，鱼的头骨被菜刀背敲碎，两声闷响。然后是鳞片被刃口刮掉那种连续而刺耳的伐行声，鱼鳞迸溅。

屠苏离开鼓城三十年了。经过三十年的发展，这条名为民主街的小路上，保持着理想的名称，以及弥散在空气里的浊灰色。我终于看到鼓城中学的标识。学校对面看似底商的，挂着基督教福音堂牌子。

31

在校门口的文具店，我有意磨蹭了一会儿。各种用品，丰富多样。我买了一把尺子和两支笔，像是纪念屠苏的正直和书写由此开始。

鼓城中学以前是贡院和书院的遗址，作为重点学校，升学率相当不错。大学扩招之后，鼓城中学年年业绩不凡，可当年，考上北大，整个学区就出了屠苏一个状元。

正赶上中午放学，迎面而来的孩子，人流汹涌。我凝望这些分外年轻的脸，他们之中只有少数，能走上校门口那座宽度有限的状元桥。无畏艰难，积极进取。千军万马，杀出一条狭窄的血路。上北大，上清华，上复旦。上北京，上都会，上省城。学校门口张贴着应届考生的光荣帖，要想成为上面的英雄，必须踏过血洗的战场。

与我交错而过的，是憧憬的眼神，是稚弱的肩膀，是努力背负的脊背和蹬踏向前的双脚。屠苏是其中的一个，是少年得志的佼佼者。我不禁猜测，屠苏第一次从农村到鼓城上学是什么样，第一次从鼓城进北大校门是什么样，第一次从北大毕业进政府机关是什么样。

在鼓城中学一动不动站了几分钟，我恍然明白屠苏的处境。他从最苦的农村来到鼓城，从血肉相搏的鼓城中学考上北大，再从北大工作到机关，层层晋级……背后是家乡人的羡慕和惊叹，对他们来说，这是美妙而狂喜的成功；然而对于不断置身新环境的屠苏来说，是他一次又一次，把自己重新放到最底端的位置、最惨痛的角色里。从鸡头变凤尾，从零开始，在崭新的底层从头再来。每一寸向上的光荣，都是由更低一些、更深一些的黑暗换来的。如同屠爸爸乐于示人的合影，看似辉煌，可屠苏永远占据可有可无的边角。屠苏向陡峭而凛冽的高处，攀缘。没有援手，只有黑暗和内心里，呼啸的风声。

　　屠苏是个考试英雄。他擅长考试，享受其中简洁的公正——当运用智力，当面对抽象的题目，不面对具体的人和事，他是强者。

　　一旦进入社会生活，仅仅通过考试就绝对制胜的机会并不多。人生太多的内容，不需要分数的鉴别和明证；有些获胜不仅没有答案，还蓄意模糊标准。屠苏具有遨游知识海洋的智慧，在现实陆地穿行困难，磕磕绊绊，摔得一身泥一身土。可他没有别的途径，没有别的招数。到了五十岁，一般人读书多因兴趣，不再孜孜以求一个发榜单上的加冕。对屠苏来说，生存永远像把悬剑，带来动荡和不安全感。年近半百的屠苏在职读博，企望重走金榜题名之路，这也是唯一的血路，尽管渺茫，至少尚有窄窄的缝隙……他增重自己的砝码，希望能被某个单位或某个岗位纳贤，或者，接受附属的家眷进京。为了打造未来的壁垒，屠苏挖开自己脚下的泥，来糊一面遮风挡雨的墙。他并未察觉自己因此陷入被葬身的险境。

32

　　发生在鼓城中学的一见钟情，能支持考场英雄走多久？

　　怂恿屠苏读博的小夜，想让校方追认屠苏的学位，到底是要告慰亡灵，还是想用这道逝光为自己赢得夫贵妻荣的骄傲？自己没有资本的人，往往要拿别人说事。也许小夜此生最大的财富，莫过于屠苏的迷恋，他的痴情、深情又挚情，照亮小夜相对暗淡的履历。屠家认定，小夜是利用屠苏，屠苏对小夜也谈不上感情，否则怎么能在单位躲着不见。我倒认为，不能说他们之间没有爱情。屠苏能把笑话、歌曲、图片和游戏用移动硬盘拷给小夜，能帮她设计旅行，能在淘宝网上给她买衣服，能随时互发自拍照……如果一个男人在无感甚至是反感中，很难做到。

　　小夜恃宠而骄，魅力何在？因为性？小夜长得显小，但形象不具通常意义上的魅惑。假设她有翻卷云雨的内功，也难以找到证据；再爱，他们对彼此身体的使用率都不算高。屠苏爱小夜什么呢？虚张声势的吹嘘，理直气壮的势利，摇弄唇舌的造谣，颗粒归公的盘剥……这样的灵魂乏善可陈。

　　可只有小夜，当年亲眼目击屠苏的传奇……传奇给人带来吸毒式的迷狂。那少年一览众山小，从鼓城中学的课桌到北京要职的办公桌之间，似乎已铺平坦途。宏图大业，指日可待。那页出色履历之后，情节没有按预定节奏发展。失意者喜欢津津乐道曾经的辉煌，那是他的巅峰。终于有一天，长年累月受挫的中年人屠苏，不再眺望未来，转头瞻望过去……渴望重回价值崇拜的起点。重要的是，今天，小夜是他唯一的崇拜者。

　　小夜之所以洗印满墙合影，之所以筹备纪念专辑，她说因为屠苏参与那么多国家大事，都是直接影响中国道路进程的大事，必须纪念。然而，人微言轻的个体，身置高速运转的国家机器之中，不过是枚不起眼的螺丝钉。也许小夜没见过真正的大世面，她的崇拜分外真实，只有她，用看待成功者的眼光看待屠苏。我有个自家亲戚，县城职员，小学文化，可说话的口气颇大，有几分了不起的傲世，他公然宣称，别人绝不能把他当成一般的平头小老百姓看待。其实论他的功绩，不过是把自己一家从农村活动到县城。他没有机会打开更宽的眼界，才放胆发出井底之蛙高亢的鸣音。屠苏曾是学校、家乡和区域的典范，早年他能从同学、家人、朋友和同事那里获得瞩目与重视，拥有众多的崇拜者。随着年长，职位停止发育，景况平平，他不再是赢家，社会上的尊崇感锐减，他给家里带来的实惠还不如始终不被看重的弟弟，屠苏丧失了自己的拥趸。他在真实生活中失落，沦为弱者。硕果仅存的小夜，使他能够模拟成功者的心理满足。收容小夜，收容一个永恒的崇拜者，让屠苏体验自己的强大：他还能给予，他还是强者。只要小夜还担任最佳女配，屠苏就能扮演传奇中救美的义公子。唯一的梦，他不忍再摔破。小夜的崇拜，成为最好的控制手段，是终结一切的必杀技。一个人很难跟自己的崇拜者翻脸，他可以拒绝一切，却难以拒绝崇拜者——因为拒绝，等于否定自我价值。

屠苏疏亲少友，维系内心平衡和成就感的，只剩一个女人的歌唱。他是坐在小夜神坛上的男人。除此之外，他找不到一把舒适的座椅。何况，这是一把杂技团的座椅，被一根危险的长竹竿抬升到高处。每把高高在上的椅子，下面都有支撑的基础，有人靠权力，有人靠财富，有人靠艳遇，有人靠亲情……支撑屠苏的，是小夜的仰望和倚仗。那些别人听不到的赞誉，他自己能够分辨。屠苏坐在独竿椅上，上面是一圈虚无的光团，下面是一片陌生的黑暗。没有接应者，没有保护措施，没有终场的落幕……疲惫的屠苏只能牢坐。迹近坐牢。

33

鼓城之行匆匆结束，我伤感回京。

高铁运行平稳，旅客感觉不到机械猎豹恶狠狠的速度。城市与城市，半小时之内就能抵达——车窗外埋首农田的劳作者，终其一生，未必能够穿越看似短暂的距离。有如自己种植的庄稼，他们发芽在土地里，风吹日晒在土地里，最后也倒在土地里。为了躲避这样的命运，割断根系的屠苏远走，小夜是他唯一带走的心理意义的故乡。屠苏放弃了文学，尽管那曾是他灵魂意义的故乡。屠苏还能有什么乐趣和拯救？如果屠苏依然喜欢阅读和写作，孤独是否能够得到缓解，焦虑是否能够得到安抚……是否就能始终贯彻自己的道德理想？

车过石家庄，我无所事事，看黄昏，以及站台上突然亮起来的灯。没想到，意外的觉醒时分，随着光源到来。我在网上查找屠苏旧文，多年未读，我还记得他秘密的匿名。尽管屠苏进行了新的更名和伪装，我还是能够按图索骥。

找到了。突如其来的灵感，让我意外地，也找到小夜的匿名博客。

博客开了几年，时间从与屠苏重逢，持续到婚后几年。长长短短，拉拉杂杂，共几十篇。然后，不知小夜怠惰还是别的原因，博客在数年里都停止更新。直到屠苏过世之后，小夜才补记数篇。足够了，这些记录，让我由此翻开屠苏的谜底。

34

小夜的博客内容比较重复，更像是验证我的想法。如此高比例地谈论：我是律师，我有很多房子，有悖常情。一个女人到处强调她背了名包，恰恰说明，这个包高于她实际的生活水准；如果她所有的包都是奢侈品，如果这是常态，她是想不起格外拿来说的。假设真有许多房产，谁会言必论及、百般强调？假设真有许多房产，这样百般强调又多么无聊。小夜为了适应她为自己编造的角色，需要频繁地背诵。

就像一个人说自己是贵族出身，受贵族教育，同时却随地吐痰一样，小夜的博客文章出卖了自己。计算电费和水费。等屠苏每月颁发的零花钱。吃东西，要等降价的时候。不怕周折更换银行，只为差别极其微小的利息。关注哪里有促销和赠品，哪里能用优惠券。从小夜那里链接到屠苏的文字，也在提供佐证。偶尔安排的两人旅游，即使从北京到省会城市，他们也不直飞，凌晨五点出门，赶中途周转的航班，且借住亲戚家。他们都有记账的习惯：买了六块钱的门票、花了五块钱的手续费。旅行的体会，就是晒各种花销。我能理解记到个位数的账目，不能理解，在机会珍贵的旅行中，他们得到的享乐，不是见闻的增长，而是省了多少钱。屠苏的旅行日记毫无知识含量，整天记几乎要带小数点的钱财，即使那时屠苏还算生龙活虎，他此生发财的可能性已变得越来越低。锱铢必较，格局小，他把太多心思用于计算。即使节俭的旅行，也有像人生一样需要浪费的部分，因为美与感性都隐藏其中。如果事事如此，再美好的旅行，也是两个财务人员奔行在审计的路上。或许屠苏热衷世俗生活这种热气腾腾的日子，天生就和小夜水乳交融。

　　人不怕物质上的穷，怕的是精神上的穷。屠苏最爱的这个女人，字里行间，炫耀自己怎么有钱有权，怎么充满魅力。小夜说不管什么人，只要与自己交往就喜欢她，不分地域、年龄和性别。在任何地方都是中心人物，失踪几天，世界各地都来打听下落。买衣服、剪头发陪着的是银行夫人，是达官显贵。她说自己本来可以成为显赫的高官夫人，到哪里都有称兄道弟的当地领导陪同，办事如履平地，去博物馆都包场独享。

小夜自视真诚，不屑他人，认为他们不如自己高洁和高妙。除了屠苏，她预想的他人，总是有着种种的不洁手段。小夜之所以把别人看得满嘴谎言，看他们攀龙附凤，不要脸、不要命地向上爬，可能是臧否同类的习惯。每个人只能通过自己的眼光、角度和局限来看待别人，自己撒谎看别人都撒谎，自己势利看别人更势利。君子看谁都是君子，小人看谁都是小人——我们所看到的别人，常常是自己灵魂的映像。

她博客所记载的，和上次跟我谈话的内容，异曲同工。重点还是她在爱情上的成就。她的律师身份说得渺渺茫茫，从来没有细节，她用的都是债权、法院、法制办这样的虚词。她的阐述禁不起推敲，失常、失真、失信。小夜唯一可以拿出人证的，就是屠苏的爱情，所以她刻意渲染和经营。有些深爱者不善表达，只是默默沉淀，有时语言上留下多少痕迹，反而在情感上减去多少分量。一种需要用语言不断加固的爱情，多少可疑。从小夜的谈吐到网上的文章，无他，除了屠苏还是屠苏，她当然把这当作可歌可泣的神话。可除了电脑游戏和家务，没有独立生活的女性，爱起来，容易令人不堪其重。像藤蔓，她在寄生的环境里，完成绞杀。小夜自己或许不知道，或许，她认为这才是最美的相依相伴、最匹配的比翼齐飞。

35

小夜所津津乐道的，唯有比喻中的爱情、修辞中的财富、符号中的职业、想象中的品德。她到底是不够自信，才导致如此剧烈到离谱的变形；还是和屠苏一样，理想中的自己与现实中的自己落差太大，大到理智难以相信的程度，需要用致幻剂麻醉自己？科学实验表明，当一个人撒的谎越来越多时，谎言程度会不断增长，会越来越大胆，大脑产生的情感反应会随之变得越来越弱。一个欧洲学者以香水来比拟撒谎的上瘾过程："你把它想象成一瓶刚买的新香水，刚开始闻起来气味非常浓郁，几天之后它的味道就淡了些，一个月以后，估计你都闻不出任何味道了。"这就是为什么小夜的言辞那么捉襟见肘，逻辑与逻辑之间不能缝合，临时的托词补不上天大的窟窿，可她不以为意。

小夜接触网络迟缓，不会开车，不具备外语交流能力，怎么可能是国际贸易和法律双硕士并执教大学、叱咤商界？屠苏为什么听任这些睁眼的瞎话？我以前哀叹，把这些归罪于屠苏老实。不说谎的人恰恰最轻信谎言，因为他们不具备欺骗的意识和常识，不具备侦破与反侦破能力。我以为屠苏并没有什么罪过，他只是被自己的诺言逼迫成小人；我以为屠苏只是太容易向平庸妥协，他在过程中种种不适，直到被摧毁。不，没那么简单，种种证据表明，我为屠苏的辩护难以成立。

隆重而漫长地被爱，是小夜此生唯一的骄傲和支撑。对屠苏来说，何尝不是？这份爱情，是他此生最为骄傲的牺牲与给予。彼此的一生都平凡渺小，只有这桩神话样的事体，接近伟大。夸大其词的小夜有一点并未说错，她的确是屠苏的灵魂伴侣。更进一步，他们天造地设，他们是彼此的投影。

他们来自同一个地域，同一所青春成长的学校，屠苏退回同乡同源，相同的文化背景让他松弛。他在北京是否一直撑着，像戏剧中脚踩皂底靴的演员？退回源头，是否隐藏他的懦弱与乏力？我想起，屠苏和小夜的微信中，使用吃饭饭、洗脚脚、睡觉觉之类的幼儿语言，或许潜意识呈现出精神上的倒退乃至蜷缩。两个在现实世界中的受伤者，把自己当作婴孩，也给予彼此儿童式的安慰。他们的爱好相似，志趣相似。不仅是热衷自拍和记账，不仅是喜欢抒情到煽情的抒情歌曲，还有更深层次的价值认同。他们是惺惺相惜的同类，区别在于，由于屠苏的智力、天性以及接受的良好教育，使他修炼出更好的教养。他们并非天使与魔鬼的故事，这是两个人被内心的天使和魔鬼共同驱遣。哪有谁会自认魔鬼？魔鬼都会觉得自己是天使。不过他们面对彼此时，或许呈现出天使的一面。

36

从博文上看，小夜的确比一般人的表达清晰流畅，仅此而已，并未出色。她的理解常有偏狭，见解乏善可陈，容易把人云亦云的东西当作径自得道的别见。她指点江山，洋洋得意。她假设，如果自己当初没有自愿放弃文学，今天必一鸣惊人。没有跟唱者就认定自己是交响乐，花拳绣腿站不住脚就认定自己打的是难被效仿的醉拳——小夜自恋，饱满得变形。我意外的，是屠苏和小夜的思维如出一辙：如果换我在别人那个位置，我会做得更好。

屠苏舍不得扔旧电线，说为了退休以后搞科技发明。他明确表白，后悔自己读文学系，否则以他的理工科智慧，早已在这个科技时代游刃有余，发家致富，让小夜拥有顶级奢华的生活品质。文学不再是他终生的安慰，甚至是他现实人生不尽如人意的祸端。可屠苏的借口有些自欺欺人，环顾四周，许多学理科的未必就暴富，学文科的未必都贫困。当物质和精神都抵达不了自己的渴望，他们依靠虚构。小夜热衷编造，是拿已经发生的事情编，编得漏洞百出；屠苏，拿没有发生的事情编，不好否定。屠苏在我的散文中曾被称为"匹诺曹"，后来匹诺曹长大了，他学会了一种不让鼻子变长的说谎技巧。

以爱为名，这个命运配送的看似会对他产生巨大促进作用的女人，每天陪他一起梦游。两个梦游者自说自话，由幻想带来的心理自信，其实是自我催眠的手段。他们远离人群，彼此不会揭露和施加惩罚。我悲哀地发现，他们是利益共同体，一起分享谎言的福利，荣誉与利益都在其中。他们对彼此来说，是孤证，是互为佐证的逻辑。他们互为支撑，互为梦幻，互为舞台上的追光灯。如何能不相爱呢？像一对孪生的蛹，困锁在茧衣里。在那个真空的世界里，他们快乐，如鱼得水。他们依靠精神鸦片，走在坑坑洼洼的现实里……美好而丧失行动能力，他们依偎在一张柔软病床上。两个或明或暗的名利之徒，就这样气场相融，琴瑟和谐。

他们与外界之间，隔着鲜明的壁垒。别人的非议，他们充耳不闻，他们只在自己不可理喻的沉迷里；即使偶尔关注别人，也是不自觉地诋毁，诋毁过去的关系和情谊。他们置身浪漫的童话里，别人活在清醒而残酷的现实里。许诺中的天堂就像睡眠中的梦，容易翻转为深渊。唯一的办法，是争取梦境不醒，争取永远沉睡其中。

37

小夜对屠苏的妻女、父母和兄弟姐妹毫无愧色，屠苏不以为意。屠苏不需要小夜的愧色。因为她的愧色就是他的。小夜越是能找到似是而非的堂皇理由，屠苏就越能解脱自己。他需要的，恰恰是她的挑剔、无情乃至残忍。屠苏由此身轻如燕，他甚至感恩于小夜帮他卸掉沉重的包袱。

出于道德自救，小夜强调自己是施恩者；同样出于道德自救，屠苏也必须坚持，前妻是婚姻的剥削者。他们都有看低别人、赦免自己的习惯——罔顾事实，使所有事情朝着有利于自己形象和分量的利益方向倾斜，然后编码，重新做图像的技术处理。

小夜第一次见我，就不满我为什么否认暗恋屠苏，她不喜欢我申辩。的确，从一嗅出她那种获胜者的得意，我就不愿给小夜这部自己搭台子、自己入戏的剧情片当临时女配角。我反感那种煽情与沉浸，拉个帘子就错觉自己是谢幕的女主角。假设我或屠苏的前女友过得不错，并不妨碍小夜的心境，因为她发明一套换算公式。所有没被屠苏"选中"的，都是埋在土里的肥料，以烘托她的鲜艳；肥料用得越奢侈，越能说明，花蕾美得，值得那无数的死。至于前史们的挣扎，小夜根本忽略不计，不过是蚯蚓拱动松土，有助园艺。小夜只是不希望明慧的前途似锦，毕竟，那会让别人替屠苏遗憾，觉得他放弃得不值。我那时以为，自己之所以被当作屠苏的情感边角料，只是小夜之过，所以特别对抗：别以为我是松动泥土的蚯蚓，不，我是棺材里起义的死人。

读过小夜的博客，重读屠苏写我的文字，我才恍然，她的错觉并非空穴来风。难怪小夜以为我一往情深，从某个角度讲，我也的确成了夫妻之间的谈资。爱里面，难道不是要包含畏惧吗？屠苏哪里得来的自信，认为我们因为被放入他的妻妾选购车里而喜悦呢？不管是由于彼此不够达标，还是互动不到位，总之，我从未设想自己的婚姻与屠苏有关，也不认为被他选中是件幸事。屠苏文章里的，引用我的原话："愿我们之间始终维持着距离，由此鸡犬相闻一直到老。"只是，它微妙地，被转成屠苏的语气，由此接近于他在表达婉拒的态度。屠苏即使没有直接吹嘘，也在沉默中暗示，他无心垂钓，多少大鱼小鱼受到诱饵的蛊惑而上钩，却被他扔回海洋含盐的苦水里默默饮恨，嘴边挂着撕开的伤口……这些或深或浅、终遭舍弃的艳遇，都是屠苏喂给小夜的饵料。小夜喜欢的话，屠苏就扭曲事实，或者听任她的曲解和诋毁。屠苏放大自己对其他女性的放弃以烘托对小夜的痴情，小夜放大屠苏的放弃和痴情以强调自己的珍贵……没有谁，希望挑破内幕。

许多情感细节如果不是屠苏出卖，小夜无从得知。屠苏遗弃文学，可他还保留了抒情的惯性。我发现，成年以后的抒情，容易长成一种危险而可怕的习惯。我写"匹诺曹"时借用屠苏的原型，为了保护原型或加强表达效果，我有情节上的挪移和想象；可屠苏把虚构事件，凡是有助于他的形象魅力的，都当作实际发生的真事讲给小夜……他心知肚明，我们不会当面对质。不能怪罪小夜，当屠苏对我态度淡漠的时候，我还在文字里一往情深，难怪她会产生优势心理。以小夜看来，无论过去还是现在，我们都因没有进入屠苏的决选名单，没有像她一样夺魁而耿耿于怀。

屠苏和小夜双双舍弃文学，并且把这种舍弃当作省悟而得意。他们不再写作，只保留了虚构的技能残渣，保留了未成熟者微酸的抒情习惯，用以杜撰生活。两个曾经的文艺青年，慢慢进化着自私：为了使自己的梦境看起来更绚丽，他们罔顾事实，不惜盗用建筑材料；如果必要，不惜盗用别人的血肉和骨殖作装饰。

我不知是屠苏的描述还是小夜的篡改，说我当初一只花蝴蝶似的翩翩于一群单身汉之中；明明是只冒充白天鹅的黑乌鸦，以为在天上飞就被地上看的男孩们倾慕。觉醒的屠苏才不会那么愚蠢，他冷笑着离开，不关心我什么时候被揭穿身份。事实上，直到今天，我虽与其他几位联系不多，但情谊都在：他们当中既没有任何一位在男女意义上追求过我，我也没有对他们其中任何一位心怀惦念。而小夜言之凿凿，几乎指名道姓，在博客里对我进行实名声讨。

38

　　每个人都有复杂性，都有自己不愿承受的卑污。无论我们受到多少教育，无论怎样内疚和反省，利己的小心思和小盘算总会运转。我们的行为总是突破自己的意识、伦理、道德和价值观而屡犯错误。正因此，更需外在的校正和内心的自我提醒；一旦丧失两者，我们会陷入比自己预想得还要深的沼泽。

　　小夜不会反省，就像她断然回绝与某些人聚会，因为嫌弃他们是离过婚的，完全忽略自己也是同样的身份。屠苏自身立场就不坚定，耳濡目染，丧失了知识分子最为宝贵的品质和能力：反省。也许对于屠苏来说，微弱的良知也是危险的，会带来疼痛和灾难，他索性掐灭这个带着光亮却能烧毁自己寝铺的烟头。他的知识，反而使他失去了朴素。被异化的过程，日常且漫长，令人习焉不察。屠苏在博士论文中洋洋洒洒，纵横捭阖，宏论中国教育，我不知道他在痛陈弊端的同时，有没有反思，作为父亲的自己所放弃的责任？屠苏撰文的时候，潜在地，把自己当作完善的教育专家，当作承担社会使命的智者——演讲的语感，匹配着他为自己设定的完美形象。

　　我自己呢？杜撰和美化，我何尝不是缺乏反省地陷入其中？屠苏并不念旧。也许我们人人均如此，念旧，只是因为尚未找到合适的新。屠苏对自己的血亲尚且冷淡，何况作为路人的我。而我偏执地，把屠苏设想为默默怀念我的旧友：以此证明，我别具价值，我给予他的精神享受无可替代。其实，也是一场自作多情的误会。我最初以为太多矛盾之处，都是不应该发生在屠苏身上的。我加诸他太多善意的想象，已纷纷抖落。一旦把屠苏的起点还原到真实位置，所有的链条都畅通，完成了自然的解释、合理的注脚、必然的结局。

如果不是小夜，我不知道屠苏对婚姻的态度，也不知道屠苏执意与我相忘江湖的原因。他对我，积怨已久。

39

屠苏对我有过短期的怀念。明慧的婚姻助力不过尔尔，使雄心万丈者产生几近上当的强烈挫败感，他转而悼念自己的损失。我本来没有什么价值，但如果计入屠苏为上一段婚姻所牺牲的成本里，也算一个小数点之后的数字。在那个期间，他写下怀念我的文章。随后，屠苏与一位未曾谋面的偶遇网友互诉心曲，缥缈的存在也象征慰藉。远水不解近渴，屠苏依然感觉自己的孤独……漂浮着，没有锚定的重心。

直到，梦中情人现身。小夜兼具仕途助力和灵魂沟通的渠道，她简直是完美的结合，弥补明慧和我的毛病。小夜还有七虹所不具有的忠贞，以及对屠苏的仰视，她仿佛带着理解的态度和实现的手段，将一切奉献给屠苏。

屠苏有绝情的一面。为了一息亮光，他舍得放弃。始终舍得，无论是家室还是友谊。当初屠苏果断斩断前尘的勇气，来源于从远方透来的一线曙光，来源于小夜信誓中的财富与背景。他对小夜，既有青春期的留恋，又对她勾勒的蓝图心怀向往。弟弟调动成功，极大鼓舞屠苏。小夜周游于权力者之间，长袖善舞。一切，点燃了屠苏已逐渐暗淡的激情和权力欲望。

即使在婚后数年，屠苏锱铢必较地运算每笔开支，小夜依然在与屠苏互动的博客中炫富，像专门说给他的解释。这时候的屠苏还信吗？他希望中的光荣与轻松何在？屠苏以丧失元气的年近半百之身，遭受命运更猛烈的拳击。以前我把屠苏当作琴棋书画、不合时宜的旧公子，一腔侠骨柔情，没想到他始终期待，能利用婚姻的捷径。以性器为撬棍，多少轻贱了自己，即使不说屠苏寡情寡义，也有令人齿寒的功利。可惜欲速不达，他没有走上他以为的捷径。过人的才智没有把屠苏拯救到天堂，他被致命的缺点拉入地狱。

其实屠苏无论娶谁，都需要经历成长、忍耐和磨合。十有八九的年轻女性，刚结婚的时候，或急切慌张，或有控制倾向；男性也一样，粗枝大叶，毛病多多。婚姻需要学习和调校的过程。屠家人设想，即使屠苏没那么喜欢明慧，如果当初不离婚，重大事情有明慧参与，如果屠苏肯付出十年磨一剑的耐心，如果他对妻儿抱有感激的情义，走到今天，也许早已收获了期待中的成果。屠苏总想获得崭新的机遇，结果一手好牌，打成坏局，输得血本无归。他想用便利工具，结果没撬到什么便宜，反而划伤了自己的手，血流如注。

　　人生的每次选择，都意味着一次闯关或抽奖的机会，可能沦入困厄，也可能迎来救赎。就像打电子游戏一样，下一秒，不知道是贵人或利器的增益，还是恶徒或暗箭的威胁。屠苏的方向总是选错，赌大赢小，赌小赢大。如果说屠苏不能控制外部的仕途环境，至少，内部的家庭关系是他可以调节的范围。不能完全用坏运气来解释，屠苏有许多主动的行动。与其说他命运不济，还不如说他不够专注。我突然发现，屠苏缺乏耐心，不仅爱情，文学还有职场生涯都是如此。任何人只要心无旁骛地努力，等到最后，都易于获得美满的结果。屠苏不断转移，这是缺乏耐心，也是一个更长时间段里体现的急功近利。

　　屠苏给人的印象是淡泊名利、超然物外。其实，并非不屑红尘滚滚，他在意，但他自尊强烈，希望自己以漫不经心的方式得到，不被别人察觉出焦灼。屠苏的急功近利比较隐蔽，更是在性格安静和技术保障下的不动声色。他的入世是以不入世的方式为表象的。屠苏私下非常羡慕得势者，又不甘心，他们明明技不如己。可屠苏不愿亲力亲为，他的提起和放下都不够彻底。就像他为自己的不得意寻找外在借口一样，屠苏寻找外在的援助——这种祈求，就像虚弱者祈求神明。一浪一浪地被推动，丧失定力的屠苏像被迫离开的海星，吃力挪动自己看似钙化的触角，寻找新的礁岩。位置还是不够好，他祈盼洋流把自己带到更为理想的位置。与明慧的婚姻不够好，喜欢的文学太冷门，落脚的单位太清贫，屈就的职位太低微……一介书生的屠苏，没想到书本之外的世界复杂得难以圆融应对。

急功近利的屠苏忽略了时间的报复。跟时间赛跑？好大的口气。有输赢才能叫比赛，可对于时间，我们哪儿有参赛的资格？他在两个女人之间蹉跎的时候，他在文科与理科之间挣扎的时候，他在事业与企业之间犹豫的时候……也蹉跎了自己的才华，错失机会和巅峰。

才华本身是出世的，上苍恩赐是为了让我们在精神世界里更优美地遨游，如果总是用它来解决现实困境，用来谋求世俗意义的好处，所谓的才华，很快会被消耗殆尽。

鼓城中学毕业时，屠苏曾与小夜约定："二十年后再相逢，要在文学上一决雌雄。"当文字不再是屠苏的内心需要，仅仅当作偶尔借助的过渡工具……"屠苏不知怎么回事，后来连简报都写不好。"路平安再次感叹，"他的才华不足以驾驭他的欲望。"

40

心比天高，命比纸薄。我以为，屠苏是单纯而笨拙的书生、文人、理想主义者。我以为多数人活着，不是受有钱的罪，就是受没钱的罪，唯屠苏是超脱的一个。我以为生存竞争有如罐子里的残杀，屠苏不具备足够恶毒的腺液，不能成为活到最后的蛊虫，所以他从前想躲进学校的象牙塔，后来想躲进小夜的蜗牛壳……因为他在心智上不会巧取，在气力上不够豪夺。有太多的"我以为"，是我把屠苏强行塑造为理想主义者。

即使屠苏并不高大和清澈，作为一介凡夫俗子，他似乎也没有那么大的罪过，我为什么不依不饶地苛责？我承认，情绪里面包含了我自己的恼怒和悲愤。小夜的博客读到最后，白纸黑字，屠苏有三个字对我触动巨大。鼓城中学里，当十七岁的小夜问十七岁的屠苏，未来的理想是什么。屠苏意气风发、斩钉截铁地给出答案："要做官！"这被小夜夸为远大的志向，尖锐地刺痛我。

当年屠苏旁敲侧击向我提及，他可以就任某大报总编辑。我那时不谙世情，哪里明白屠苏心迹？懵懵懂懂听过去，没当真，没听出其中流露出屠苏的追求与向往。今天回想起来，我心头一惊，当年二十多岁的屠苏意欲担纲如此重任，虽壮志凌云，却是痴人说梦。何况我不认为，以屠苏的文笔和气场，能够驾驭他以为自己可以胜任的那个角色。屠苏对我近则不恭疏则怨的态度，让我捉摸不定，原来他恼恨于我始终袖手旁观。屠苏认为，我帮他是举手之劳，而我甚至连杯水车薪的表态都没有。

我相信屠苏的恼恨是真的，否则小夜不会清楚细节：我是北京城市户口，父母属于屠苏认为的领导阶层。屠苏希望我主动提供世俗意义的帮助，给他找关系、托门路，以飞黄腾达；可我不食人间烟火的简单和弱智，加上我骨子里排斥官场政治，使骄傲的屠苏难开尊口。他不说吧，我永远没那个自觉意识；说了吧，我们价值观冲突，我会因此低估他的高洁。对他来说，我本来就姿容欠佳、形体健硕，最大价值就是不错的家境，但这条或明或暗的路径却在我这儿被打上死结。我满心思误人误己的文学梦，官场不仅绝非我向往的生涯，也是我的婚姻观不愿接纳的。我怕丧失自由，怕力量微弱的自己没有足够定力，怕承受不了考验，怕被卷入体制绞肉机里，所以视为畏途。而时隔多年，我才明白，屠苏的艺术追求，服务于他的现实要求，纯粹的精神享乐不足以替代一切。

我们之间，是理想国与世俗社会之间的对话。或许我们原本置身两个不同的国度，屠苏的母语是世俗社会的，不过他精通理想国的外语。除了能写点东西，我百无一用；明慧背后的领导若隐若现，成为屠苏选择明慧的重要砝码。加官晋爵的渴望，使他的心理天平倾斜乃至倾覆。屠苏决心撤得干干净净，他或许已耗尽对我的耐心，认为离开我才是明智之举。

最后的相处，我一直理解为君子屠苏的克制与隐忍。和衣而卧，在黑暗中清谈，那块裤子上被少量体液浸渍的斑迹，证明了规矩的屠苏所承受的压力。假设情感果真充沛，在年少莽撞里，他恐怕很难守住理性。屠苏的克己，可以解释为他对异性的好奇、对朋友的尊重和品性的正直；也可以解释为，我的吸引力不足以启动他的运行程序。可以归结为柳下惠的高洁；也可以解释为考量，他已决定投奔明慧，不想节外生枝。冲动的结果不过春梦一场，美妙而尴尬，万一生米成了熟饭，是否会产生变数，危及未来，让前途烟消云散？面对诱惑，屠苏不为所动，就像考试前的忘我备战。这是一种实际的计算，是权衡、比较和判断的结果，是遗憾也是彻底的选择。那晚，屠苏抵抗住来自身体的召唤，之所以展示出近乎钢铁的理性，是伟大的仕途理想让他的欲望归于职守。

时隔二十年，我才悟到，那是真正的告别之夜。我们的理想和路途，从那天那夜那一刻，已分道扬镳。

41

屠苏成长于 20 世纪 80 年代。80 年代，仿佛是理想主义者最后的天堂，最后的庇护所，最后的诗意时光。那时肆意谈论金钱和权势都是可耻的，我们在轻微的贫苦中，更容易感受精神的丰足。在充满理想主义的时代，每个舞台上的表演者，都被理想的聚光灯照射为散发理想主义光芒的理想者。你能说那个时候的屠苏不真诚吗？不。人有时会被自己感动，在某一个阶段里他就是真正的理想主义者。如同酒喝高了，在那个精神醉酒的阶段里，他可慷慨激昂，可舍生取义……尽管酒醒了，他会后怕。我不认为屠苏的理想主义是伪装的假面。理想主义潜藏在我们的性格之中，有时激昂，有时沉睡，有时含量极少的理想主义在现实中并未发出光彩就完全熄灭——但，都是真的。当时种种是真的，后来种种也是真的，即使两者反差巨大，到背离的程度。

我无从得知屠苏内心变化的过程。但作为转型期的目击者，我知道当中国在 20 世纪 90 年代进一步迈向商业社会之后，许多曾经的文学爱好者，一夜之间改弦易张。诗人夹着皮包成为

仿佛是理想主义者最后的天堂，最后的庇护所，最后的诗意时光。那时肆意谈论金钱和权势都是可耻的，我们在轻微的贫苦中，更容易感受精神的丰足。在充满理想主义的时代，每个舞台上的表演者，都被理想的聚光灯照射为散发理想主义光芒的理想者。

商人，文人夹着公文包成为领导，多少有才华的写作者被淹没乃至是自愿埋葬在物欲横流的旋涡之中。有些人对文学的态度从爱慕变成鄙夷——什么诗意，什么思想，不过是大脑里引发的化学错乱反应，不如体力劳动创造出的实物更具价值。

屠苏由理想主义者向现实主义者蜕变的过程中，钱，变得越来越重要，越来越让他妥协、屈服和恐慌。屠苏不阅读、不写作、不涉及文学，他不看没用的书了。屠苏没有来自亲友的劝诫，没有来自书本的校正，做出独立判断所需的经纬坐标系消失了。屠苏在所谓的爱情中，却丧失爱的体验与给予能力。科学家研究表明，关心别人的人比冷漠者更容易愉快。屠苏越自私，就越不快乐；不快乐反过来使他越来越麻木：没有理想，没有约束，没有良心的痛楚。

也许屠苏觉得文学的力量微弱，这根曾支撑他自信的稻草，没有变成船桨把他摆渡到彼岸。打湿的稻草什么用也没有，只能成为压垮骆驼的重量。但屠苏的放弃，没有换回什么渴慕之物。爱钱的死于黄金，爱海的死于浪。上帝有时会因为一个人的执着而怜恤，给予回应与奖励；有时会因一个人的贪念而嘲弄他的作为……如果他的行为触怒上帝，上帝也可以给予整个世界，然后再完整地收回。

我对屠苏的调查与追踪，这到底是个什么故事？一个理想主义者在现实中丢盔弃甲，还是一个现实主义者在追逐理想过程中头破血流？是一个理想主义者在现实中的失利，还是一个现实主义者在理想中的失手？是一个理想主义者的悲剧，还是一个利己主义者的挽歌？多年来，我只凭着一腔执念，笃信屠苏是不折不扣的理想主义者，现在我发现自己回忆不起他理想主义色彩的任何情节和细节。原来，在80年代理想主义者还不准备散场的舞台，屠苏已悄悄离开剧院……他独醒，他有更为远大和具体的抱负和野心。

残留的理想主义，是否构成干扰？如果屠苏在仕途激流勇进甚至不择手段，或许能赢得不错的发展空间。因为他勤劳、认真、卖命的品性，又不缺才华，领导容易赏识这种工作踏实努力的，即使屠苏掘取地位和财富并不手软，也会被视为天择之道。然而，十七岁的屠苏"要在文学上一决雌雄"和"要做官"都是真的，他都想要。慈善家可以说这是一个完美主义者的弱点，刻薄者可以说这是一个贪婪者不知餍足。如果屠苏彻底选择、彻底放弃，是否就不被理想和欲望撕扯？每当屠苏想有所作为，滚滚洪流就冲刷他脚下的土壤，他摇晃和犹豫，似乎相反的方向，才是更好的选择。

42

中国古代文人有两大普遍理想：田园归隐和仕途高就。一种闲云野鹤，一种达官显贵，似乎风马牛不相及，但两者之间存在秘密的终南捷径。文人墨客虽向往陶渊明的桃花源，但一步到位的归隐，对他们来说，依然包含壮志未酬的遗憾、未试身手的不甘、气亏神散的委屈和不被赏识的挫败；似乎，只有功成名就之后的归隐，才是气定神闲的归隐，才能跃升为顶级意义的成功。

学以致用，没什么不好，只是我们倾向于把这个"用"，理解为当权者的器重。我们都知道独立精神、批判立场和边缘位置，有益于知识分子的灵魂建设，但"书生自有嶙峋骨，最重交情最厌官"的骨气，已在许多中国当代知识分子中丧失。我们有许多技术型的"知道分子"，充当的，不过是资料的存储器和利益的转换仪，一味向世俗妥协。我们缺乏人文情怀，缺乏胆识与见识；我们缺乏独立人格，不追求灵魂的自由。我们之中，有太多向往依附权势、以谋求立足和前行的藤本植物，少有树冠高大、花期盛大的乔木。

鼓城那个满腹经纬的宰相，在广场上被塑以金身——他对屠苏来说，是励志的榜样。"要在文学上一决雌雄"和"要做官"，分别对位于文坛与官场的双重地位实现。屠苏所求，是互为渗透的功与名。文学成就高了，官运更亨通；官运到了高位，更有助文人的声名远播。可惜屠苏在社会和家庭里，都不是管理者角色。在当代中国复杂的官场运营模式和升迁系统中，他缺乏应对的耐心和能量。在家庭领域,屠苏牺牲沿途所遇,向小夜献祭他们的血肉与人头,无论他的心理如何满足于为女皇效忠,在别人眼里,他也是奴仆。从精神上消灭,从肉体上消灭……屠苏最后的遗像,既非理想主义者,也非既得利益者。

出身低微的文人,最初多是理想主义者,因为他们迫切向往改变现状。少年屠苏成绩出色,可他随时要承受贫困境况带来的失学压力。营养不良,更是贯穿屠苏整个青春发育期的问题。逢年过节在亲戚家吃上一顿肉丝面,几乎是席卷而来令屠苏战栗的幸福。被家乡人羡慕、生活在北京的屠苏,过的依然是紧巴巴的苦日子。毫无靠山的小公务员屠苏,看到了权力释放的魅力。机关机关,一语双关,一个人的命运可以瞬间明亮、瞬间黑暗。对屠苏来说,当官既是从小志向,又是始终的生存需要。屠苏从生活在农村的孩子变成生活在城市的知识分子,始终被隐形的阶层意识所提醒和教育,他潜意识里对权力投靠和膜拜。剪枝后,植物更为茂盛地发芽;伤口上,身体会增生瘢痕。屠苏受够了特权的压制,积累的心理创伤,让他对权力的渴望要超过人们的均值。

屠苏是无奈的失意者,但有些挣扎者即使得意,也未获得解放,甚至更为可怕。有些寒苦者,无法克服沉淀在基因里的权力渴望。一旦得势,他们立即从贫农知识分子变成精英知识分子,乃至是特权知识分子,他们可以成为旧制度的新帮凶,甚至是新的独裁者。他们把自己所曾遭受的损害与凌辱施加给别人,认为这就是平等。从痛恨专制主义,到对特权的忘我追求——角色转换如此迅速,他们从受害者果断地成为施害者。

手里掌握一个计算器，他们就可以正义地巧取豪夺；换成一把枪，他们也可以杀得大义凛然、义薄云天。

43

有人谈到，为什么一些出身高贵家庭的孩子在品德上更具保障。因为在他们的成长过程，不需要通过说谎来换取资本；他们也不怕说真话所需支付的代价，他们支付得起。

朋友方希聊天时曾说起，为什么富二代似乎成了天然就饱含贬义的词。实际上，富二代无须因为生存角力而变得面目狰狞，他们普遍接受良好教育，就知识、眼界和道德的整体水准而言，许多优于普通阶层的孩子。为什么说起来富二代都同仇敌忾，都把他们当作全民公敌？就因为他们爬对了一个子宫，付出 nothing，得到 everything，不公平。

我对所谓的特权阶层和底层，同样不了解。给我带来观念冲击的，是大学毕业数年后的一次同学聚会。彼时有人混上中层管理岗位，推杯换盏之间，大张旗鼓地吹嘘业绩。敬酒是敬酒，祝贺是祝贺，可我平静，在热烈氛围的映衬下近乎冷淡。其中一个志得意满者心生不快，质问或者说是谴责了我："你有什么资格超然物外？你不过是有着不错的籍贯和爹妈，从小用不着卖汗卖血。换到我的背景试试，不信你还能清高！"我以前约略知道，他是从最贫瘠的穷乡僻壤里奋斗出来的，但我不知道那种具体的苦，不知道，吃盐长大的人生并非修辞。别说营养了，他难得能把自己喂饱。所谓吃菜，永远是一罐重盐的咸菜；咸菜也限量，多数时间里，他吃馒头夹盐。他的爷爷奶奶过世，送终的，是一家人的眼泪和裹住尸体的两床薄席。在没有青春的青春期里，他成长得何其艰难；能有今天，他几乎是劫后余生的幸存者，怎能不为自己庆祝呢？我无言以对。我没有承受过考验，不知道自己的灵魂在多大压力下就会变形。后来聚会的氛围越来越嗨，大家喝高了。两个同学在拼酒力和实力的过程中，终于争执起来。还能比什么呢？他们要酒后滋事，要被出动的警察抓起来，比一比，谁能靠特殊关系先把自己营救出来。

不能说，我们这代人是某种类型的最后标本。然而，由于中国社会结构和阶层状态的巨变，出身贫苦的孩子和家境富裕的孩子，教育环境的先天差异越来越大，上下流动的通道虽不致关闭，但恐怕越来越窄。像屠苏一样，赤手空拳，只凭一己之力，就跃升到一流名牌大学的奇迹，概率越来越低。即使考入名校，未必直入坦途。多少像当初屠苏一样向远方出发的梦想家，无声无息地，被吞噬途中。无论走多远，他们，还是徘徊在食物链的底端。

44

底层和特权阶级。挣扎者和安逸者。创造者和剥夺者。我们能否从一开始，就判断出致命的区别？猫和鼠、羊和狼、兔子和狐狸、鸽子和鹰、牲畜和人类……这些互为天敌的，胚胎

182

极为相似，长得相似的模样。什么时候，我们把山羊和绵羊分开？什么时候，把猎食者和猎物分开，把禽兽和天使分开？什么时候是泾渭分明地分开，什么时候是血肉模糊地分开，什么时候是生离死别地分开？

我所怀念的，或许是一个作为胚胎的屠苏。当年聊天，松弛而畅意，我们被彼此灵魂里的磁性吸引。生活的压力和考验尚未来临，我们在丧失重力的真空里，在文学和梦想的子宫里，自由漂浮。我们年轻，纯真得透明，自以为可以看穿许多；可也正因为透明，我们可能隐藏自身许多的叠层，隐藏我们自身的挑剔、愚蠢、懦弱、贪婪和自私，隐藏品德里将会沤烂并发酵的渣粒。那个年纪，那个时代，无论是年轻的屠苏、年轻的小夜，还是年轻的我，都纯真。小狮子眼神柔和、害羞、讨好，它还不够强大，还不具备背信弃义的资格。它摇摇晃晃，乞求被整个世界接纳；只有变得强大之后，它所有的冷酷和凶残才能显现和释放。未来，有人会从自己性格的这一端，不可思议地滑向另一端。年少时的刺青，怪兽威猛；等它在衰老的皮肤上显现，狰厉已变得滑稽。时间改写了事物性质，挖掘并暴露出一开始就隐藏其中的部分。

一个人如果在年少都不纯粹，一生就难有机会再纯粹了。如果年轻时就世故，人生未免无聊。莽撞、天真、好奇、任性、出世，甚至想入非非……年轻时如果没有这些，不仅无聊，也辛酸。小时候谁都散发天使的芬芳，慢慢，我们就有恶魔的气息。谁，能把我们内心的天使与恶魔分开？天使身上，有没有魔鬼的基因？魔鬼身上，有没有天使的血统？

45

　　屠苏退到死亡的极夜里，小夜继续在现实里制造极昼，勇敢无畏地，僭越现实给她制造的局限。

　　那次唯一的见面，我问过小夜她在哪所大学执教，她流畅给出准备已久的答案。小夜没料到，我闺蜜恰巧是那所大学的毕业生，她从留校同学那里得到准确答复：学校的人事档案里从未有过这位神仙。不出意料，小夜的演技不能胜任她所扮演的角色。小鱼汇成鱼群，就以为自己正在冒充体积壮观的巨鲸……可在大鱼和其他猎食者看来，一点也不像。小夜能怎么办呢？离开鱼群，她就像大鱼掉落的皮屑一样，匿迹于无声无息的黑暗……作为，食物链的底端。

　　我曾对小夜深怀抵触，慢慢，变成伤感。小夜像有毒的刺鲀扎伤别人，这是冒充的体积，只有被动者才如此膨胀地幻想。那种天下人都喜欢我的自得，哪里来的呢？我不认为小夜拥有众神与众人之爱。正是缺乏并渴望，那种叫爱的东西，她才会变本加厉地索求宠溺。小夜也可怜，她把屠苏的爱情当成宝、当成经书、当成蜗牛沉甸甸的壳，而斯人已逝，她的情感和未来已无栖身之地。她埋葬自己过去的爱情，开出泪光中微颤的回忆之花。

　　如果小夜对屠苏是全部的支柱，屠苏对小夜又何尝不是？屠苏用血浆灌溉爱情，如今只剩他不能再去呵护的爱人对着空气讲再也没人愿意听的童话。尽管被诟病，但谁能代替屠苏的感受呢？屠苏至少成了小夜的神，只有小夜，满足于他有限的喂养——粗茶就说粗茶的好，淡饭就说淡饭的香。也许他渴望自己被这样剥削，视为成就。如果屠苏情愿拿自己的骨头当柴，如果屠苏怕自己在温柔乡里一无所成，才强迫自己离群索居地去学习？即使小夜是毒，对于濒死之人，吗啡是否就是一种最为重要的安慰呢？就像被斑纹虎密布细刺的舌头舔过，这是唯一的安慰和温暖。

46

　　小夜忧怨于屠苏的孤单，归因于屠苏遇人不淑。实际上，这是屠苏对他人并不顾惜的后果，是他和小夜一起努力所致。他的家人，他的文学，他的道德，都被扫除了。在小夜的协助下，死后的屠苏，连同我这样被遗漏的一个朋友，也失去了。我一个人唱的苦情戏，屠苏不看不听；我所怀念的那个人，早已不是屠苏。

　　那么，我又何曾真正接纳过他？无论交往数月还是数年，我和屠苏之间，都像是那种没有下水道的建筑。务虚的清谈，虚幻失真，没有血肉的支撑。我们和异性的交流，必须深入形而下的部分。形而上会带来彼此的欣赏，但形而下会带来现实的结盟……包括了对彼此不堪的接纳，以及由衷的谅解。我的所作所为，与友谊背道而驰。我一块一块移走基座上的踏板，一根一根抽去榫接的火柴棍，屠苏精心搭建的形象摇摇晃晃，直到，坍塌和碎裂在我眼前。我曾是爱惜他的朋友，如今亦是陌生人。我没想到是自己玷污了他的清誉，拆毁了友谊的乌托邦。对我来说，屠苏结束了他的雕像时代，我甚至不知道这个旧时代值不值得纪念。我至少应感激和屠苏谈论文学的快乐，甚至对他的漫长误读，也对我的成长颇具建设性。

屠苏在人世没有享受过轻松，我何必在他走后不依不饶？他仅剩人前的所谓品德了。倘若屠苏的亡灵站在面前，我不怕对质。我考虑是否对得起死去的屠苏，是残余的善意所在；可他活着的时候，就已对不起那么多的人。我不认为，死，是道德上的免死牌。宿命，在屠苏与小夜在鼓城中学的惊鸿一瞥之间已经注定；就像我所写下的文字，在屠苏与我谈天论地的时候就已经注定。命运的种粒，拱破土壤乃至石层，顽强地伸出它的芽茎。

我的怀念，到底是既深情又冷峻，还是既无情又刻薄？我们之间曾经的应和之作，都是他先写，我随后戏仿。唯有这次，是没有呼唤也没有回音的写作，对面是空旷的沉默。

嘲讽的是，我本来并不想写屠苏的回忆文章，虽然这是小夜最初希望的。我不知怎样坦诚而不伤及无辜。当发现小夜在博客里无所顾忌地诬陷我，我由此获得动力。如果小夜仁义在先，我不会不义在后——看吧，我的逻辑，从来没有脱开屠苏和小夜的套路。如果，如果，如果……我所需要的，只是他们给我一个伤害的理由，以便我毫无忌惮地还击。同样是作为利己者，我想要行为的正义性，我想让借口不那么像借口，我想占据道德优势者的位置……像在被污染的河里，一条鱼指责另一条鱼。这是我们的相似，我们的残忍。

47

万物悲伤。

一生挣扎的我们难免灰心。上帝也灰心，否则就不会用死亡把每个人都砸碎重塑。死，既是上帝的灰心，也是上帝的雄心。

我们习惯把生的荣誉归为上帝，把死的黑暗归于死神。上帝恩宠和责罚，死神信奉人人平等。我们总是亲近上帝、畏惧死神，这是原罪吗：渴望特权远胜渴望公正？可即使，死是降临在每个人身上的平等，灵魂去处也不一，有的去高高在上的天堂，有的去阴暗如下水道的地狱……每个人，生生死死，都不能摆脱眼前的梯级、身后的陷阱。

每逢春节，古人要喝屠苏酒。一般饮酒的习惯，是从年长者饮起；唯饮屠苏酒，正好相反，从最年少开始，长寿者排到最后。那最初在一起庆祝的，不能最后在一起缅怀，就像白居易为元稹写的那首诗："君埋泉下泥销骨，我寄人间雪满头。"所谓人生，不过走马观花——骑在脱缰的马上，我们不知踏在时间的哪根秒针上……它正是致命的绊马索。甜蜜而苦短，一切仿若春梦啊；朝暮与呼吸之间，陪伴我们是醉了的酒神和睡了的爱神。

觥筹交错，酒宴未散，那个最初领酒的少年早已离席，默默地，消失于喧哗的众声。

禽兽

复杂的珠宝镶嵌

造蜥蜴是件麻烦事儿，上帝一定比创造别的动物花费了更多的时间、心思和精力。

蜥蜴的鳞片碎细，又不像鱼鳞那样有种流水线加工的痕迹，蜥蜴的每颗鳞粒都由纯手工制造，有独特的颜色、光感、硬度和方向，几乎需要动用最古老和最复杂的珠宝镶嵌工艺。它慢慢抬升……洛可可派镶满碎钻的脸、多褶的彩色喉囊以及脊椎骨上夸张的锯齿形旗帜。它的眼神沉着、倨傲、冷冽，气宇不凡。很难有蜥蜴这样的动物，同时结合极端的美与极端的丑，混乱交错的审美呈现，让人瞠目结舌。

蜥蜴里最有名的当属变色龙：擅长色彩的绘画大师，伟大的魔术家。

厚实、涂满眼影的眼帘，总让人感觉它睡眼惺忪；但有时看到那甲亢患者般鼓胀着、半突出来的眼球——咦？它有360度的双眼皮。环形眼帘，盔状头饰，鹦鹉螺一样盘卷的尾巴，浓墨重彩的变色龙从着装到表情，戏剧感都很强。它像舞台上的贪吃鬼、阴谋家，或者国王身边的弄臣。变色龙的样子，有时看起来就像微雕的恐龙，神秘而古老。

人们认为变色是为了用拟态隐藏自己的想法，不过燕雀之志、小人之心。如果现实中观察，通过变色，它甚至更为夺目。变色龙是动物界的珠宝，在光线的照耀下展现惊人的效果。无论搭配多少种颜色，也万般精妙。珠宝镶嵌在黑丝绒上，而明亮夸张的变色龙，有本事把自己镶嵌在珠宝般色彩丰富的植物里，并成为其间最耀眼之物。在某种光线、温度和情绪下，变色龙都要对此表达与众不同又随时更新的独特态度。

据动物学家的最新研究，变色可实现同类之间的信息传递。若属实，无论是人类的表音还是表意的文字，和变色龙相比都相形见绌。比彩虹还丰富的图案是它的语言，瞬息万变……这是巫师的天书，神灵的魔咒。

鉴于不能第二次踏入同一条河流的真理，我们也不认识任何一只变色龙。因为，很快，它就不再是它，身上的斑斓图案就像流走的河水。

不断地，使自己的下一秒钟不像上一秒钟——这是持续的背叛，变色龙像逃开债务一样逃开自己。有意思的是，变色龙的学名是避役，就是避开劳役的意思。变色龙很少四处奔波，总是原地不动地施用诡计，守株待兔，迹近不劳而获。舌头折叠在宽阔而略显傲慢的嘴里，深藏不露。它不必考虑与猎物的亲近的距离，变色龙是个远程射手，能够岿然不动地完成猎杀。无须支付体力，变色龙只需闪电般伸出原本折叠着、两倍于体长、满是黏液的长舌头，就可以轻易得到它的正餐——不过相当于用稍长些的筷子去夹取盘中餐罢了。

热衷变化，厌恶缺乏奇迹——变色龙不仅把这种生活原则贯彻在图案设计上，甚至体现在食谱上。多数变色龙会对单一食物产生厌倦，甚至绝望……坚决抗拒单调，松开它有如爱情般既鲜艳又缠卷的尾巴，变色龙选择死。

漂亮的混血儿

我在北方乡村见过一头威风凛凛的骡子，庄严的美貌几乎令人起敬。它垂下的眼睫，具有新月的弧度；等它抬头凝视……我觉得，只有骡马的眼睛，蕴蓄万重山水，配得上"会说话"的形容。其他物种，或如兔子呆萌，或如狐狸狡狯，相对来说，动物的眼神内容单一，禁不起两种以上的解读。而这只骡子，全身细节禁得起逐一推敲：高踵小蹄，短鬃蓬尾，筋腱强韧，隐现于精干的四肢里，连耳朵都是古朴优雅的土陶色，廓尖渐成窑变后的釉黑。高大威猛的骡子，走起来简直像健美运动员的肌肉展示，臀部曲线，格外饱满生动，堪称性感。

　　就像人类中漂亮的混血儿，美貌来自基因的重组；骡子的血统，来自更为大胆的跨界，它是两种动物之间的乱伦，迸射出的激情产物。骡子分为两种：公驴和母马的基因容易结合，骡子多是以此杂交而成，称为"马骡"；公马和母驴的结合概率极小，称为"驴骡"，所占比例甚微。

　　骡子从小就体现出能力和品性上的优越。骡驹合群，胆大聪明，活泼好奇，机警勇敢。作为驴和马的后代，成年骡子的个头却不是两者的平均值，它的体型更为高大。不仅如此，骡子的力量强劲而持久，既有驴的负重能力和抵抗能力，又有马的灵活性和奔跑能力，耕挽之用胜于父母；食量一般，能粗饲；脾气温顺，耐劳；更长寿，抗病力强。人类役用骡子拉车、耕地、驮东西，即便背负沉重的挽具和物品，它依然脚步稳健，路途陡峭也不会滑倒。骡子，再好不过的血肉工具，再好不过的肌骨器械。从审美功能到实用功能，骡子，都是完美的。

　　哎呀，的确是受人欢迎的役畜——它干得多，吃得少，甚至不需要私人生活的空间。骡子有雌雄之分，可惜几近装饰：由于染色体的先天性缺陷，骡子难以繁衍。无论怎样的高大、温顺、有力，它的情欲，技止此耳。

　　我不了解骡子的生殖，不了解它的爱情以何种形式达到峰值。是一清至骨，毫无杂念；还是情欲荡漾，却毫无作为？是否纵欲后无须承担生育的责任，反而可以享有终生的快意，无牵动、无挂碍？抑或，这是僧侣一样的骡子，它是最克制的动物，由此节省了所有的血脉、情感、家庭和未来？

人类肉食，少有听说吃骡子肉的，就习性而言，有若处子的骡子难道不相当于动物界的童男童女吗？也许这是出自对圣徒的禁忌。不仅因其罕有，比骡子珍稀的物种多了，不是还没有躲过筷子的夹击？不吃，因由，也许近于不吃唐僧肉的尊重或慈悲。

骡子这种动物本来在自然界是没有的，是人类祖先在两三千年前，采用杂交手法培育出来的。对役畜来说，人成为造物之神，他可以创造无有之物。而骡子存在的意义，似乎仅仅因为人类需要它的劳动力。骡子无后，这是一种对驴马乱伦的惩戒吗？是对非法的性关系给予的严厉的种族制止吗？其实骡子无辜，它替逾越界限的父辈受过。人类社会亦如此，一代人的灾难未必在当时呈现，恶果往往在其后代那里得到放大倍数的彰显。

最好的种子得不到繁衍。骡子，作为进化杰出的代表，继承了完美基因，似乎已无通过繁殖来更新和提升的必要。然而，隐藏其中，是一种残酷的淘优机制。这和上帝拆毁建到高处的巴别塔，本质上是一个道理。我们缄默，因为，看清神明对骄傲的刑罚、对优秀的惩戒。

小灵魂

草叶上的蜻蜓，像枚盛夏的胸针——用如此轻盈的金属，精湛得，像天使才能打造的首饰。它们漫天飞舞，不像现实主义的昆虫，更像幻境中的精灵，镀满梦想、诗意与唯美的虚幻之光。没有什么不是优雅的，甚至空中交尾，有若飞舞中的性爱芭蕾；蜻蜓点水，即使作为产妇的时候，它们也丝毫没有破坏自己的芭蕾体形。躯干纤细，翅膀却是挥霍铺张的，在重与轻之间，凝练与夸张之间，一只蜻蜓拥有绝对的完美。所以动画片里的小仙女，常以蜻蜓为蓝本，因为它非人间的气息……极轻，相当于具体而微细的小灵魂的体重。

　　近看，我觉得蜻蜓是几乎没有肉体的生物——用纤细的金属丝、极薄至通透的塑料薄膜组装，充满后工业时代的现代感、几何般简捷的设计美学。只剩经过烘干处理的枯燥的金属涂层，蜻蜓被压尽所有水分，干而暖，偶尔错觉它像夏天的钨丝一样发烫。同样是钨丝般的细腿，无序挣扎，碰得我的指端痒痒的。鞭节状的腹腔，细得随时断掉，中间有道狭窄而齐整的裂缝，随着呼吸，缝隙在极细的尺度里产生微弱的变化，像刀刃深切进去又抽拔出来的感觉。蜻蜓，顶着节庆日里大头娃娃那样的颅具，一副本意美化却是效果丑化的儿童样貌——两腮鼓胀，下巴方硬，眼睛大得几乎吓人。发达有力的口器，让蜻蜓的确拥有强悍无比的大下巴，我喂草叶的时候，它的嘴角很快涌出咀嚼后的绿色泡沫。它的复眼，是由赛璐珞制成的两个大泡泡，在凸透镜的效果里，我从中看到无数密集的黑点，令人晕眩……蜻蜓，来自古老的生物，亿万斯年它从未改变样貌，从未改变它有如上帝般密若繁星的万能的复眼，仿佛能够收拢每缕闪耀的光线，每张沦陷到黑暗里的面孔。

　　蜻蜓一直是我最钟爱的昆虫形象，我由此遭到女友刻薄的讽刺："我没看出蜻蜓和蚊子有什么本质区别，好比，同样是肌肉男的拳击手，只是重量级别不同罢了。"我反驳："蜻蜓与蚊子，就像神仙与鬼怪都是非人之物，蜻蜓是消灭蚊子的，所以它是更大的神。"

正是因为做过这样的比喻和辩护，所以我记住了那个平凡的画面，记住了那只死去的蜻蜓。蚂蚁集中包围它的头部，数量很多，几近完全覆盖，使这只蜻蜓看起来有些恐怖，像满头蛇发的美杜莎。死蜻蜓看起来毫无肉质可言的精瘦躯干上也爬了一些蚂蚁，不如头颅上面多，保持着透明琥珀色的拱形翅膀却完美无损，上面没有任何入侵者。这头栽倒蚁窝旁边的蜻蜓，就像一架失事的飞机，正遭到残忍的围掠。经过蚁噬的密集痛楚，这小小的圣像般的十字架倒塌了……而那些蚂蚁最初来临的时候，很像朝圣者。

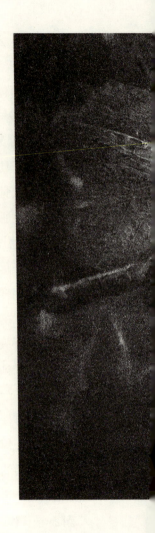

从罐子里倒蜜

春日盛宴。花瓣的餐桌，已铺好带卷边的桌布。

草叶上的蜻蜓，像枚盛夏的胸针——用如此轻盈的金属，精湛得，像天使才能打造的首饰。它们漫天飞舞，不像现实主义的昆虫，更像幻境中的精灵，镀满梦想、诗意与唯美的虚幻之光。

邀请的客人来了。蜜蜂先是停在半空，翅膀像小团正在蒸发的雾，然后它落下来。摄影机的慢动作下，蜜蜂很快离开一片尚在颤动的花瓣，这位小访客在弹簧椅上只短暂地坐了一下。因为它太忙啦，还有很多约请，一只蜜蜂每天要造访几千朵花。蜜蜂体重大约四十毫克，但它们每次可以携带重量相当于自身一半的花蜜返巢，像昆虫里的候鸟，每天的路线都在包裹花粉的蕊柱与六角形的巢孔之间往返。尽管劳动量很大，但蜜蜂一点不像蜻蜓那么羸弱，它把微微发福的身体勉强塞进横条纹连体衣里。阳光下，蜜蜂的身体有种珐琅质和钢琴漆的效果，并且结实，看起来像个橄榄球运动员。

事实上，蜜蜂格外脆弱。我们知道，蜜蜂的愤怒和它的勤劳一样有名，并且令人恐惧。当它刺入尾针，后果比自行截肢严重得多，内脏由此被带出体外，失去螫针的蜜蜂将很快死去。情绪易于失控，不惜以惨死来表达，有人说蜜蜂的表现几近烈妇。

巧合的是，大多数蜂群中平均九成都是女性。并且，蜂群的统治者也是女性，它曾经杀死所有竞争者甚至包括自己的母亲才得以成为君主。谁说女人不适合当总统？蜂后的管理井然有序，科学化、社会化的程度都相当高。蜂后就是绝对的宗教，蜜蜂集体膜拜它们本性凶残的女王，鞠躬尽瘁，牺牲是它们的终身原则。微小的打扰有时会被误解而招致复仇，而蜜蜂的女性尊严是不容挑衅的。

我曾在公路上见到麇集的大量蜂群，是蜂农用卡车来转运蜂箱以抵达蜜源地。但一个冒失鬼为好奇心付出了代价。被蜂群追杀的瞬间，他奔跑，事后他形容那是他唯一的飞起来的体验。然而于事无补，他肿胀得异常恐怖的胎儿脸，薄得透亮，像个吹弹即破的脓疱。放蜂人逐花而居，光阴芬芳——我曾幻想这是最具诗意的职业，我的小情小调也因此遭受重创，原来，放蜂人时刻与几百万个坏脾气的动不动以死相拼的佩剑武士为伴。诗人会把爱情的伤害比作蜜蜂的蜇痛，证明他们不够实事求是，蜜蜂比爱情暴烈多了。

我小时候可以看见像钟乳石一样悬垂的蜂巢。六角形蜂巢，小小的巢洞像夕阳映照下的教堂玻璃，有着通透而神性的色泽。那里的确贮藏着神话一样的食物：蜂蜜。平均一只蜜蜂终生只能酿造一勺半左右的蜜浆。没有哪个小孩子能拒绝糖的诱惑，我曾经模仿蜜蜂用稻草的空管吸吮蜜茶花蕊上像蜜样的东西，味道清淡，甚至是寡淡。不知蜜蜂用了什么配方，让花蜜变得那么好喝。当工蜂把盛蜜的格子用蜜蜡封好，就像给罐头扣上盖子——这时，养蜂人就知道可以采集了。美味的蜂蜜，让人们充满感恩……我喜欢那些完美的弧线：从蜜蜂劳作时的悬舞，到嗜甜的熊胸前耀眼的弦月标记，再到猎人的孩子因尝到蜂蜜而上翘的嘴角。

蜜蜂总是让我浮想联翩。流星飞过，我猜想那是一只离巢还是归巢的工蜂；或者，夜空本身就是一朵巨大的花，低垂金色的葵盘；有时我又觉得星空像嗡嗡作响的迷路蜂群，它们慌张振翅，却被我们称为天籁。

蜂蜜与宗教有一定渊源，它曾被视作来自天堂之物。蜂蜜以甜和养分喂养人类，同时密集蜂刺也能带来致命的恐惧，如同宗教对众生的仁慈哺育与可怕威胁。我在欧洲旅行时，看到一座离教堂不远的丛林里有许多蜂箱。乌云翻滚，酝酿雷电，我依然看到许多只徘徊的蜜蜂。工蜂寿命很短，六周的一生里，它们殚精竭虑地寻找蜜源，多是疲劳致死。此时的舞蹈，是否将成为它们的遗言？还是说，蜜蜂必须在迷途中听从教堂的钟声才能最终返回家园，它们所经历的享乐和挫折才能结晶，才能被酿造和储藏？谁掌控着那引而不发的力量——上帝，是一个隐喻中最伟大的放蜂人吗？六月的倾城之雨，整个世界接受着盛大的洗礼……我不知道那几只蜜蜂的最后归宿。

有首著名的《野蜂飞舞》被改编为大提琴独奏曲，节奏很快，营造出蜂群的缭乱与莽撞，适合高手炫技非凡的指法。我个人并不喜欢，我愿意以大提琴来传达感伤和期待。世界上没有什么力量能让蜂蜜从倾斜的罐子里加速流动，蜂蜜沉着，就像一块以极其缓慢的速度融化的琥珀……低缓，如泣如诉，我以为大提琴的音色，就像，从罐子里倒蜜。

它被自己施了魔法……

总觉得，"长角的东西"多为童话里的怪物……可现实中的鹿，如此美丽。鹿仿佛自带武器，而且武器本身的形制这么漂亮。成年鹿是一种既优雅又能自我捍卫的动物，它体形庞大，满怀素食者的道德和大动物极尽的柔情。

各种各样的鹿，我都喜欢，它们有令人怦然心动的美感。

　　我在加拿大的贾斯珀国家公园看到大角鹿，它顶着盛大而奢华的烛台，雍容地在公路旁边进食，无视那些停泊的车辆和驻足观赏的人类，甚至无视他们凝视着自己线条性感的臀股以及铃铛般垂坠下来的雪白而耀眼的睾丸。

　　我在朋友的养殖园接触他的宠物：一只梅花鹿。我吃了一半的桃子掉在地上，这只鹿敏捷地捡拾起来。它开始似乎尝试，艰难地剥离桃核外面厚而紧实的果肉。我看不清果核是否露出木质壳，只看到整齐的鹿牙和厚实的舌头——鹿就像人吃到烫食一样运动着口腔，歪了两次脑袋，试图把桃核从一侧倒到另一侧。很快，桃核破裂的声音传来。我有些惊讶，因为桃核坚硬非凡，拿锤子砸都难以破损。我一直以为，鹿这样纤美的食草动物并无锐利齿锋，不会有如此令人意外的强劲咬力，不输于食肉动物的凶猛。我心一软，甚至担心果核碎裂后的渣子，能否对鹿的消化道构成某种伤害。我忽然又有童话的想象：桃核不会死，明年鹿角新生之季，这只鹿将与众不同，因为它被自己施了魔法……角叉不仅枝条茂盛，而且，挂着数颗丰盈果实。

　　几年前，我到过根河，那里被称为"中国的冷极之地"，极端最低温度只有零下 52.6 摄氏度。就在这极寒之中，鄂温克民族守护着他们神兽般的驯鹿，在漫无际涯的冰雪和风暴中漫游。在猎户点袅袅的蚊烟旁，我看到休息的鹿群。只有严冬时节，驯鹿才会披覆浓厚而柔顺的被毛，我去的时候是夏天，驯鹿正值褪毛期，除了那些初萌的幼鹿，成年驯鹿看起来一点也不俊逸，皮毛粗糙斑驳，如牛马般有种强烈的牲畜感。不过，这才是家人式的相守吧，无论驯鹿的皮毛是神仙般高贵，还是牲畜样残破，鄂温克民族给予它们同样的呵护与照料。他们和驯鹿一起享受密林里的清凉，也一起面对灾难的考验，包括承受着和驯鹿母亲般的伤痛——当年新生的幼鹿中，近一半都被熊吃掉。

有的驯鹿还顶着硕大的角叉，有的已被割去鹿茸，我用新鲜苔藓喂驯鹿，我的掌心感觉到驯鹿浊重而温暖的鼻吸。幼鹿则漂亮得惊人，身体灵巧，眼神纯净。有一只鹿角刚刚发育，只有食指的高度，上面毛茸茸的，闪动着针刺样的晶芒，像最干净的霜。小鹿羞怯，警惕，又保持着倔强的好奇，它并不尝试我递送的食物，只是长久凝视着我，既不靠前也不退后，既向往又畏惧地与我对峙……直到我告别之前的最后一分钟，它才靠近，犹豫地给予我谨慎的友情。

当晚，我夜宿呼伦贝尔。广袤草原在风的吹拂下，如皮毛滑顺的巨鹿；而分支丰富的河流正是它最美的角叉。宛如倒影，在那蒲公英般密布星团的夜空，正升起巍峨而令人震撼的鹿角星座。

扑克牌上掉下的 "J"

海马，类似鳄鱼、蜻蜓、变色龙这种古老到失真的种类，像是存在于想象之中的动物，它们全身充满拼贴感。海马的口鼻仿佛食蚁兽的嘴，它有变色龙的眼睛和马的头——马头琴上所雕，与海马低头的弧度极为相似；此外，海马还有虾的躯干、卷尾猴的尾巴、龙的风仪。海马的形体，让我想起"3"或"7"的阿拉伯数字，或者是反"S"形，有点奇异的拉丁感；抑或，是从扑克牌上掉下的"J"？总之，它具有一种难以概括的异域风情。

有时候，谎言比真理更像真理，真理比谎言更像谎言——比如，海马属于鱼纲。海马的样子看起来最不像鱼，比不是鱼却像鱼的鲸不像多了，像个被放错分类的标本。的确，海马全身布满骨环，更像是什么动物干透了的骷髅，比如就像变色龙残剩的骨架。有些品种的海马，生前和死后的样子几乎不变。

是的，海马活在自己由骨环形成的甲胄里，尾部像螺壳上的古老轴线那样优美地向内蜷曲，它从身体结构上就不可能向谁摇尾乞怜。和陆地上游牧的马不同，海马用尾巴把自己拴牢在珊瑚枝叶或藻草的桩子上，以使自己不致漂流。当鱼群追逐洋流，海马努力保持着身姿的直立，以及，看似宁静里所包含的抗拒。

缓慢、笨拙、固执——很难相信海马富有激情，然而，它们看似的刻板里根植着某种专注。海马不像生物，它近于加工出来的工业零件，让人无法分辨，它是警醒还是睡眠，兴奋还是沮丧，缱绻还是决绝，缅怀还是遗忘，谦逊还是傲慢。无肉、无表情、无动作……经过自我压抑乃至自我剥夺，海马达至老僧入定般的岿然不动，在暗流不断的涌动之中。

不仅样貌，海马的习性也与众不同，在动物界是个异类。

雌海马把卵产在雄海马的腹囊里，由雄性孵化育儿袋里的小海马。育儿习惯，仿若钙化的身体具有雕像般的沉默，以及中年男人庄重的腹部弧度，使雄海马彰显颇具责任感的充沛父性。

有意思的是，在人体左右半脑，各藏有一只秘密的海马——它们担当记忆和空间定位的功能，因其部位的弯曲形状近似海马得名"海马体"。海马体属于脑演化进程中最为古老的部分。天地之间，每个人唯有依靠隐匿的这对小小海马，依靠它们尾部脆弱的小小卷勾，才能记忆且自我定位，得以不致卷入辽阔到虚无的黑暗汪洋。

它们占据了所有方向

用浓重的墨液画出眼线，脸颊上生有一对不怀好意的黑痣。这只海鸥简直像戴着黑臂章，有时感觉是在巡航，有时感觉是在服丧。海鸥飞在自己的倒影之上，我看到它剪形对称的尾翼，如无声滑动的桨板。

海鸥的翅膀，由锐利、坚硬的内骨架支撑，组成一具弓弩，或者近于倾斜的锚。翅膀上初级飞羽和次级飞羽严格排列，精湛覆盖，洇开或深或淡的水墨色。它可以失重般滑翔，也可以失重地一头坠入海里，它同时拥有驾驭和犯错的自由。当然不会被淹死。海鸥橡皮玩具一样浮动水面，尾部上斜，呈三十度锐角。飞起时它抬起沥水的鲜艳的红脚蹼，打开透光的尾羽，那时，它能够和教堂玻璃上的鸽子以假乱真。

多数情况下，我们看到的是集体行动的海鸥。密集恐惧症患者难以面对，因为不仅种群庞大，海鸥快节奏的飞行，还会产生慌张而缭乱的效果，加之悬停和陡转的炫技，使得观者看到的海鸥数量是它们刚才尚在眼底停留的影像的复数。到处是亮得发黑的眼睛和白得耀目的翅膀。

每年冬天，大量海鸥麇集在昆明。我怀疑游弋海鸥的湖里已无小鱼，侵略者因为具有被普世认可的美貌，坦然劫掠了财富。我在翠湖旁边饮茶，视线里布满稠密而颤动的白色。就在我头顶的矮亭上，也落满了休憩的海鸥，像无叶的大玉兰正在开花，满枝都是拥挤的繁盛。奇怪的是，无论长时栖息还是刚刚飞落，那么多只脚，却毫无声息。不走动，也不叫，消失了脚步和声线，它们变成幽灵的存在。但我始终知道，它们在那儿——在头顶的石灰或金属板层上，有许多翅膀、利喙以及从泄殖腔里排出的粪便。

我多次近距离观察海鸥。无论是追逐捕捞船以期渔获的海鸥，还是码头餐厅在一堆锈色的内脏中打斗抢食的海鸥，我都能感觉隐藏其中的一种凄厉的野蛮。正常情况下，海鸥仪态平和，那是饱食者才能产生的雍容。然而，就在这个饮茶的清晨，我曾有过不同的际遇。

清晨六七点钟，岸堤的游人稀少。我是最早的喂食者，准备为饿了一夜的海鸥提供早餐。当我撕扯面包，抛向空中，召唤那些空中的精灵——

翅膀和它们扇动的幻影瞬间遮挡了我的视线。眼前、耳侧和头顶，到处是猩红色、锐器般的嘴。像被磁石吸引的铁屑，那些尖凿子从四面八方袭来。冻疮色的脚蹼，黑得吸收了所有光线却拒绝反射的深眼睛，勺形的头颅。翻飞的，团团羽雾中隐藏的无数锥器，近在咫尺，它们占据了所有方向。这是由无数羽毛构成的幕布，翅膀后面还是翅膀，利喙后面还是利喙。更多的海鸥正从更远的湖面上赶赴而来，加入对我的威胁。半块面包被紧张的手指捏得变形……我退后，我希望能够保持自尊地远离这扇形的灾难。

没有遇到想象中的温馨，对比海鸥庞大的数量，我体验着作为孤独异类的恐慌。我的脚，退到盲道的条形砖后面。虽然恐惧使我终止了自己的慈善，争抢食物的惯性使它们继续空中偶尔的打斗——此起彼伏，它们发出灾难般的叫声。翻飞，窥伺，尖叫。有些海鸥干脆停落到间隔一米的桥柱上，它们从畏怯到警惕，继而是凝视食物时渐近的咄咄逼人。我从那种集体对峙里体会到了一种显著的挑衅和蔑视……那些排列着的黑得像罪恶的眼睛。

它们一直被认作天使。是的，不过那是几个小时以后才会开始的扮演。

蔚为壮观的云霞

从名称上，具有传说感。火烈鸟的生存区域遥远，对我来说，它飞翔在神秘里。没见过火烈鸟之前，它诱惑着我的想象。

纸包不住火，可火烈鸟，就是一团肉体包裹的火焰，燃烧着内在而不熄的光源……近于，浴火凤凰的现实版。

在动物园仿造自然的区域，我第一次见到真正的火烈鸟。从近处看，它并无传说中的美感。羽毛，绝非燎烈的火红，倒像一团洗脱的洇色，有种失真的化学染料效果。除了橘红，还有些是白癜风般的失血体貌和仿若脱毛外露的肉粉色，混搭着……活像遭受工业污染的劫后余生者。更为奇怪的是，这些皮肤病患者集合在一起，仿佛就摆脱了职业病的形象阴影——远望，它们是天使的受宠之物，是大理石粉调制成的膏白中晕染的一抹含蓄优雅的暖色。

童年的火烈鸟灰扑扑的，看起来也和黑白相间的幼鹤大同小异。红色并非它自身的羽色，是通过食用藻类和浮游生物而获得的。每种生命都被自己所摄取的食物所影响，但火烈鸟，将之渗透到外貌结构中。即将进入求偶期的火烈鸟，甚至把局部的器官红扩散到整个身体，仿佛被激情灼伤。即使野外的火烈鸟，体表通常也不是严格的红，更多情况是一种肉粉或者橘色——由于色块分布不均，状若玛瑙。

火烈鸟的喙，形状就像人类夸张的弯钩鼻，末端黑色，又使它像沾了墨汁的巨笔。也许因为这沉重的喙，火烈鸟给人感觉是在谦逊低头。它像天鹅一样有着长脖子，甚至是更长的绳状，但不具备同样的优雅——火烈鸟更像个微微的驼背人。就像造物的上帝画孔雀时用工笔，画火烈鸟，大概用的是略带狂草的写意。

它们的瞳孔很小，只是居中一个斑点，有如保险箱的锁孔。

正因瞳孔之微，它的眼神可以用目中无人来形容。我们从这样的眼神里找不到任何确定的情感。有若盲视的眼睛，却充满科幻魔鬼般的血红或蜡黄。

火烈鸟属鹳类，拥有儿童到少年之间的身高。腿细长，吊脚楼式地支撑着。长腿鸟总是让我略感造作，站立如同飞翔一样轻盈，像自己架起一个被抬升的舞台，为的是在高度上展现身姿；不过，这的确使它们更具造型感。如同许多涉水禽类一样，火烈鸟的腿看起来没有肌肉和脂肪，更像螺纹钢或树脂之类的工业制品。从力学角度，难以想象这样的腿可以有韧力地支撑整个体重——就像它们的翅膀，只有细而空的轴管、轻而虚的羽团，却将沉重的肉身带入天空。这是抽象的功能，这是哲学的意义，这是一个陷足泥沼和展翼云端的生命所携带的真理。火烈鸟是群栖动物，能够集结万只之众，看似散漫，却可以忽然像皇家卫队那样齐整而抖擞地列队。水滨、沼泽、潟湖，到处丛生裸长的腿；飞起来的时候，形成蔚为壮观的云霞。复数的鸟群，将它们的真理复述了千百万次。

火烈鸟的分类曾让学者困惑。因为它似乎既具有鹳形目的特点，比如肋骨和骨盆的构造；又具有雁形目的特点，比如脚蹼和羽毛的防水性，乃至鸣叫都是相似的……作为折中的方案，分类学家单立了火烈鸟目。而分子生物学家通过 DNA 杂交实验，发现与之最为接近的，却是小型鸟类的䴙鸟目。

……它就那样弯垂着头，难以判断是谦逊还是傲慢，是冷漠还是羞怯。它就那样，拥有零度的丰富。

依然，是个奇迹

充满几何曲线的形体，停留在窗纱，腹部紧贴在它自己制造的小小阴影上，像趴在滑板上的冲浪者。背腹扁平，像被踩过一脚后正在恢复身体的体积和弹性……半瘪半饱的水囊，内脏被挤压出去了一部分似的。这只壁虎的体表虽然色泽陈旧，但薄软、绸滑，初洗如婴，吹弹即破。

壁虎抬起前肢，格外谨慎，分外犹豫，末端膨起的星状趾足徐徐落下；接下来，抬起另一侧的裂掌……它扭动向前，动作经过绝对放慢的处理，像在半空锈住了，细心的观察者会发现它微幅的喘息和摆颤。行动迟缓，还有略带棱角、像被挤压过的脑袋，以及沉赘而鼓凸的下腹部，更加重笨拙者的形象——然而，这是一个闪电杀手。壁虎以蚊蝇蛾之类的昆虫为食，出鞘的舌头，不仅如剑锋令猎物瞬间致命，闲暇时，还可以用来拭去眼睛上的灰尘。

奇迹不止于此。尽管这奇迹由于日常而显出平庸的气息，依然，是个奇迹。我总觉得它会掉下来，无论看过多少次壁虎克服重力的倒置杂技。趾垫密布叉状弯勾，可以黏附于极其微小的不规则处，因此壁虎能够攀爬玻璃，甚至悬行于天花板上。我们视线里光滑如镜的天花板，在它这个攀岩高手看来，被涂料颗粒粗糙地覆盖着，到处是高低起伏的突起和裂隙。海星状的脚蹼上，那肉眼不可辨识的钩刺，让它无论走到哪里，都像锚一般沉着，壁虎在危险的高度上自由地倒行逆施……当然不会掉下来，壁虎就像渗开的污迹与它所附着的平面那样融合在一起。

壁虎与蜥蜴的区别之一，是后者喉部有褶皱，而壁虎包裹喉结的外皮相对光滑——但是，壁虎，却是唯一能够鸣叫的爬行动物。爬行动物本来就古老而神秘，已生存了亿万斯年，见识过这个星球的沧海桑田，远胜于人类的短暂而粗浅的认知；壁虎作为其中唯一具有言说能力的物种，更添魅惑。

通常匿身于阴影的壁虎，被传说，具有诡异莫测的通灵能力。它也确有神异之处，来支撑这种看似玄虚的论点。比如，许多医生认为，发烧是一种复杂的防御机制，因为更高的体温能抑制入侵者的繁殖。壁虎仿佛知晓这一原理，它们被感染的时候会爬到一个混浊区域，让体温升高两度。更为可怕的是，壁虎还懂得给自己做外科手术——断尾求生。断肠，断魂。断流，断路。断语，断章。断念，断舍离。断弦，断送。断根，断命。世间的断，都是诀别；唯壁虎之断，妙在新生……它从哪里继承了这样出神入化的技艺？

与蝙蝠、蜥蜴同样，壁虎拥有奇怪的样貌，像是魔鬼藏进口袋里的宠物。它有一条可以装卸的尾巴，像自身的假肢，又像，来自魔界招幌的旗杆。

美如幻觉

参观完偃松林，离开不久，我突然行驶在一条撒满蝴蝶的路上。很少看到如此漫天飞舞的蝴蝶，几乎难以置信，有如动漫世界的极致美景。旁边有条废弃的铁轨，盘旋其上的蝴蝶更多。蝴蝶死生短暂，不能遥远，在通往远方和彼岸的铁路上，它们舞动无尽的翅膀。蝴蝶是动物里的樱花，也许这是它们化蛹为蝶的兴奋，也许这是它们集体婚礼的狂欢。

最初，我惊喜于这瞬间的奇迹，我还不知道，这幕场景会变成随后持续几个小时的震惊。不止几公里！沿着早年用于运材的道路，这天下午，我走了绵延达一百公里的蝴蝶路。

从天上到地下，到处是无辜的颤抖。蝴蝶不间歇地撞击着玻璃，小而温柔的钝响，或者根本就毫无声息。翅膀绒毛般的鳞粉和花粉，体腔内几乎可以称之为干燥的有限汁液，一点点，或醒目或微小地，留下印迹。无数精湛的属于夏天的翅膀，它们几乎用一生来酝酿，但现在，飞蛾扑火般，稠密而来，忘我地扑向它们的水晶棺……如此汹涌而壮烈的自杀。

我坐在汽车的前座，当一只蝴蝶从远处的一个点瞬间放大到眼前的一个圆，那种笔直而生硬的撞击，让我几次下意识地闪躲——我的背部紧了一下，蝴蝶的决绝好像要垂直地撞上我的脸似的。有时，蝴蝶撞击的声音会突然放大，令人心疼：噼里啪啦，像场更大的、更密集的砸在棚子上的雨。蝴蝶体内并无太多油脂和黏液，它们有着素食者的肠胃，但无数脆弱的胸膜、柔软的腔肠，无数破碎的头颅和体液，让原本清透的玻璃处于频繁的雾团之中。

蝴蝶直接撞进死神的怀抱，只有极少数借助汽车靠近时玻璃上方升起的气流而侥幸逃生。蝴蝶们，用死，用不规则的符号，写就一篇关于死亡与美的遗言。那些密布的撞击痕迹。像羽扇。像帆影。像墨滴。像金字塔。像果断的叹号。像海豚。像乌贼。像鸟翼。像水母。像燕子。像风筝。像甲虫。像彗星。像泪痕。它们具体的死，留下抽象的符，像老电影胶片上的划痕。很多蝴蝶碰到玻璃就被弹到一边，留下的印迹比书上的顿号还小。即使微如沙粒的斑点，每一粒都是一起真实的死亡事件。

品种多是白色，有着清晰的黑色翅脉，双翅叠合起来，像个微型三角板，只是斜线稍具弧度。在白底子上勒出一道道黑色的网丝，蝴蝶仿佛由破裂黏合而成，或者，这对自由翅膀似乎天生被交错的细铁丝所捆绑。也许，这里展现的是掐丝工艺，白蝴蝶像景泰蓝的素坯。

蝶群中夹杂着极少的黄翅膀，汹涌的雾团中偶尔一点金色；更稀少的，是一种落叶色的蝴蝶，也在飘零之中。彩色蝴蝶多的时候，我就像看到一场由远及近、绽放在眼前的烟花。由远处的一小团颤动斑影，忽然放大，让人看清蝶翼上清晰的翅脉。体腔，像炭笔画出来的黑灰色线条；两侧，是浓雾一样的对称翅膀。

我之所以观察得如此清楚，因为开始行车，就有一只蝴蝶笔直地撞在雨刮器上，内脏被击碎了，从腔内破裂而出的体液把它的尸体长时间粘在上面。这枚雨刮器上的标本，让我看到蝴蝶精美的遗容。还有一只尾部渗出黏液，它的身体完全倒置，靠着一滴眼泪般流下的残存汁液，它缓慢地、一毫米一毫米地下降，完全不像在疾速的车上，倒像在慢镜头的告别中。

不止前挡风玻璃，大巴车两侧的长玻璃外面，也蝴蝶弥漫。无畏生死的蝴蝶，会让人产生一瞬的不安，仿佛那是满天的冥钱，不知为谁哀悼。美到极致，无不产生致死的虚幻。各个方向，目力所及，到处是神经质般颤动的频率。视觉上的多，既是因为蝴蝶的数量，也是因为蝴蝶的颤抖使数目翻倍。

烈日下，太多热烈或疲倦的蝴蝶，忠诚地飞在一朵花或一棵树的高度上，竭尽一生，最后死于花木高度的祭台。翅膀有如小小的合页，生死的闸门一开一合。一开一合，在花瓣、在葱茏绿意、在同伴的尸堆上起舞。这些赴难的蝴蝶中，有情侣，有兄弟，有萍水相逢的陌生客……它们死在同样时刻，就像迁徙的鸟群那样，前往致命的告别。汽车颠簸起路上的灰尘，但它们那么傻，那么绝望——阳光灼裂，蝴蝶就舞在无限的透明里；灰尘浓重，蝴蝶就舞在蒸腾的烟尘里。不能感知临近的杀伐，蝴蝶忘我地展现着美，满怀笨拙的单纯。

是的，美如幻觉。蝴蝶孪生的翅膀，让我觉得它们死于绝对的简单、绝对的对称、绝对的致命完美。

密林更能提供安全的保障，为什么蝴蝶要集中在危险的公路上？我想，因为公路上开阔，不受花木阻挡的直射阳光亮度很强。蝴蝶不喜欢暗影，童年曾躲藏在叶子的背面和自闭的蛹衣里，现在它们涌现到最强烈的光线里，在能够飞翔的倒计时里，以命作赌，追逐着高纬度的珍贵的光亮。只有当树木像钢琴键投下阴影，蝴蝶的音乐才能像休止符一样短暂地安静下来。

公路上还有个特点，汽车反复倾轧，使部分路面形成坑陷，有助积储雨水。有的凹坑较深。蝴蝶麇集其中，正好躲过滚动的车轮，像防空洞里避难的人群。有时地面上汪着半片月亮大小的污水，它们紧紧簇拥其上，如临水照花，或者拼命地啜饮着……每只蝴蝶占有的面积极为有限，每对翅膀都紧紧闭合，翅膀挨着翅膀，鳞粉摩擦着鳞粉，所以在极小面积上可以汇聚蝴蝶的丛林。这些精巧的天使啜饮着泥色的水，场景让人心疼，而一啸而过的车辆，使它们倒毙在镜薄的水里，小翅膀像脏抹布般浸透了浊浆。

在激流河的一座石桥上，我下车拍照。我尝试近距拍摄蝴蝶，我的镜头几乎碰触到它们的翅膀，但蝴蝶不受惊扰。我才知道，原来它们对缓慢和迅疾之物，都同样毫无抵抗，就像所有美物那样缺乏对侵犯的抵抗。

我曾以为，蝴蝶不过是在原地盘旋，看起来它们向着车头飞扑而来的集体自杀应该是相对运动产生的视觉误差——在火车站台常有这样的情况，以为是自己的列车启动，其实只是侧面的火车移动造成的错觉。等我下车，发现不是。我走到车头前方三十米的地方，大量蝴蝶落在那里，它们起飞后，并非上下起舞，而是向着我刚才来的方向飞去。我在后面追逐着……我不是牧羊人，但看起来，我正放牧着蝴蝶。

而且趁着下车的时候，我在离开公路几米的背静地方，用矿泉水写了一个字。我希望能把想要饮水的蝴蝶吸引过来，就此让它们远离危险。我想，蝴蝶会用它们叠合的翅膀让这个字成为浮雕。用蝶翼重新书写的字，是我悄然的秘密。那个地点离激流河很近——激流河上并无激流，水位低浅，水势平缓，我感觉着桥上低低的水声，以及蝴蝶凋谢时的宁静。

短暂的休憩过后，车辆继续前行。频繁来往的车辆，宽大的车体和玻璃变成了蝴蝶的公墓。大货车的粗犷而粘满油泥的格栅里，嵌满蝴蝶的翅膀，像装饰着一个巨大的花盘。看起来大大咧咧的司机频繁打方向，一路小心绕行，他并不是佛教徒，只是如此大规模的倔强的无视生死，总是让人心生不安。他尽力躲避蝴蝶麇集的水槽，躲避那些由翅膀构成的小小灌木丛，偶尔开到蝴蝶数量减少的路段时，司机会如释重负地舒口气。

而来不及转身和闪避的蝴蝶，被撞击，被轮胎碾轧……成为细小而精湛的碎片。无以计数被碾死的蝴蝶，不断来往的车辆把它们压实在地面上，这条路镶满了斑斑驳驳的蝴蝶，就像硬币的图案一样无法从金属面上抠取下来。大自然中，诞生这么多专门用于死的生命，比如花籽、鱼卵和星辰。死变得如此平凡，甚至超越了生的日常性。

同行者忧虑如此庞大的蝴蝶数目，是否为明年的病虫害埋下隐患。也许。但在化学的毒杀作用下，我们几乎难得目睹这种绝美的自然灾害了。想起美国黄石公园几乎是毁灭性的大火，但重生的树木却更为高大繁茂。灾难般的美，将如何发生与结束？我祈祷，这场与蝴蝶的意外相逢，既是轻盈且沉重的回忆，也存在着美好的转折可能。

石头、剪子、布

0

　　扬起触角，用嗅器感知神秘的前方。摔裂的果实敞开的甜，蜗牛爬过的腺液，鸟粪，敌手张开的上颚里流露出复杂的信息素，阴天聚积的水滴散发腥气……蚂蚁奔行在无尽的土粒上，以它的个头而言，每条路都是沙漠，每片草丛都是密林，每次往返都是生死。然而，每只都跟随着蚁流，汇聚成勇猛之师。

　　紧裹束腰的皮革，发散冷黑的幽光。蚂蚁体型微小，却有凶悍之感。它们热衷狩猎和格斗，纪律性极强。黑斗士，身披微型铠甲，沿着一条土埂爬行，仿佛秘密的出征。这支难以分清等级的队伍，身型的大小无异，面目缺少悲喜的表情，彼此相似得如同孪生，可以互为替身。是否因为出奇相似，它们才能在无声世界里成为步调一致的群体？

触角敲击着摩斯密码——这是蚂蚁接受信息的天线，是一支庞大军队里相互辨识的腰牌。它们走路没有摩擦，交流也没有声息，触角碰触时像在耳鬓厮磨，颚钳——蚂蚁身上携带终生的武器，刀剑入鞘，秋毫无犯。

有人恶作剧地抓住队伍中的两只蚂蚁，以拇指与食指的尖端轻捏蚂蚁束腰。突如其来的暴力，让沉着的蚂蚁惊慌失措。头颅一旦靠拢，两只蚂蚁马上用颚咬住；一旦触须相碰，警报随即解除。它们竟然尝试在恐惧中相互抚慰。假设两者的触角被蓄意剪除，则反目成仇，它们立即亮出利器，愤怒地扑向对方。颚与颚撞击、撕扯，似乎有隐隐的金戈之声。

有了军令牌就彼此相认，否则格杀勿论。混迹于集体里的蚂蚁，一旦丧失触须，丧失交流的媒介，会被视作潜伏阵营的卧底，招致灭顶之灾。这只残蚁被群体干净利落地施以极刑，以实现集体的纯洁——铲除异己，是所有弱者的自保之策。忠诚是第一要义，严苛的纪律，使它们不会产生由复数带来的分歧。

蚂蚁在树叶或土层，开辟隧道和迷宫。它们对付巨人般的猎物，杀无赦。蚂蚁什么都吃，吃密林中的美味，也吃宫殿里的珍馐；不放过蚊子翅根上的丁点儿油脂，受伤的蝉甚至还在震动胸前的盾板，就被活活分尸拖向回巢的路。

它们的巢，根系般深纵，它们在地狱的黑暗里建造无光的天堂。蚂蚁口衔泥粒，能让蚁穴达至地下 4 米，相当于人类徒手搬运砖石，建造一座倒置的珠穆朗玛峰。这个禀赋优异的设计师团队，既是图纸的制定者，又是实施铸造的能工巧匠，它们用盐粒般大小的头脑和游丝般纤巧的手脚，完成杰出的地穴建筑。正因这样的庇护之所，当霜雪冻结昆虫们的硬眼珠和软腹腔时，蚂蚁成了幸运的少数，它们能够以成虫形态越冬。

蚁穴就这样成为整个世界的基座。微不足道的蚂蚁，衔住碎小的真理、足够的道。人类愿意迷信，伟大会被更伟大的东西所消灭——多么天真的逻辑，就让他们在陷阱深处徘徊，被落下来的土粒埋葬吧。可惜，伟大，正是被细小的东西所肢解。历史上，非洲国王的宫殿多用木头建造，人们却找不到遗迹，它们几乎全部消失在白蚁的肚子里。蚊蝇可以轻易夺走哺乳动物的性命，乃至消灭整个种系。它们可以在最娇嫩也可以在最下贱的地方找到寄身所，眼皮、耳道、鼻孔、甲缝，到处都是无穷无尽的伊甸园。温驯的鹿，也会在蚊蝇肆虐的操纵下，疯狂踩踏幼鹿，直到蹄子上沾满自己孩子爆裂的眼珠和黏稠的血也停不下来。还有细菌和病毒，它们最早迎接初生者，也是最后的收尸者：最小的嘴，最小的牙，最小的食道和肠胃，最小的排泄。

不错，蚂蚁渺小，但谁敢轻视这样的卑微者？因为什么也不能对付同时从一百个方向咬来的亡命啃噬的嘴。什么都不能，包括神。人类如同挖掘众神山的蚁群，螯足间举着牺牲的残渣，像获得了教堂里分食的圣体。上帝的儿子耶稣，也不能抵挡从四个方向同时咬穿手脚的长钉——那是来自人类的铁嘴钢牙，试图将天上的神拖回凡间，拖回深如蚁穴的地狱。

1

新娘放肆交配，一个情郎之后接着另一个。周围是无穷无尽的密集交媾，是集体的狂欢。喧嚣、淋漓、无耻无惧的性爱，雌蚁终生，只会享受一次。

这只婚飞的雌蚁，翅膀就像洋葱的膜那么薄透——它穿着很快就会脱下的婚纱。在花式飞行中完成性交，雌蚁极尽诱惑，敞开自己微型的子宫。它要接受数只雄蚁的精囊；每只雄蚁体内有数千万枚精子，这只雌蚁将收集到数以亿计的精子，以供未来之需。这是怎样完美、饱满、充分、抵达峰值的一夜情，足够支撑余生。此后持续数十年的未来，蚁后作为惊人的生育机器，依靠回忆不停分娩。

雄蚁是精尽人亡的短命鬼，恩爱过后都会死去。作为公共遗孀的雌蚁独自磨去翅膀，它将进入墓穴般的绝对黑暗，建立隶属于自己的极权王国。只淫乱一次——此前它是处女，此后它是贞妇；它曾是最淫荡的后，将是最纯洁的后。或者说，雄蚁有不要命的情欲，雌蚁似乎并不沉溺于性——它高效，只取生殖必需，它的身体是对雄蚁处以极刑的刑具，并且埋下精囊的殡葬品和纪念物。

体腔盛满精囊的雌蚁，将成为出色的独裁者，养育自己怕光照、喜爱肉荤和甜食的后代。蚁群中占到绝大多数的是工蚁，它们是卵巢几乎不发育的雌性，接近"中性"。禁欲的蚁后，把自己的孩子变成"女太监"。所有子民身上都沾满它的化学体息，并严守禁欲社会里近乎本能的铁律。众多奴隶，是它的警察、保姆、护士和建筑工，为了蚁丘酒杯形的巢口、它圆润鼓胀的发亮腹部以及诞下的细密卵粒，奴隶们情愿随时战斗，争相去死。

同为昆虫里的母系社会，蚂蚁很多习性与蜜蜂相似：勤劳、奋勇、强烈的牺牲精神，以及对女王的绝对臣服与忘我维护。可蚂蚁的祖先正是蜂类，科学考据的族谱令人吃惊。蜜蜂和蚂蚁，谈不上谁得道、谁落魄，空军与陆军罢了。不像人类的祖先是猿猴那样悲剧，那样导致天壤之别下的杀伐。蚂蚁个头小于蜂类，它们的演进是逐渐侏儒化的过程——也许此乃自然法则，至卑至贱，而后至勇。蚂蚁和白蚁的社会结构也相似，却并非亲戚，它们之间不是肤色的种族之别——起源迥异，白蚁是蟑螂的近亲。蚂蚁和白蚁作为叛逃者，有着叛逃者日渐微缩的脸、身形、习性和道路。

婚飞盛典，并非当事者所独享。空中，燕子翻转啄食；地下也布设频繁的死，婚飞的蚂蚁死于多刺的灌木丛，死于其他动物赴宴的口腔和充饥的肠胃。

……蚁狮，身体像个生锈盾钉，一对镰刀状颚片前探。它是蚂蚁的天敌。蚁狮习惯倒退行走，像谦逊者，其实是阴谋家。蚁狮倒行逆施，擅长土遁，钻头般旋转自己的身体向下掘进，沙地逐渐出现一个漏斗形凹坑。陷阱的侧壁，陡峭而光滑，为掘墓者专门设计。

刚刚成为新娘的蚂蚁，拖着荒淫之后的身体，匆忙寻找藏匿所……失足，跌下坑穴。蚂蚁艰难向上攀缘，试图逃脱；蚁狮继续制造灾难，扬起尘暴，让沙砾松动、塌陷、滚落，站不住脚的猎物下滑到墓室底端。死于矿难，死于偷袭者的计谋，死于小死神的深吻。这个蚂蚁新娘，来不及成为全能的小母亲，就被慢慢吸干体液……蚁狮，消灭了储存在袖珍蚁后体内那个庞大谱系。

蚁狮，多么壮观的名字。谷物有种蛀食者，体长只有两毫米多，叫米象。蚁狮米象，毫厘之物，却拥有气势磅礴的称谓。这并非修辞学上的骗局，只是微与巨之间奇妙的辩证，就像袖珍的蚁后藏着壮阔的家族；就像渺小如细菌，才能对世界实施强力的报复。

蚁狮的童年和成年一点也不像，难以找到辨识的线索。成虫后酷似蜻蜓，甚至连名字也变得妙曼：蚁蛉。蚁蛉有着枯叶色的身体、雪纺纱的翅膀，几近仙风道骨。它的体形从矮圆敦厚，变得纤长细弱，一副伶俜之姿。吃蚂蚁的蚁狮，最终长出了和蚂蚁祖先蜂类同样的膜翅。凶手得到了奇迹的下场，仿佛暗示，罪恶才有魅力，魔鬼才有风情。似乎有什么锋利得超过锯齿或切刀的东西，让蚁狮得以彻底背叛沉重的曾经，抵达轻盈的彼岸……像放下盾牌的战士披上戎袍，像作恶者经过忏悔成为天使。

每当蚁狮在沙粒间旋转，精心布局，它的身体就像一只开始倒计时的表盘，一分一秒地靠近，靠近蚂蚁的梦境。每次杀戮，每只蚂蚁的牺牲，都沉淀在蚁狮的咀嚼和消化里，积累并蜕变成未来的美貌。

吃工蚁，吃兵蚁，吃交欢不久的新娘。

没有比死，更浓烈的营养。

2

无须远行，会有什么，直接撞上摊开的作战图。

上个星期，蜘蛛吃了一只愣头愣脑的蚱蜢。这个光头的家伙，口器平面多节，像机械设备上的闸门部件，显得坚硬强悍，还穿着军绿色的骑兵制服，腿靴上有马刺。前几天，蜘蛛吃了一只珐琅彩的蝴蝶。蝴蝶翅膀像快速扑闪了几下，然后把虹吸器探入蜜蕊，身体呈反弓状向后伸展了一下，就像吃面条的人粗鲁地向后伸了一下头颈，或像孩子从吸管里喝到了凉沁的饮料。这是蝴蝶最后的晚餐，随即它自己成为别人的主菜。蜘蛛吃过各种各样的东西，昆虫甲丁质的外壳，就像个自带的餐盘，让蜘蛛吃得文雅体面，一点不担心溅到盘子外面。既不撕扯也不吞咬，蜘蛛就像法兰西深吻那样，安静又沉迷地消化对方，猎物的心、脏器、肌肉和蛋白质，都融化在蜘蛛口腔里具有腐蚀力的溢液之中……从固体到液体，猎物溶化为稠浆，滋养蜘蛛细得几近折断的腹柄、球形的肚子和长毛的腿。蜘蛛嘴角的汤汁，散尽最后的肉荤。

新宠来了，这次，是只蚁蛉。

因为身姿轻盈，蚁蛉落在蛛网上并未撞坏线丝，只是，让这张比丝帛还娇贵的弹簧床产生数度美妙的摇晃……如同被敲击的音叉在振动。蚁蛉有过低进尘土里的童年，终于可以飞，它的薄翼上点缀着神秘的翅痣。蚁蛉在乐园中飞舞，不知道有些地图不能被游历，不知道自由里潜伏的危机。阴谋，并非像它作为蚁狮在童年所运用的那样，必然属于黑暗和地下；相反，它明亮、细若游丝，透明得像对这个世界不构成任何干扰。作为一个童年阴谋家，蚁蛉死于更高的阴谋——没有什么比看似不存在的阴谋更像阴谋，透明，就是最完美的隐身。

蜘蛛是知识分子型的学院派杀手。它已经存在了近四亿年，见多识广，变幻莫测，种类超过两栖动物、爬行动物、鸟类和哺乳动物种类的总和。大的蜘蛛像只饭碗，小的像颗盐粒。尽管蜘蛛的大脑极小，却具有通常更发达的动物才能具有的复杂。

蜘蛛精通数学和物理，织网体现了完美的几何学和力学。南美洲的金圆蛛结网强韧，宽度超过一米，当地居民甚至用这种网来捕鱼。蜘蛛以出色的化学知识见长，不动声色，擅长用毒。人类一旦被最毒的蜘蛛咬中，不到一个小时就会毙命。"塔兰图拉"是种狼蛛，在意大利流传着一种说法，当人们被这种蜘蛛咬伤后会疯狂地跳"塔兰图拉舞"。人们认为唯一的解毒方法就是通过快速旋转的舞蹈，大量出汗，让毒素排出。许多蜘蛛的毒液只对自己的猎物有用，不用说，如此精确、高效的化学运用必须建立在对动植物的了解上，它熟悉生物学。无论是编织还是捕猎，蜘蛛足以拿出理科高才生的综合本事炫耀。它的身体结构，同样支持学术化的论断。蜘蛛的肺具有纤细的叶状褶皱，彼此重叠排列，就像个放满典籍的书架；蜘蛛身体上遍布触毛，腿上的"听毛"能感觉声音和气流，似以饱满的好奇心去收集这个世界的见闻……简直，可以用博闻强记来概括它的形象了。蜘蛛连死都有知识分子的仪式感。被真菌感染的蜘蛛，常会选择坚持爬到高而孤旷之处死去——这种死法，特别，有哲学家的气质。

蜘蛛的性爱同样有名。多数种类的雄蛛要比雌蛛小得多。雄蛛因为交配，不仅被雌蛛伤害，被咬断数条腿成为残疾，还有可能被雌蛛吃掉。所以有些雄性蟹蛛在交配之前，会用纤丝将配偶绑缚，就像对待捕食猎物一样，有 SM 虐恋的刺激感。

为什么昆虫里，残暴的总是女性？吸血的蚊子，是有孕之身。边做爱边吃配偶的雌螳螂，把对方的头撕扯得残缺不全，大口咬碎情郎爆裂的眼珠。雄螳螂顺从，没了头颅，交配动作却更为激进。也许正因佐以细嚼慢咽的进食，使性交过程延长。这真是致命的享乐和贪婪，为繁殖慷慨赴死。雌螳螂不仅要爱侣的性器，还要它的整个身体像性器一样全部消失在自己的体腔。侥幸逃生的雄螳螂，并不因死亡威胁而胆怯，它继续投入下一位异性的铡刀之下，乐死不疲，直至彻底毁灭于性爱的高潮。蜘蛛里凶狠的也是雌性。著名的黑寡妇蜘蛛，毒性极强，致死率是百分之十。黑寡妇之所以非常危险，其中一个原因就是它喜欢人类的房子，常常躲在衣柜和橱柜里，似乎对衣装和美食情有独钟。这个品种的雄性蜘蛛无辜，它们不咬人，体型极小，只是受了悍妇的连累。

……蜘蛛从报警丝上溜下来，靠近靶子上的目标，对蚁蛉开始致命的吮吸。像情欲中席卷而来的亲吻，掠食者咬住猎物的脖颈或下腹。蚁蛉很快被麻醉，即将成为标本。风灌进掏空的皮壳，只有蜘蛛能让蚁蛉拥有完美的遗容，死得栩栩如生，像艺术品。为了捕获猎物，蜘蛛在拟态中不惜让自己变得丑陋、臃肿或畸形。毁容的蜘蛛随身带着神秘的纺丝器，就像童话中织布机旁边的阴郁老太婆，手腿弯曲，像患了风湿病那样严重地佝偻起来……藏在它内心的，是千丝万缕，柔肠百结。

3

　　羽毛插满全身，像针插满针垫。即将成为标本，这只鸟会不会感觉到了全身的疼？被捕获的山雀，再也不能飞翔和歌唱，羽毛从它的身体上折断，然后被钉回由铅丝和棉花支撑的假体上。这个刚刚完成的标本旁边，还有其他鸟类：石鸡、鹦鹉、翠鸟、树莺、伯劳、鹭鸶、蓑羽鹤。有些鸟在繁殖期才会换上艳丽的婚羽，不过只有活体上才闪烁那种塔夫绸般的光，现在无论是羽色还是姿态，都带有明显的暮气。只有鹰隼，沙漠色的眼睛，显示出冷漠或者依然凌厉的复仇与憎恨。

　　书橱、桌台和展柜里，到处都是固定在架子上的僵尸鸟。在自然环境，一棵树里能惊起数百只飞鸟，就像刚刚施放了一场烟火；在标本间的斗室之内，集中品种迥异的众鸟，像圣诞树，闪闪发光的礼物以自缢的方式拴在枝头……喜剧属于人类，悲剧属于鸟类，涂油抹蜜的火鸡躺在圣诞节炽热的烤盘上。

一个多小时之前，这只雀鸟刚刚死去。标本师左手捏合它的双翅，右手以拇指和食指压住了蜡膜上的鼻孔，中指抵住它的颏。口鼻受阻的雀鸟，很快窒息，松垂的头耷在一侧。体温渐渐冷却，如果说它的身体尚存一丝热度，那是来自凶手摆弄的手。

　　标本制作者用棉球塞入雀鸟的喙和肛门，防止溢出的体液污染羽毛。从龙骨突的高峰点到腹底都已打开，他剥开两侧羽毛，并在敞开的缺口撒上石膏粉，使羽毛、血液和脂肪不致黏结。捏起一侧的皮，另一侧，刀刃轻巧地滑入皮肉之间……膜与筋络无声断开，赤暗的肉团裸露得越来越多。雀鸟突出的膝关节已被剪断，脱离躯体，孤零零地，它两条污暗的小腿悬坠着。

　　尽量弯曲头部，使颈凸出，剪断之后，雀鸟的头颈和身体就分开了。初学者剥到耳孔时容易撕裂，这个技师手法娴熟：剪开雀鸟勺形的后脑壳，弃除脑组织和舌头，只保留喙、前脑壳、眼眶。挖出眼球，眼睑一点都没有刮破。镊子夹断雀鸟眼窝底部的视神经，镶嵌在油灰泥中的玻璃球，从针尖强行拨开的眼睑中露出来，冒充眼睛，冒充小粒宝石的光芒。脂肪去净后，技师用毛笔在山雀的皮和骨上涂一层亚砷酸的防腐剂。体内中毒的盲鸟，失去整个天空，甚至暗夜里的星团。

　　填充棉花的胸腔里，曾经收藏着无数旋律，曾经跳动着一颗豆粒大小、搏动快速的心脏……现在，它的歌喉和翅膀殉葬。所谓天使之翼，百无一用，甚至不如鸡翅拥有浸盐后的美味。

一只雀鸟，再也不能表达对天空凄楚的爱意；如同作为标本的鸟，再也不会，无望地想到整个天空。标本师经过最后的整形，使这只雀鸟尽量接近它的自然形态——他令雀鸟此般复生，不知更接近尊重，还是更接近羞辱。

几小时以前，这只雀鸟还在梦境之中。它把头藏在翅膀下小睡，利喙在羽毛中间，就像斧子落在干燥而烘暖的柴枝里。醒来后，雀鸟在丛林里飞翔。每棵松树的枝条上，都建筑着一座微小的塔果形状的教堂，松鼠品尝坚果以及里面藏着的《圣经》；这只鸟也模仿着神明的公平，吃掉刺茸茸的毛虫和光滑如缎的蠕虫。它在食物与孩子之间往返，这看似普通的一天。然而，撞网的雀鸟没有看到任何绳结，在它眼里，那张网就像蜘蛛编织得那样隐蔽、透明、如若无物。这是立即的报应，因为雀鸟刚刚用蜘蛛喂食过自己的幼雏。蜘蛛的复仇感强，它自身带毒，似乎天生就是要与侵犯者同归于尽的；何况，这种自己擅长制作杀人工具的蜘蛛，好像同时具备诅咒能力。

不过许多蜘蛛都是虚张声势，无毒蜘蛛模仿那些善战、有毒或者口感极差的品种，来躲避灾难，也难免成为雀鸟的果腹之物。雀鸟一天需要数万焦耳的能量来维持生命。印刷书本上，逗号那么大的一只蜘蛛，体内含有一焦耳的能量；五号字体那么大的一只蜘蛛，大约含有一百多焦耳的能量。相对于体重来说，鸟类的进食量大，在它们发烫的小火炉一样的胸膛里，蜘蛛的节肢，可以作为燃烧的柴。这只雀鸟偶尔吃了一只蜘蛛，连同它吃下的其他，形成富有营养的混合物，一一填进幼鸟因

几小时以前，这只雀鸟还在梦境之中。它把头藏在翅膀下小睡，利喙在羽毛中间，就像斧子落在干燥而烘暖的柴枝里。

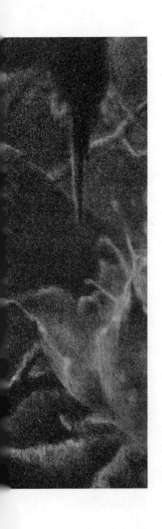

饥饿而凄厉的张大的嘴。部分蜂鸟也是用蜘蛛来喂养幼鸟的，成鸟以后它们专吃花蜜，转变为素食主义者，没有沿袭童年的肉食偏好，像是经过某种宗教的自我淘洗。

蜘蛛精确地运动它繁复的腿，像个密齿的小机械，让死亡钟开始走动……但这一次，它死于自己的倒计时。从成年雀鸟的嘴里，转移给眼皮瘀青的雏鸟——这只蜘蛛，代表母雀给予孤儿的最后安慰。

4

有些动物具有双重身份、两栖生涯。

青蛙和蝙蝠，都是跨界感的动物。

青蛙鼓腹而歌，它的皮肤湿润，背部的图案就像闪电、瓜纹，或者心脏的电波。从用鳃呼吸的蝌蚪变成用肺和皮肤呼吸的青蛙，它上演背叛者的变形记。植物在水面形成弯曲变形的倒影，涟漪上下，都是青蛙的伊甸园。它用饱满的大腿弹跳，用叉形的舌头卷住飞蛾，用带蹼的四肢抱着潮湿的配偶纠缠不休。

蝙蝠更奇异，是唯一真正会飞的哺乳动物，"飞禽走兽"这个词只有在蝙蝠这里说不通。母蝙蝠在飞行中可以哺乳，幼仔牢固得有如焊接在乳房上。蝙蝠有副饥饿者的样貌，覆毛的脸，冷的眼睛。这些似鸟非鸟的家伙，既无羽毛，也不生蛋，它们从不筑巢，有牙齿和毛发，骨头中有骨髓。枯叶色的翅膀，风筝般的骨撑，蝙蝠用钢琴家般瘦削的指骨，握牢自己魔法师的斗篷，由前肢进化而来的翼，颤动着飞，像要抖落旧大衣里的皮虱一般。夜晚它们不会像盲人一样遭受危险。当整个世界被蒙上眼睛，强盗和窃贼纵横江湖。蝙蝠靠声呐，靠自己的回音定位，靠自己对自己的呼唤……对着回音壁，自说自话。它能用脚上的趾骨抓住树枝，就像猿猴那样松弛自由地垂荡，也会缩骨术，可以飞越崖壁间的狭窄缝隙，并且完成敏捷的转身。既禽且兽，甚至连名声都亦正亦邪，在西方神话里蝙蝠是吸血的魔鬼，在东方传说里它们被认为能够带来福祉，仅凭谐音，成为吉祥之物。蝙蝠的形象被绘到中国建筑的门楣、窗檐、石鼓上，以及年画、丝绸和器皿上，到处是它们几何形的翅膀；甚至粪便，也被称为"夜明砂"，是中药中的宝贝。

但，大隐隐于市。真正的双面者，甚至不留名声上的痕迹。猫，不改变自己的样貌。成为惹人怜爱的宠物，或者最为危险的杀手——如果猫愿意，它在钟摆上的日子可以惬意如摇篮。双栖：拥有家居的闲适和野外的自由。在棉窝里度过午后漫长的睡眠，猫离开家门，开始午夜的游猎。

黄昏之后的猫，从用腮磨来磨去以求主人指骨抚触的玩偶，变成漆黑中从容信步的利齿野兽。它是别样的杀手，相貌妩媚，步态优雅，肉垫之间镶嵌弦月形的利爪。猫的昼夜，岂止硬币两面，它有九条命。猫头鹰的视力，鱼的悄无声息，豹子的野心，鸟的轻盈，蛇的狡诈，羊的温顺，蝎子的毒，兔子的灵巧，狼的冷静。猫的性格魔方，还有其他组合方式。

月，亮如斧刃。夜色中巡游的猫，双目如炬，洞若观火，甚至可以听见猎物在洞穴里的跑动声。猫杏核般的美目精芒四射，瞳孔在强光下只是一条裂纹，黑暗里却放大成一个锁孔……黑天堂的门徐徐打开，将是淫逸或血腥的不眠之夜。皮毛松散的公猫，播撒更骚的尿液，让自己胯下之物进入荡妇的穴道，母猫因此发出高潮中有如哀嚎的叫春之声。争夺配偶或食物的格斗在所难免，参战的猫，会带着撕裂的耳朵、流血的嘴唇返回，以受害者的无辜样子，获取主人的疼惜。

猫有时不屑学习绝技以求偏宠，它只是寻找舒适的场所继续自己的慵懒，并且找到给它喂食、为它搔痒的名为"主人"的仆役。即使多年被豢养的家猫，一旦流离失所，也不会发生他者身上的悲剧。作为流浪猫，除了皮毛略为不洁，你根本不用担心它们在野外能否成活。似乎，只有猫这一种动物，在双重身份中获得双倍好处，并无须出卖尊严与自由。

这只母猫是纯白的，针毛披光，初雪一样的皎洁。它具有的智商、体能和耐性，足够设计一场完美的谋杀。树底的白猫先蹲伏了几秒钟，然后一跃而起，抓住纵裂的树干，利爪就像冰面上的镐，仅凭锥尖承受着攀缘者整个体重不致下滑。动作连贯，它只在过程中有几个微幅顿挫，就爬上树枝间"Ｖ"形的夹角。猫停在那里，像柔软的云停在天空那样失重；它的停顿有种谨慎的严肃，似乎在进行平静的哀悼。然后，它微弓起背脊，寻找黑暗中的方向，继续向高处轻捷地攀爬。枝条和树影交错成复杂的网，猫，技艺高超的走索者，维持着完美的平衡。

鸟，总是把巢建到高处。这些虚荣的家伙，周身披覆精湛的羽毛。它们中空的骨骼里，仿佛被充进一种比氢还轻的气体，似乎无须动力，鸟只要张开翅膀，就可以直上云霄；有时也拍动翅膀，不过在动作上装装样子，炫技罢了。可它们的幼鸟，甚至没有长出秃秃的羽根，只是一张张糯米纸，裹住一团团滚热而荡漾的血肉。

雏鸟，皮肤光裸，有种瘀血般的青茄色，就像猫主人家里男婴娇小的生殖器。鸟仔们睁不开眼睛，它们盲人般地信任着，纷纷张大嘴，露出黄色的喙和赤红的腔道，准备不加分辨地吞咽成鸟带回来的食物。这回错了，这回是它们自己成为食物。等待雏鸟的，是母猫栽植着锯齿牙的下巴，以及，它舌头上密布的倒刺。

不过，这谈不上什么残忍。几个月以前，刚刚生产的母猫慈爱地舔拭自己眼睛尚未睁开的孩子，它们带着甜甜的乳香，幼嫩无助。母猫用柔软的舌头，为孩子们清理身体。慢慢地，从柔软的肚子，母猫开始吃自己的孩子。小猫是肉粉色的，有着一层薄霜似的腹毛，吃起来，又嫩又软又热。一口，再来一口，母猫如同舐舐那么慢条斯理，那么温情脉脉，直到小猫像果皮那么脆的头骨也破裂了。猫吃着自己孩子纠缠的肚肠，吃它们有稳定节拍的心脏，吃它们尚未睁开的野果子那样清透的眼球。

猫吃得干干净净，心满意足。

5

也许就是那只猫，也许，是另外一只。

头部所占比例不大，仿若磨削的颌面关节，使它的脸显现几何锐角。作为一只猫，它的身体比例略显失当，似乎像貂那样有着不妥当的狭长。猫偏瘦，毛色是白的，不过，白得不那么耀眼——哑光而粗糙的白，它的腹部由于饥饿而塌陷，呈现暗了几度的微灰，像树叶形成的阴影。

猫的姿态略为低俯，四条腿半屈着前行，比匍匐更高些的步伐，只为保持基本灵活和速度。猫不是表情丰富的动物，但此时此刻，它的表情紧张，近于悲戚。它害怕。瞬间的失误，使这只猫选错了方向，跃上车辆穿梭的公路。

猫，被围困在突然放大的噪声中。纷乱的景象极为恐怖，仿若身置峡谷，壁立的悬崖切削而来。如同一个人，看到无数摩天大厦像安了滑轮交错撞击过来。猫身体全部的弦都绷到极限，欲断的极限。这是一条六车道的马路，到处是喇叭、轮胎和金属车身。猫飞快地穿过隔离带一侧的三条道路，竟然抵达中间的栅栏。这几乎是不可能完成的任务——是它的幸运，也是不幸。因为惊魂尚未缓解，这只猫穿过护栏，用它屈膝的腿继续跑过两条车道。第三条车道来了一辆即将靠站的加长无轨电车，猫躲过车头，躲过两组轰转的车轮，第三组密布凹槽的巨轮碾压过来。

凹槽的图案并未在猫的毛丛里留下印迹。前半截的身子粘贴在地面，突然消灭了体积，只有勉强形成的厚度；后半截的肢体完整，甚至饱满，奇怪的是两条毫发无伤的后腿一直在轮流蹬踏，遭受了电击似的。这只猫暂未接受自己瞬间的死，它还在持续逃跑的惯性里。没有头脸和胸腔的猫，它只剩腰下的抽搐身体。暂时看不到血迹。灾祸发生得太快了，血，甚至来不及流出破裂的血管。

驾驶无轨电车的司机毫无感觉。乘客喧嚷，车辆沉重，一只垫在后轮之下的猫，体积有限，构不成颠簸。这是日常，毫无戏剧性可言。司机不知道自己刚刚运用一件大型凶器，仅用几秒，杀死了一只据说身怀九命的猫。猫来不及发出短暂的"喵呜"，就像一只血肉吹起的气球那样爆掉。

司机继续：观察信号灯，靠站，等待乘客，转动方向盘。日复一日，他行驶在固定线路上，就像火车行驶在轨道上那么自动。路况复杂，但司机的头脑经常放空，躲避和停顿更接近自然反应，而不是理智判断。流浪猫狗在马路上被碾压是常事，皮毛、内脏和干透的血污，混沌的一坨，辨不清细节。有时清洁工会来清理，有时根本不需要，每辆路过的车带走星星点点的碎尸。

等红灯时，司机从保温瓶里喝了几口茶。没有任何来由地，他想起了自家的那条狗。小狗其实是给母亲买的，他自己并不喜欢。小母狗容易兴奋，啃坏了家具的木头脚，来月经时更添麻烦。可老太太没事，对它比对自己的孙女还耐心，遛弯、买菜，都带着这条颜色像是隔夜茶的腊肠犬。

那天司机回家去看望父母，看到一个老年女性坐在搬来的凳子上，手肘俯在椅背上，半埋着脸，抽抽搭搭地哭，周围站着几个安慰的纳凉者。果真，是自家的老太太。他再靠近，就看到地上那只棕色腊肠犬。第一眼，感觉异样，狗的脑袋折弯到不可思议的角度，看起来，头部完全是侧面躺下的角度；身体的后半段，姿势如同卧趴，特别的浑圆立体——好像这是一只即将分娩的怀孕母狗。也许因为胸腔里的血肉和脏器，被暴力挤压到腹腔，导致下半身失真地膨起。它被拐弯的轿车轧死了。腊肠犬的头部，被压缩成硬币上的浅浮雕，它的脑神经先死，不会体会疼痛。据说许多卧轨者愿意选择这样的姿势，颈椎突然折断，他们最后的瞬间，是否看到厚重的轮子带着死亡花纹碾向自己的眼眶？司机试图安慰母亲，徒劳。那是盛夏的黄昏，狗的尸体在闷热中被保温，长久没有变凉。老太太守着一具温暖的狗尸体，一直哭，不让儿子碰触。

……绿灯亮了，司机松开制动的刹车。他身后的那只猫会变成支离破碎的尸块，变成隐约的毛发，变成不再可疑的斑渍，变成一团从未存在的虚无。

6

电视里正播放化妆品广告。高调的光,涂了粉蜜的模特做出既冷酷又诱惑的表情,穿诗意的长裙,肩胛骨生出信天翁那样翼展宽阔的翅膀。她的裙子不是裸肩或V领,而是像个古典钥匙的锁孔形状——似乎暗示,那是个秘密的世界;这个形状即使形如牛马佩戴的挽具,男人们也愿意让它套牢自己的一生。

不过这套对司机来说,无效。他不喜欢低温的女人,不喜欢深陷的两颊和锁骨,不喜欢她们装腔作势。不管别人怎么歌颂天使的容貌,可他依然会对一个长了羽毛的女人产生心理不适。他寻找刚才随手乱扔的遥控器,准备换台。

突然漆黑。停电了。

并非断了保险丝,整个区域都停电,不知哪里缆线出了故障。司机百无聊赖地坐了几分钟,睡觉。明天是首班车,他本来就需要早起。有只蚊子通过旧窗纱浅锈色的网飞了进来,嘤嘤嗡嗡。

几个小时过去了。司机之所以醒来,到底是听到异动,还是因为做了遭遇野兽的噩梦?司机的鼻腔经常不舒服,体检时医生说他有鼻窦炎。事实上,他弄不懂鼻窦的准确部位,是指鼻子内侧的孔壁,还是略带弯曲的中隔?他知道自己各个器官的大致位置,若要细究,就不明白了。那些奇怪的物件和穴位,像铆钉和螺栓固定汽车零件一样把他的骨架铆死。身体的不适在梦境中会有反应,正如心脏不好的人睡觉时往往胸闷,司机梦见自己的脸被野兽撕咬，伴随着一股浓重的腥味。梦中也没有光源，他什么也看不见。忽如闪电，一只猎豹，泪腺体现出猫科动物特有的悲苦表情，凝视着自己。突然，豹子的一只利齿嵌入他的眼眶，另一只利齿正好，卡在他的鼻梁位置……司机惊醒了。

立在室内那人，有着豹子样纤长的细腰。黑暗中，司机没有看清窃贼脸上闪电形的疤痕，但他判断出是个少年。两人很快扭打在一起。喘息、挣扎、你死我活。司机几乎要掰折少年的肘弯。无论是咒骂还是击打的疼痛，少年都一声不吭，司机怀疑这是个盲哑罪犯，但他暗藏无声的戾气。某种专属年轻人的戾气，孤注一掷，不计较生死。雏鸟的卵齿，是咬开蛋壳的工具；只有在很小的时候，它也有这样野蛮的破壁之力，随后卵齿就会脱落。少年手脚并用，甚至不惜用牙。

较量过后，少年居于劣势，他终于抱头，死死蜷缩在角落。司机狠踹几脚，少年不动了。司机从胜利中获得了如释重负的微妙满足，不全是伸张正义的快感，更像是男人从角斗中获得的虚荣。司机拿起电话，准备报警。他没有任何准备，没想到少年的屈服并非宣告终盘的输赢，仅是计谋。司机的放松，使少年寻找到复仇的机会。少年准确地摸到了自己本应始终握牢的利器。梦境一语成谶，司机迎面遭受了什么东西袭击，他甚至不知道到底是锤子还是镐头，重击在自己提前疼痛的鼻梁上。

这座建筑物外墙挂了爬山虎，手掌形的绿叶子，被风吹拂，显得沉坠坠的。新生的触须徒劳地伸在空中，什么都没抓住。

只剩房间里轰然倒下的人，血的流动越来越慢，慢慢地，停了。当司机眼里被灌铸绝对的黑暗，停运许久的电力系统，瞬间恢复。灯亮了；充电器上的指示格闪动；电视自动开启，频道里正在播放关于北极熊生存的纪录片。

……北极熊每年要吃下四十头海豹。在食物丰沛的季节，随着走动，北极熊肩背汹涌的脂肪滚动——海豹简直就是一堆堆巨型的、纺锤形状的脂肪，直接移植到它身体里。但是当冰雪融化的季节，捕获变得不再容易。

北极熊，有着似乎石化了的黑硬趾，圆实的脚掌在冰面上巡查。当发现一只憩息的海豹，北极熊以一种与体重极不相符的灵巧，飞快扑去，冲击的惯性使它的整个肩胛都浸入冰洞之中。但它失败了，潜水中的眼睛只看到海豹狭小得已然滑稽的尾鳍数秒之后消失在彻寒的冰蓝之中。北极熊向前伸着脖子，鼻头、扁下去的额与后颈几乎连成直线，它咻咻地喘着，喷出巨大的鼻息，它独自消化着失败、愤怒以及饥饿临近带来的不安。

饥饿，养在体内的鬼。在饥饿驱役下，北极熊的前肢括号般对称弯曲，形成内陷弧度，它迈着这样似乎是负重中的内八字脚，向想象中的食物靠近。幸好遇到海象群，它要无视成年海象猩红得有若罪恶的眼睛、弦月状的齿锋、皱褶而陈旧得像块破毡子的皮、肥厚的脊背。北极熊张开玩具般毛茸茸的阔掌，重击一只婴儿海象，牙齿陷进小海象湿漉漉的皮肉深处，然后拼命把它拖上裸露的石滩。

北极熊继续流浪，继续挨饿。为了养活自己，北极熊在无边的冷海里泅渡。最开始它还用力蹬踏后肢，后来只用两个前肢小幅运动来节省所剩不多的体力，不再健壮的后腿瘫痪了似的，既自由又不负责地拖挂在臀部两侧。又有很多天没有吃东西了，记忆里，是在许久许久以前，它除了吃了一只出生不久的海象，还曾冒险爬上苔藓覆盖的悬崖，在嶙峋陡峭的石块间偷袭，吃下一只满是碎骨头渣和羽毛的海鸟。这不该是它的食物。但它饿极了，看到任何东西都想咀嚼……它低下头，吃下一小块略咸的雪。

　　登上一座陌生的岛屿，北极熊精疲力竭。它吃尸体，腐烂变臭的巨鲸，还有此时乱糟糟一堆分不出形状的什么。北极熊在这堆奇形怪状的东西前面伸直了脖子，扁平的额与后颈再次连成直线。它正常时的体重和站姿，两个肩胛会连成一个驮鞍状的拱形，现在它瘦得只支起两个局促的骨尖。经过短暂的默哀，为生存而妥协的北极熊，第一次把嘴埋进铁锈色变质的肉里……它吃下，自己的同类。

　　传说，生活在极地的因纽特人，将涂抹血液的匕首倒置在坚硬的冰原上。嗅到血腥的北极熊忍不住去舔舐，锋刃在熊的舌头上留下闪电般的伤口。极寒天气，冻住了北极熊的痛感，混合着陌生与熟悉的血，激起它越来越大的兴趣。舔食的速度越来越快，北极熊的两只前掌围拢刀刃，将其视作珍馐。尽管从血管奔流出来的血被努力填回胃里，但过了一段时间，北极熊的速度终于慢了下来，越来越慢，直到轰然倒塌在刀刃一侧。血，散尽最后一滴里的热气……北极熊用切割成条缕的舌头，就这样吃掉了自己。

7

　　到处都是吃，到处都是死……每分每秒，密集发生。

　　整口吞咽。锯齿下的凌迟。绞缠，勒死。喷毒，溶解。被舌头的黏液糊住，被粗鲁的嘴啃咬，被有力的腭咬碎头骨，被连皮带肉撕成条絮，掏取心肝和肺叶，被推送到腐蚀剧烈的胃酸里。

　　到处是劫后余生的动物。翅膀撕成条缕的蝴蝶，掉腿的蟋蟀，敲碎边缘的贝壳，被咬穿脚蹼的鸭子，失去鳍肢的海豹。到处是破损的甲壳，折断的刺，被撕扯的鬃毛，掉落的鳞甲和羽毛，带血的牙，灌脓的伤口。大动物身上，同样残留着齿痕和爪印。没有谁逃得过劫数，尾针如箭的蜜蜂会被吃。没有脚，却有八条妙曼手臂的章鱼会被吃。深海里内脏会发光的乌贼会被吃。有着东方人细长眼睛的响尾蛇会被吃。终生穿着囚服的野斑马会被吃。始终在瞭望塔上的长颈鹿会被吃。孕期漫长到二十二个月的大象会被吃。

　　消化了一个猎物的肢体，就消化了它的脂肪和肌肉，消化了它的蛋白质、矿物质、无机盐和维生素。当狩猎者的身体，成为某个猎物的葬身之地，内脏吸收着死者肉糜带来的养分，并从中获得热量，是否也意味着，狩猎者同时消化了猎物的情感和欲望，同时继承了猎物的杀机? 这个世界，像神秘的多米诺骨牌，或者层叠圈套的玩具套娃。一个杀手杀死另一个杀手，是为它腔肠里的某只动物复仇。一个杀手杀死另一个杀手，也是为了奉献，为自己的天敌提供营养更丰富的晚餐。循环的杀戮，每一个正被捕杀的弱者，都曾是捕杀别人的强者。当我们从猫的嘴里救下一只小鸟，对无数虫子来说，我们就等于制造了恶魔。这是人类的伦理困境：不救，就是纵容罪恶；救，就是延续杀戮。

也许自生自灭，正是上帝在源头的伟大设计，他为自己放弃管理的懒怠找到了赦免的充足理由。何况恩怨交融，拯救者的形象有时恰恰是天敌或克星。如果没有狼，最弱力的羊也不会被淘汰并参与繁衍，羊群则早已因食物匮乏或基因缺陷而濒临灭绝。从这个意义上说，狼的杀戮迹近恩典。也许，上帝伤害众生是一种必要的作为，因为在血腥里才有他的护佑。

有个悲惨的自然界法则：这个世界的孩子，主要是作为食物生产出来的。那些卵粒、蛋、蠕动的爬虫、刚刚覆满胎毛的身体，总会被饥饿的嘴吞咽。那些微小的浮游生物，那些透明的鱼卵，那些密集孵化出来的昆虫，那些胎毛濡湿的羊和鹿……动物中的幼体多数都会死去，以喂养其他。吃了这么多东西，总要生出点什么让别人吃吧？这是基础的报偿。性，不过是在延续自己的种族，生产喂养别人的粮食。

还有些互为捕食者和天敌的例证，物种之间成为直接而终生的对手。这是立即兑现的复仇。蜘蛛吃蚂蚁，蚂蚁也吃蜘蛛。狮子可以杀死鬣狗，鬣狗也可以杀死幼狮。在某个孤远之岛，天气暖的时候，蛇吃老鼠；天气冷的时候，老鼠吃蛇。蜻蜓幼虫吃青蛙幼虫，即水虿吃蝌蚪；青蛙成虫也吃蜻蜓成虫，维护公平。昆虫之间，手足相残是常事。蜘蛛必须独居，它们会吃掉自己的同类。人类捕捉的若干螳螂如果没有及时从广口瓶里放出去，它们会在有限的空间里挥舞镰刀，撕开兄弟姐妹的身体大快朵颐。草蜻蛉的一个卵粒成为另外一个卵粒的杀手。因为生产中的母亲将卵产在叶片上，当它饿了，就暂停生产，转过身去，一个一个将卵当作营养品吃掉；然后接着生，饿了接着吃。杀戮因为平易而变得亲切，兄弟相残，新娘吃掉新郎，母亲吃自己的幼仔或者幼仔吃自己的母亲……珍贵的蛋白质营养不供给他者，只用于家族内部的喂养。

什么使万物结盟？是立约的血。吃和被吃，没有道德和伦理，只是日常与必然，是分外公平的交易。没什么不公，不公只是局部观念。从宏观角度来说，公正，本身不是由无数细小的公正所累积；恰恰相反，大公正，是由诸多零零碎碎的不公所构成。

来到这个世界时，都是完美的孩子；离开这个世界时，谁也无法再像婴儿那样白璧无瑕，都是伤痕累累的幸存者和杀戮者……指纹神秘，完成死神的最后封印。所有物种被困在时间的琥珀里，通过吃与被吃，接近永生。

8

三天前，少年从网上买了蚂蚁养殖箱，店家附送放大镜、喂食管、挑逗棒，还有若干粒幸运草的种子。容器灌注着蓝色的透明凝胶，既可当作蚂蚁的食物，也是它们穴居时的建筑材料。不知道它们如何散发身体的热量，蚂蚁皮革质地的衣装，看起来，和封闭的蚁箱一样憋闷。

在蚂蚁城堡远端的觅食区，少年放了腰果的一粒碎屑。探险者很快发现了坚果，但这只蚂蚁侦察兵不具备书本上歌颂的美德，它没有返程通报团体，而是独享美味，整夜它都没有离开这个既有食物、又有水源的区域。严守领地，这个守财奴不像是在看守集体财产。第二天早晨，少年把一小片桃子放进觅食区，并非看守蚁的情报，而是浓郁的甜味诱惑着，陆续赶来两三只蚂蚁，其中一只饱食之后，返程，与沿途的蚂蚁交换信息，通知它们前往蜜源地。

本来，少年按照说明，用塑料棒在凝胶上扎出几个孔洞，希望蚂蚁选择这些天然的凹陷，尽快开始挖掘地洞。据说蚂蚁一般在搬迁数小时后动工，可少年等了三天，这些蚂蚁毫无举措，继续在地表游荡。多数时间，蚂蚁消极，一动不动，并非勤勉的劳动者。因为胶管中的蚁群运到，就有三分之一阵亡。少年隐隐怀疑，团队中的建筑师在转运过程中没能幸存，剩下的蚁众缺乏隧道的设计能力，只好任由尊贵的母后和自己一起暴露在危险的平面。蚂蚁并非少年以为的那么忙碌，多数时候它们一动不动，只是受到震动时才行动——以蚁后为中心，蚁群的腭对着圆周的各个方向，放射状散开，警惕任何方向的来犯者。

抑或，这是个灰心的女首领，体型硕大的蚁后指挥工蚁保持尊严，无须为囚禁它们自由的人表演挖掘隧道的技艺。仅靠身体释放的化学元素，蚁后使臣民至死捍卫对它的忠诚。陆地上最小的动物和最大的动物，采取了同样的政治策略，蚂蚁和大象，统治者都是"女王"。

蚂蚁对自己的母亲言听计从，这对少年来说，是遥远到陌生的经验。自从母亲出家，他已彻底失去护佑。他已有两年时间不吃肉了，是严格的素食主义者，并非信仰，他觉得所有的肉都让他恶心。由水果和蔬菜填充的身体里浆汁饱满、气味清新，可少年的内心并不素静，好像有什么肉食者的焦虑并未得到缓解。当夜游的少年回到空寂的家门，他感到了惊悸和疲倦。地上爬着一只不到2厘米的千足虫，像圆珠笔里那截小弹簧那么长，它有那么多只脚，爬起来像是要跳错乱的芭蕾。少年一脚踩死了它，然后将这条新鲜的尸肉投进了蚁箱。

当少年观察蚂蚁的时候，也许就在他的背后，命运中的影子巨人也在观察他；星球一样的神明，观察巨人；宇宙一样的无限，观察神明……所以，蚂蚁在秘密涡流的中心，搬动一粒比芝麻还细小的残渣。人类不会关注蚂蚁的胸腔，如同人类的悲喜早已习惯被神灵忽略。没关系，离开神的眷护，人类依然可以相濡以沫，到了枯竭的最后，依然可以相互哺喂自己的血。

整夜未眠的少年没有脱鞋就歪倒在床上，尽管他很小心地选择角度，才能让枕头避开自己疼痛肿胀的脸，他挫伤的手指也难以解开鞋带上复杂的绳结。疲惫和恐惧没有让他失眠，少年很快睡着了。

他梦见一个生着手蹼的人，依稀，不能判断性别。这个人抚摸他的时候，因为没有指肚的凹凸起伏，显得不够专心，少年感觉自己被块抹布潦草地擦拭了一下。他隐隐觉得，那就是自己失去的母亲。他曾经的守护天使，猫一样生着肉垫，来去无声，利爪藏在肉垫里……拳头里，可以突然变出剪子。

9

对于母亲的手，少年最深的记忆，来自童年做过的游戏。母亲做出的手势，总是赢过他，神灵一样准确预测他的计谋。

这个游戏的名字多么奇怪啊，由三种东西组成：用拳象征石头，对称打开的食指和中指象征剪子，摊开的手象征布。石头、剪子、布，它们的共同特点，既是工具，又可以当作凶器——用来砸、捅或者捂，都能够制造死亡。这是手的变形记，变出数种形状，就像同样的一个人包含了天使、魔鬼以及匿名者的多重身份。既天真又野蛮……是游戏，又像隐藏命案。石头、剪子、布，由一只手完成的循环杀戮——只有圆，才能抵达这般物理意义的绝对完美。儿童从成人那里学习这样相互消灭的法则，并使之成为最为普及的游戏。

少年入睡的手，垂在床外。手上有着玩单杠留下的旧茧，以及新伤。除了左手拇指是簸箕，剩下的，是九个以近似同心圆荡开的涟漪，如同旋转的陷入虚妄的星系。这是一双灵巧的手，这是一双恩威并施的手。这双手，曾把火柴别进蜻蜓干燥的有着裂隙的腹腔，或者用针线把许多蜻蜓缝缀在一起，造型就像农村挂在檐角的辣椒串，那么轻盈的身体累积成死亡的重量，它们的膜翅如同堆叠的落叶层，赛璐珞的复眼里全是虚光。这双手，曾经忘我地拨弄和取悦自己的性器，身体的发条绷紧，就像玩具上满了弦；这双手曾沿着两条光洁的小腿，伸进百褶裙，从少女对称分开的肌肤进入她猩红的内部。这双手曾制造工具、弹奏乐器或携带利器，曾进入天堂和深渊——看似万能，其实，不过人类之手的普通作为。

直立行走的人类，解放的核心意义是：给手自由。世界的动物都是用嘴来杀，唯灵长类，可以用手——与众不同的杀戮方式，象征扩大在食用目的之外的施暴享乐。手，人体唯有这一个器官能完成如此丰富的表达。看看它能干些什么？拣选。缝纫。锻打。种植。收割。挖掘。敲击。折叠。研磨。拴系。切割。梳理。筛选。清扫。转移。盛纳。抚摸。演奏。埋葬。指认。暗示。比喻。消遣。拒绝。勾引。猥亵。求乞。挑衅。惩罚。奖赏。羞辱。欺骗。偷窃。损毁。祈祷。拯救。还有，灵长类独特的杀戮。扣动扳机的手，同时也满怀柔情地抚摸爱侣或孩子的头发。身体其他部分无法拥有同样的作为，手，随时可以变成另一类语言，另一种表情，另一副面孔，另一个叛徒。人类之所以主宰世界，正因为能制造工具、自身同时也能变成工具的手。

少年无意识地握了握拳头。他的梦，一个套着一个，像食物链有着神秘的秩序。他曾被视作神童，但时至今日，他并未显现自己天赋的异秉。也许未来和梦境一样辽阔，他可以在自由中无所不能。比如五十岁开始写诗，像阉伶的春梦，花开锦

244

簇。比如衰老时才开始学习游泳，江河渡他，如渡万千的草木和鱼虾。比如，他可以死后开始杀人，就用，这双无辜而万能的赤手空拳。生者被杀了以后进入黑暗，假设他们在黑暗中再次被杀，亡灵是否就得以再次返回尘世？而少年，在地狱里再次获罪而被再次处以极刑，他将跌入更深的深渊。他继续杀，杀更冤的冤魂，让他们得以踏上为自己昭雪的归程。少年在地狱无恶不作，比天堂里胆怯的天使更为勇敢。因为他的每一次沉溺，都有其他溺亡者因此溢出冥河，露出被鱼虾吃尽的眼眶。

作恶，就像做梦那么频繁。难道不成立吗？这是古怪而充满游戏精神的逻辑：惩罚罪恶也是罪恶，杀掉一个无辜者也是无辜的。所谓真理，不过是圣徒身上直接撕下的皮。所谓拯救，不过是教堂的钟召唤信徒，同时那也是罪罚的重锤——每一次铿锵之声里，都有谁死于自身的碎骨之中。因为每次杀戮貌似偶然，其实符合严格而复杂的逻辑链条。生，是偶然的草率，死才是绝对的精密。

月亮的半片圆锯慢慢隐去踪迹，像被销毁的凶器。天空，像刮过胡子的父亲那样泛着青白色……严肃面孔之下的暴力，正在酝酿、生成。少年沉入梦境最深的沙床，他的手像溺水者那样彻底松弛。他不知道自己喂食虫尸后，忘记关闭巢室的透明盖板，蚂蚁奴隶们正逃出牢笼。并非溃逃：每一只张开腭钳，都是全盔满甲的角斗士。潮涌而来，这并非洪水中的逃难者，是洪水般的灾难即将到来。

……暴雨过后，大地清凉。像洗干净的手，摊开无辜的掌心。

一只名叫 Snowy 的狗

　　九岁的侄女玥玥回国度假，在旅游景区遇到携带小狗的一家人。满月不久的狗，体积小巧，相当于一团膨起的棉花糖，走路歪歪扭扭，更多时候乖顺地蜷缩在随便什么人的臂弯里。这家小姑娘上初中，父母正因收养宠物会耽误女儿学习而忧心忡忡——见到玥玥喜欢，就顺水推舟，当场赠送。它迷迷糊糊地，被从一双手传递到另一双手，不明白自己正被一次邂逅改变命运。为了尽快把小狗带回加拿大，玥玥一家需要办理各种手续；远渡重洋之前，它暂时寄养在我这里。

　　它看起来全身雪白，两只软耳朵耷拉在面颊两侧。什么品种呢？以为它是拉布拉多。它的名字由中文的小白，将改为移民后的 Snowy——起名的基础，都是强调它的纯洁无瑕。在幼年的混沌期，这只小母狗的确以娇小体态和纯洁毛色成功伪装了自己的身份。名字虽源自白雪公主，可它出身远非王族的高贵。后来证明，这只小狗来自模糊而卑微的血缘……它只是在恰当的时间和地点，进行了恰当的隐藏。

在精心养育的数周里，Snowy 带给我奇怪的迷惑。它的表情时而妩媚时而凶悍，时而幼萌时而沧桑。端详它，我经常不知道，这只狗到底长得好看不好看，因为 Snowy 的脸，像一个狗家族变幻着重叠的影像。

迷惑持续，及至成年，它保持着魔法般的成长性。星期一的 Snowy 和星期四的 Snowy 是不同的，清晨的 Snowy 和黄昏的 Snowy 是不同的，乞食的 Snowy 和孤傲入睡的 Snowy 是不同的，我所看到的 Snowy 和它内心自我判断的 Snowy 是不同的……因为我听到过 Snowy 的叹气，我就相信 Snowy 的祈祷。Snowy，Snowy，一只智商有限的狗让我为自己的记忆而频繁羞愧，因为我记不住它的准确性，记不住它作为具象的个体。此 Snowy 非彼 Snowy，它像字典上"狗"这个字，很难选择一种确凿无疑的形象作为无可争议的绝对代表。身置哈哈镜迷宫里的 Snowy，这是它的游戏还是它的恶意？或许，由于对自我没有坚定的认知，Snowy 对这个世界坦白了它的混血中所暗示的混乱？

但是 Snowy 很小就流露出它讨好的生存技巧，也许这是本能，而非心机。尽管它年纪尚幼，管理不好自己的排泄系统，尽管它任性地撕咬床罩和窗帘，尽管它挑食，有自己的脾气，尽管它突然希望独处，缺乏小狗对主人几乎是必然的亲昵。可每当我用钥匙转动回家的门，孤独睡眠了几个小时的它就猛然警醒，热烈地扑过来，上演它繁乱而漫长的欢迎仪式……它每每兴奋得失禁，地板上是滴落的尿液。我虽有轻微嫌厌，但Snowy那种鲁莽且难堪的表情和激情，还是让人心生怜惜。我总是一边收拾狼藉的现场，一边把身体微颤的肇事者搂到怀里。

很多狗一辈子没有坐过飞机，与Snowy相形见绌。不到百日的Snowy拥有自己的机票和专用航空箱，它飞越浩瀚太平洋，直抵温哥华。我去加拿大看望，离它的寄养时光已隔一年之久，Snowy已长成一只少女狗。

除了有人靠近自己宅院时例行的狂吠，开门迎接的Snowy并没有表现躁动与暴力，它似乎很快嗅出来自童年的气息，并顺从地仰躺，让我抚摸它毫无防范的胸腹，时而伸长脖子露出柔软喉管，时而偏头试图舔我的手指，以示它的友好欢迎。它当然长大了，但依然小巧，像最适宜孩子抱在怀里的毛绒玩具，只是抱起来沉赘——显然，养尊处优的生活增加了它的体重。

许多生物在胚胎早期极为相似，狼和羊别无二致，越发育，越受基因的支配而显现分歧。Snowy长大了，无法再以拟态掩饰它的血源。随着时间推移，我们发现，这是一个经过整容的白雪公主，只不过处处细节，留下手术的败笔。某种光线下，Snowy的白色皮毛露出发根处隐隐的浅灰，留下不完美的漂染效果。背毛像新雪一样闪烁晶莹之白，但它的肚皮，是尴尬而不洁的肉红色，像被屠宰的生猪，间着大片脏灰色——像某个贫困国家的地图，或者一个即将沉陷的岛屿。Snowy 保持着拉布拉多那样垂耷的软耳朵和吉娃娃的迷你个头儿，还有一双说不清楚是单纯还是愚痴的眼睛。偶尔，它的眼神里流露鲁莽甚至凶狠的威胁，多数时候，它过着单调而平庸的日子——Snowy 的眼睛，不像猫那样具备精密的刻度，有时像残留的积水那样陷入虚无。它的腮部，有两个不怀好意的黑斑——斑的大小，在粒与颗之间，再配合着一侧歪牙，它的侧脸有些微象征性的、又毫无实效的凶险。

下雨或洗澡，皮毛一旦被淋湿，Snowy 的身体发出令人干呕的近于熟肉的浓郁的腥膻之气，平时这种气味并不明显。Snowy 依然有伪装的爱好，它有时会像一只小鹿般呈现水滴一样的安详；有时，它愿意站在阳光照耀的百叶窗下……条纹状的光影照耀在皮毛上，把它变成一只奇怪的小斑马。

旅居温哥华期间，早晚遛狗是我的日常任务。

玥玥一家住在北温区，临近著名的旅游地松鸡山和吊桥公园。空气清透，植物的革质叶片上反射着新亮的光。森林，海边，建筑物和花园，许多地方都可以看到这种炫目的光，甚至可以用刺眼来形容。遛狗安排在早餐之前，可阳光，已经在高高低低的植物上炸溅开来……的确，太强烈了，像只发情孔雀整日绽放忘我的能量。

只是，早晨的阳光并无与亮度匹配的热度，体感上稍寒。

这有利于 Snowy 从恍惚中醒过来，一出房门，它小弹簧似的活泼跃动……让我想起激浪汽水广告中那个跳水者，在骤降的清凉中甩动满头水珠。Snowy 急迫向前，不断绷紧我手中的牵引绳，它需要在街角那棵剑蕨下排泄积储的尿液。

由于幼年遭受阉割，Snowy 保持终身的处女气质。它尿尿后，用脚蹬踏草皮，撩起一些细碎之物试图掩饰自己的骚气，像猫一样自尊；便便过后，它猛地前跃，为此不惜承受由于牵引绳突然绷紧而在脖颈上加重的勒痛，它似乎急于要拉开令自己尴尬和羞涩的距离，显出某物与己无关的体面。Snowy 还有不好炫耀的神异之处。如果食物的干湿适度，它也有闲情逸致，它可以把自己的屁屁轻松地梳理成辫子形排出体外。甚至比笨拙的小姑娘编得歪歪扭扭的样子好得多，它编得更齐整对称。

解决完体内的尴尬，Snowy 才能从容开始它每天的巡游与勘探。

这里森林广阔，植被丰茂，土地像野生动物那样披覆浓密的皮丛，也的确常有熊、浣熊、臭鼬前来造访居民。想起这样的夜晚，令我动容——那些在草窠里，恋爱、试唱或者更衣的小虫子，多么害羞，又多么骄傲；而密林深处，觅食或做梦的大动物，它们的心脏在暖厚的皮毛下面咚咚作响……和节日的鼓点相比，这种声音，名为宁静。

在北温的街区走动，我不知道自己所因循的，是昨夜哪个秘密潜行者留下的足迹。我想象月色下，它们深邃晶亮的眼睛。

从我的视角俯视，走在我脚踝旁的 Snowy 更像一只大白猫。尤其是没吃什么东西时，它的腰腹塌扁，看起来线条流畅——偶尔，Snowy 试图保持一种它本身并不具备的做作的优雅。只有它快速迈动轻微的罗圈腿，向零食或骨头狂奔的时候，如此急切，让人分不清它的腿型是内八字还是外八字。多数的散步时光，这个出身低微的小土狗，也难以长久保持端庄步态，它抻长脖颈，沿途嗅着各种植株，或者埋首于一团污渍之中。Snowy 走路的姿势，往好了说，像个缉毒犬，甚至福尔摩斯式的侦探，保持随时的警备；往坏了说，它孜孜以求地面上的遗落之物，满怀捡拾的渴望……Snowy 一点也不体面和气派。

看别人家的狗，挺胸抬头、气宇轩昂，步履和仪态沉稳不凡，我不禁更对 Snowy 的低贱略感尴尬。尤其是它的节奏时快时慢，不愿根据主人的节奏调整自己，而是根据自己的发现，即兴奔跑或停顿。Snowy 只有一尺多长，可一旦发现什么，它的倔强，会让我感到牵引绳作用在手腕上的强劲蛮力，它不惜为此承受深陷脖子里的勒痕。

Snowy 发现了什么？松塔、羽毛、纸片、树叶、草尖、野花、昆虫、牛奶渍、沥青、种粒、看不出任何异样的土壤，也许几分钟前，松鼠刚刚从上面越过它拱形的脊背……Snowy 一路走走停停，兴味盎然。它像个动植物鉴赏家，对植被的变化有着深厚的好奇与了解；又像考古学家肯于埋首泥土里，去接触和挖掘。隔着牵引绳一米多远的距离，听得到它粗重而急促的鼻息。我看起来区分微小的事物，在它的嗅觉下千差万别——

Snowy 的智商肯定不如我，然而正是某种缺陷让它具有别样的天赋，就像盲人拥有更为敏感、强烈而丰富的辨听能力。它的鼻子经常长时间沉迷某处，尽管那里什么痕迹也没有留下，但它知道什么果实在这里坠落，又被什么动物的指爪捡拾。

经过树林的时候，Snowy 停顿了，似乎听到什么隐秘的劝说。土壤上铺了一层厚厚的松针，以及间或点缀其间的松塔，站立一会儿，就会知道寂静长得什么样子。我发现，还有许多解体的碎片，仔细看是松塔，并非木质感强烈的深棕色，碎掉的均为幼嫩的青黄色，集中地摊散，像被一片一片仔细剥落的蹄甲。我不知道是什么原因，让它们没有达至成熟，是松鼠剥落还是因它粗暴的跳荡而震落？它们如此集中地死在有限的区域，几乎像从高空坠落的自杀式的瓦解。与此同时，一只松鼠停在树干上观察着我。我停下来，一动不动地与它毛丛中晶亮的小眼睛对视，并考验彼此的耐心。很快，松鼠攀缘离开。我想，自己乏善可陈，支撑不住它一分钟以上的好奇心。我陪着Snowy 继续在树林站立，才发现周遭掉落脚下的松塔如此密集，比人类史上摧毁的教堂还要多。

乌鸦的羽毛在这儿实在太多见了，Snowy 很容易捡到。飞着飞着，它的一根更换的羽毛就会掉下来，像人类毛衣上的一个线头儿，失去毫无影响。是的，到处是黑得发光的鸟：乌鸦，能把风格做到绝对化的鸟。但乌鸦起飞时并不优雅，它吃力地扇动翅膀离开地面，微弓着背，尾翼向下弯曲，持续用力，才能纤夫般把沉重的自己拉上天空。不过，此地乌鸦大多都无惧，即使离人很近也不移动——它们的笨重，更似肌肉男的沉着。我把羽毛从 Snowy 嘴里抢夺过来的时候，它明显流露恼怒，喉咙里滚过一阵雷鸣。我诧异，即使看起来丑陋的乌羽，也闪烁着优雅动人的炭灰色，缎子般分为正反面儿——背面是哑光的内敛，正面像平底船一样，以羽轴为中心呈现对称下陷的微弧，波光在这根死去的羽毛上依旧激滟。乌鸦的弃物尚如此生动，何况艳异的飞鸟？它们也会掉落羽毛，即使它们的羽毛奢华得闪烁着珠宝的光芒。看似挥霍，其实只是一种自我更新的能力。

美国的哈斯凯尔在《看不见的森林》里写道："棕林鸫的歌声由鸣管上至少十块肌肉塑造而成，每块肌肉都比一颗米粒还短。"在那些为我们日常所忽略的细节里，有多少美，像最小的萤火虫发出光亮。到处是动画片般活动着的松鼠，是童话般的蜂鸟，煤色的乌鸦亦非诅咒之鸟，和身着黑礼服裙的女士一样优雅。仿佛一座幽闭的花园，这里有那么多汹涌的绿色，让人错觉自己在开花……

难怪，早晚用于排泄目的的散步过程中，Snowy 在犹豫、好奇、兴奋、恐惧、茫然、狂喜、怀疑、厌倦、渴望、发泄、迷醉中频繁变换它的情绪，在这铺满松针的大地上，它的发现如此频繁，又如此令它易感。

我猜不出 Snowy 的心思。有时，我坚信是太多的诱惑让它走走停停；可有时，如果我加快脚步，它会轻捷地跟上，并保持悠闲错动几条灵活的小腿那种得意——仿佛正因我的慢速，它才在徘徊中缓步，只是不愿意浪费户外的好时光罢了，只是给缓步者以借口，使其不失尊严。我甚至不知道，人类的纵容或训诫，哪个更让它感受到自己被宠溺；就像我不确定，Snowy 对玩具的快感，来自温情还是暴力。

它轮流热衷几样玩具。

第一样是毛绒玩具，小浣熊，被 Snowy 的牙齿撕扯、口水浸没，损坏得面目模糊。毛绒浣熊后来完全失去了生气，像个小尸体似的整天被拖来拖去，脸被按翻在地下，剩下一只悲惨的独眼支撑地面。

第二样玩具相当于简陋的体育器械：一头是麻绳，另一头是结实的橡皮锤。Snowy 喜欢咬住麻绳，利用头颈的旋转甩动橡皮流星锤——"嘭嘭嘭"，木制阳台经常传来这个身怀绝技的武功高手用橡皮锤击打地面的声音。

第三个是它最为钟爱之物，是个可以发出声响的塑料热狗。面包中间夹着火红的香肠，上面挤着波浪形的蛋黄酱——鲜艳俗丽的外观，仿真食物似被浓重的工业色素腌制过。Snowy 叼着它，乐趣无穷，因为伴随着上下颌的压力变化和齿痕轻重，这个热狗玩具会发出不同的声响。我一直觉得 Snowy 是个音乐爱好者，它喜欢吹奏带来的音阶、节奏与旋律。但突然有一天，在它显著的陶醉里，我发现，也许它迷恋的，不是外形，是近似的声音：一个垂死的受害者在自己的啃咬下发出阵阵高高低低的惨叫。

Snowy，Snowy，我猜不出它的善恶、它的道德归宿。

在加拿大期间,我和家人自驾旅行,历时数天。首次长途旅行的 Snowy,一上车就激动得失态,颤抖的腿几乎支撑不住自己的体重,它的舌头热烈地舔着车窗,像舔一片滋味长久的玻璃糖。远离入睡的暖窝,即将开始的历险让它喜悦又畏怯。

这对 Snowy 来说,是一场奇遇般的旅行,它不断有所发现。

我和 Snowy 在班芙游客中心门口的长椅上坐着,听风度翩翩的老者拉提琴。Snowy 盯着一只袖珍蜻蜓:嗯,顶多只有我常见蜻蜓的一半,像枚铜色胸针。通常 Snowy 乐于招惹昆虫,它甚至有着令人恶心的甜点嗜好:偶尔捕捉并咽下一只苍蝇。对这只落在椅面上近在咫尺的蜻蜓,Snowy 却毫无侵犯,就那么出神地凝视着,似乎被征服,饱含尊重地,向一种精湛之美致敬。我尝试去碰触,小蜻蜓并未飞走,反而顺着我的指端攀缘上来。只是,小蜻蜓不爱照相,当我的手机镜头对准它的时候,害羞的它飞走了。

当我们在路边的休息区小憩,我远远看到爸爸试图拉开 Snowy,它显然被地上的什么活物吸引。爸爸以为是条蚯蚓,我以为是条线虫——错了,我们惊恐地发现,Snowy 想挑衅的,是条比毛线棒针还细的蛇。我觉得,蛇的形象,体现了上帝最恐怖的想象力。虽然这条小蛇比我的手掌大不了多少,且极为纤细,但这是我第一次在野外看到真的蛇,我依然感觉几近恶意的威胁。当然,在 Snowy 的判断里,或许存在着某种更宏观的平等。我很快见证,对那条孵化不久的幼蛇来说,Snowy 是这个世界最后一个对它给予关注的生物——Snowy 的耳膜,听到过它滑动时与地面摩擦的微弱之声，那几乎，就是它的遗言。半分钟以后，我亲眼看到这条正笔直地穿越道路的小蛇，被一辆拐行的房车后轮活活碾过。小蛇被自己破裂的体液粘在地上，左右晃动的头部进行垂死前毫无意义的挣扎。很快，它死去，变成具有装饰效果的"S"形……因为痛苦而扭曲自己，这条小蛇，是否以一个动物的卑微在模仿伟大的基督？灼日下，水分很快蒸发，幼蛇枯扁地贴在地上……造型的曲线优美，像乐谱上的高音谱号，却无比宁静。与此同时，Snowy 在越来越浓厚的倦意中闭上眼睛，它入睡，腹部微微起伏。死，太平常，这个世界不欠告别者任何缅怀的梦境。

Snowy 在整个行程中有着持续的发现。

各种各样的羊。大角羊近切地经过，我看到它们满怀诅咒的邪恶眼睛。盘角羊群跃过高速公路，以及其中一只的正脸几乎按在车窗上，它梳着奇异的盘髻，不知形象是否近于动物版的老年简·爱——有人可以从羊角的刻槽上判断年龄，我当然不具备这样的科普知识和鉴别能力。峭壁上的羊，似乎是另外的品种。分趾蹄能以柔软而富于弹性的制动力，阻止因地心引力而导致的身体倾斜。有的羊无畏拍照者，站在护栏旁的碎石堆上，为了舔舐石堆上的矿物质和盐分。还有漫游的鹿，吃草，或者好奇地凝视正在好奇关注自己的人类。奇怪，羊或鹿之类的食草偶蹄目动物，都是既胆怯又好奇，它们迷恋盐的咸涩，就像食肉的熊迷恋蜜的甜润。还有麋鹿，举着烛台般的角叉，黄昏时分，它们托举着头颅上方隐约的光明，进入密林幽暗而不祥的深处……它们之中的某个或某些，可能，将死于当夜。

平日作风略带粗野的 Snowy，旅途中反常地宁静。那么多新鲜的景色和面孔，汹涌在这个小宅女面前，它不由自主变得低微。

然而，Snowy 对这个世界的好奇从未止息，旅行结束后的几周，戏蜂弄蝶的 Snowy 被毒蜂蜇伤，陷入抽搐和休克，很长时间才从昏厥中苏醒，几近丧命；此后不久，不长记性的 Snowy 招惹了臭鼬……怎么能招惹它呢？臭鼬是最不好招惹的，毛色黑白相间，它像个通吃两道的混混，张扬跋扈，而且袭击手段特别下三路，令人避之不及。Snowy 为此代价惨痛，左邻右舍都听得见它恐惧而绝望的哀嚎。刚被袭击的 Snowy，迅速在茶几下的地毯上，猛力而反复地蹭脸，想去掉臭鼬喷射的毒汁……于事无补，Snowy 的头很快严重肿胀，眼睛似乎也要失明了。那只鼬强烈而恶劣的体臭，从客厅弥漫开来，传播到整个房间和院落——有毒的气体阴魂不散，徘徊了数周之久，令人产生阵阵呕吐感。闯祸并遭罪的 Snowy，刚一恢复常态，它立即开始花园里的挖掘与探索。似乎，从未在教训里学会屈从。

我在温哥华住了四五十天。直到返程那天，我还是把搭钩扣到 Snowy 的项圈里，走之前，我还是带它去散步。淘气的 Snowy 步履轻快，它继续看那种长得像中国山水画的黑白鸟，继续无视领地里巡航的蜜蜂，继续在剑蕨附近排出编成辫子花儿的屁屁。沿途的庭院大多花事频繁，一边开放，一边凋亡。

我想，有些告别，不过是花朵落下的重量……遗憾虽遗憾，但远非痛惜的程度。这是常情，是规律，也是我们用来标记岁月一种轻描淡写的方式。

清晨没起床那会儿，平躺的我半梦半醒，却在潜意识下纹丝不动，不敢动，不知道是梦到了，还是真以为自己是一片自我珍重的落叶……它不敢轻易翻身，怕破坏自己齿缘的缺刻，怕洒了自己弧陷里汪住的一滴水，怕路过的孩子踩碎自己。

其实，根本无须这么珍惜自己。历尽山水，草木一秋，亿万年来的树都是这样繁枝脱简，叶脉上的青葱岁月被风雨泡烂。生死短暂。只要这片枯叶放眼观看，无边落木萧萧下……世界不缺你一个。我需以此谨记并自我告诫。该开花就开花，该凋谢就凋谢，别拿着一副老朽样子摆雕塑造型。如果没本事重归枝头，就得甘愿零落成泥碾作尘——别自许什么香如故，那是一语双关，或许是在描述你的体味活像死人。

Snowy 对我的感慨无动于衷，它沉浸于隐秘而汹涌的千万气味之中……自然，又是风度全无，Snowy 以乡土或野蛮的方式，传达对这个世界难以自控的兴趣。Snowy 在草皮上蹭摩、翻滚，碎细的梗节沾满它永远不会生育的腹部以及像火柴磷头那么微小的乳蕾，我听到兴奋的 Snowy 越来越重的咻咻鼻息。

我想，至少在写作上，我得多向 Snowy 学。别那么装腔作势，要保持天然的好奇，姿势难看无妨，低微些也没关系，只有这样，我们才能对世界产生更多的兴趣、了解和深情。有些创作者从破笔散锋中，足见气韵活泼、气象自由；相比之下，我局限太多，太拘谨，句子和语法的质感都过于坚硬——我以为钙化使它们更具骨感，其实只是僵化。因为对写作宗教般的神圣感，加之能力上的不自信，我像那些自以为是的贵族狗，把仪态看得太重，导致滞涩和约禁。我没有获得自由，因而也无缘创作上的大美。看着 Snowy 任性作乐，是的，我不应远离自己的初心、本心和野心。

Snowy 是只血统混乱的小土狗，但我觉得它扮演着寓言里的角色，仿佛具有秘而不宣的力量。比如吧，当看到一群蚂蚁倾巢出动，我们不会联想到，它们的流离失所可能意味着暴雨、洪水或是其他灾难即将到来——我们只按照自己的局限来理解，无法领略丰富的信息。人类的自负导致与自然的疏离，只有谦逊、笨拙、懵懂的生物，才能完整地接收到来自大地的暗示。在一只平凡的动物身上，也许就存在着人类的盲区；而真理可能，恰恰就隐藏在这个盲区。世界如此辽阔与神秘，我甚至不能保证自己的智商，必然高过一只狗悟出的真理。

有些日子没有洗澡，Snowy 此刻体味浓重，我可不想把它抱在怀里招来一身异味，那会使同机的乘客不快。不过，当 Snowy 躺在地上，我很愿意为它效劳，按摩和抓痒——Snowy 显出极度配合的舒适感。当顺着它的脊骨抚摸……我的手感清晰无比：指端，是隐藏着的一串硕大而圆整的佛珠。

有如候鸟

1974 年，湖北

外婆的指关节弯曲，依然飞针走线。抿着嘴，她吃力地绣花花草草。竹篾薄而韧，边弧磨得发亮——像面镜子，映出皱纹像支流丰富的河道布满外婆泥色的脸。

那时她五岁还是六岁？每当想起那个惊心动魄的下午，她理智上判断出那是记忆的失误。外婆当年五十多岁，不可能像自己记忆中那么老。可她觉得外婆一直是老人，从未年轻。外婆吃素，鸡蛋对她来说都是一团液体的肉。外婆虔诚供奉那尊袖珍神像……佛像法相庄严，生死，融化在观音因慈而悲、由悲而慈的眼神里。

与父母在北京生活过短暂的时光，作为幼儿，她还来不及存储记忆，参加三线支边建设的父母就要远赴贵州。他们奔波在大山荒凉的褶皱里，无法陪伴和照顾孩子，就把她托给外婆。她的童年和记忆，是从外婆居住的那座即将被淹没的村庄开始的。

　　村角的鲁班庙，柱檩粗大，却断了茬，许多小到肉眼无法辨识的牙藏在其间日夜咀嚼木屑，并抖落时间的粉尘。檐角铺张的蛛网，阳光里若隐若现……很难想象，酒窝大小的蜘蛛能够完成如此浩大工程，如同很难想象，操作着工具和机械的人类蚁行者，能够挖出宽阔的沟渠和浩瀚的人工湖，建起高耸的堤坝，改变千万年来的山河样貌。蛛网悬挂虫尸，只剩萎缩、干透的皮壳或残肢——那是她最早见识的世间阴谋，轻盈又晶莹，美若魔法。只需横梁、墙壁、树木，甚至是瓦砾和草秸，蜘蛛便可织就一扇透风透雨却透不过生死的舷窗。它是真正的能工巧匠，人类相形见绌。鲁班庙里有扇朝南的奇怪窗户，始终空着，像豁牙，量好尺寸、打好框架，玻璃窗怎么也装不上去，工匠们不得其解，摇头叹气，沮丧收场。作为祖师爷的鲁班，嘲讽了他自诩骄傲的子孙。

　　赶上大旱，村里要去灵验之地请龙王。八抬大轿请来的龙王爷，其实是个硕大的红漆木龙头，雕刻着威风凛凛的眼目和头角。连续供奉数日，龙王爷必灵验，滚雷如同它低沉的喉音从天际传来，它呼风唤雨，灌溉大地上的割痕。据说某年，几个淘气少年趁着夜色把龙王从鲁班庙里搬出来，扔进井里。正当人们遍寻不见，恰恰飘来一片面积并不大的云，几乎笼罩着井口下起滂沱大雨。水位淹井，龙王终于从井口浮现暴烈圆睁的怒目……惊慌的老人跪拜不起，为莽撞的孩子代罪。

是龙王的余怒吗？春分登天、秋分潜渊的龙，终将报复村庄。分贝大于滚雷的机器轰鸣，储水大于雨量的汪洋覆盖，孤井一样的村庄，将被大水淹没，遭受没顶之灾。

其实灾难来临之前，人们已经陆续搬离这个时旱时涝的村庄。尽管在历史上曾经富庶，曾经护佑众生，但现在不再是能够安享丰收和睡眠的乐园，它阴晴不定，洗劫大于给予。人们不得不叹着气，离开。

庄稼一样根植乡土的人们，有人可以清晰地追溯来源，有人已说不清是几代之前移居此地，他们陆续搬离。山脊之间，他们像被河流冲刷的垃圾那样沿途漂荡、堆叠、淤积，在随波逐流的两岸，在贫瘠而孤零的角落，就这样存活并沤烂自己的光阴与骨骸。对老人来说，哪里能让他们终身安详待在自己的世界里，哪里就是天堂。如今，雨水冲刷蚁穴，就像宗教中象征惩罚与审判的洪水席卷他们安睡的床，老者能否与这场变故中满怀憧憬的壮年人一起，在方舟上获得未来？大地苍茫，他们不知所终。

走，背井离乡，带着捆绑的条箱，带着跋山涉水的鞋，带着五味杂陈的盐罐，他们走……除了少年起就渐渐沉淀在血液里的口音，还有什么在旅程中跟随而不丢失？有人搬到川贵一带的西南地区，需要习惯当地人普遍的辣食，火热的肠胃烧灼，种种不适就像储存在内脏里的乡愁。有人搬家的时候，带走了锅碗瓢盆，也挖走祖坟旁的一棵小树，以及它密集根系里像手指关节一样握牢的土。长辈的骨灰，早已溶解在土壤里。离开乡音，流放到不解其意的陌生方言里，沉睡的祖先能否继续往昔的护佑？

据说搬离前夜，有个七十多岁的孤寡者喝了有机磷农药，气味浓烈的毒一寸又一寸烧穿他的食道和脏器里的黏膜，他剧烈扭曲的五官上沾着自己呕吐的白沫。他本应了无挂碍，移动身躯等同搬运全部的家当，为什么还要以命相守？什么样的花开花谢，什么样的动物生育或腐烂，什么样的春秋和冷暖，值得如此陪葬？他目睹洪水汹涌，淹没他的整个江山。

离开的，再也回不来了。大水淹没他们的稻田、屋舍、道路，淹没他们生锈的农具、走失的牲畜、沉重的磨盘和年迈的果树，淹没他们往事里的狂喜与羞耻。走啊走，像野外降生的羊羔，刚刚脱落胎盘，就得迈动虚弱的腿，走向远方未知的凶险……皮毛上沾着的母亲湿漉漉的体液很快就会风干，很快，就会，忘记子宫里的味道。

多少年以后，她会想念这个村庄吗？想念它古怪的读音，想念春天时漫山遍野的伞状花序，想念那些腼腆又好奇的脸？也许记忆短暂，会沉入河床深深的淤泥之中，像那些远离者所丧失的。毕竟，这里不是她的籍贯和家园，她只是路人。

外婆不动声色地刺绣，沉浸在她一针一线的缝纫之中；她自己衔了半根酢浆草，幼嫩的茎，流出细而弱酸的味道……外婆和她，两个人之间，是真空似的安静。

惊心动魄的瞬间，即将到来。

她感到微凉的风，沿着低低的地面吹拂，似乎暴雨即将来临。甚至不是风，只是隐约的气息。抬起头，在涌动并缓慢下沉的云层之间，出现了移动着的斑点。斑点灰扑扑的，既不华丽也不精湛，看似无序，显得寥落和凌乱，仿佛翻卷的秋天落叶。起初她对自己的发现并无惊讶，继续漫不经心咬酢浆草，舌尖触到披针形的萼片。

慢慢地，她看清了编队飞行的天使。雁阵拉开优美的弓形，准备穿越前方蕴蓄风雷的云层。鸟群组成一个打开的斜角，那个阵形的图案，本身，就像一只鼓翼翱翔的飞鸟……如同每片树叶以模仿的方式纪念整棵大树，每只大雁都成为巨翅鸟的一部分。这是迁徙，这是季节性的朝圣——深埋地下的磁力，指引着候鸟内心的指南针，由此形成这个世界伟大的节律与钟摆。

她没有呼唤外婆，外婆依然感受到传递过来的某种震撼，让她的视线暂时离开刺绣的绷架。她发不出任何音节，突然变成一个哑孩子。她只是目不转睛地仰视，并沉默地伸出手臂，向上指引。她指着神秘而空阔的天际。那个瞬间，鸟群并非排列为"一""大"或"之"那类的简单字谜，而是，组成一个神秘的星座。

她不知道大雁来自什么方向，也不知道它们将抵达哪里，然而就这样看大雁飞过，她内心燃起去远方漫游的渴望。等高空的雁阵远去，她才辨识出，笔画就是一个"人"字。也许一直如此，队形从未改变，只是当她尽力仰头，盯牢无垠的浅灰色中有限的深灰色，对这种奇怪角度的不适和缺氧感，使她眼中的天空多少有些虚幻，使她就像通过火焰上方颤动的气流去观察一样。鸟群就那样，在她的仰望和渴望之上飞翔，以至她在突如其来的慌张与激情中，丧失判断。

那个由翅膀组成的"人"，辐射出强烈的磁力，对她构成难以言喻的神圣的感召。她一动不动地驻足，不能飞，也不能歌唱，她体验着被弃的悲哀。那个奇迹过后，她比同龄的孩子都老了，因为尚还年幼的心脏已体验到无望。

尽管迁徙鸟群只有数十只大雁组成，很快就消失了，但对她来说，那场景依然称得上激动人心，史诗般的壮丽。成年以后，她偶尔重复地抬头仰望，天是空的……童年所目睹的迁徙场面，无声，却在记忆里轰鸣。外婆和自己就像两个濒于绝境的溺水者，仰头，看到穿透海面的万丈光芒。此后，迁徙鸟群成为她的梦境。金色的翅膀形成遮天蔽日的云层，如浪涌，翻滚、回旋、升腾……即使在梦中，她也感到醉氧似的晕眩。

1983 年，江苏

迁飞的鸟，将整个内陆湖区域视作越冬地。

越来越多的翅膀。太多了，在湖面，在滩涂，在岸上的灌木丛里。它们不珍惜地到处停落，像地上轻易生长的块茎植物那么繁密。候鸟多得不像话。她想，这句话的意思是：多得，不像神话。

她在湖面捡拾到第一根飞羽的时候，觉得礼物来自天堂。羽枝排列极其精密，翎管像可食用的糯米糖纸那样，是乌蒙蒙的浅灰色。后来她捡到各种羽毛。冠羽。肩羽。尾羽。饰羽。绒羽。就像毛衣上脱落的线头那么平凡，让她有一丝平静中的惋惜。北方人见到燕子就知道春天来了，在这个南方省份，候鸟来的时候，最冷，沿着湖面漫延过来的寒意，穿透她毛衣上细小的缝隙。

　　湖区位于长江中下游地区，丰富支流灌溉着稻田，也盛产鱼虾。这里不临海，来自远方的鸥鸟也来越冬。鸥鸟像充气玩具似的，忽略体重地漂在水面。不会溺死的鸟，它们会飞、会走、会游，无所不能。它们与别的鸟类不同，恋爱主动方通常是雌鸥，它们在雄鸥身边娇娇滴滴、哼哼唧唧，亲昵地挨挨碰碰，不断对着雄性的下喙轻啄。起初，雄鸥拒绝，但雌鸥仍然纠缠，不断发出邀请，直到雄鸥屈从共度蜜月。

　　她见识过鸥鸟另外的面孔。湖区有个鱼摊，店家用利刀刮鳞掏腹，赤红的鳃、乳白的鳔、灰的胃、黄的肠、黑的胆囊，间杂古怪的铜绿与疮紫……大堆被扔掉的鱼内脏，湿腥地摊开。鸥鸟狂喜而来，又带着狂怒抢夺。它们一边争食，抢掠破碎的脏器；一边凄厉尖叫着相互打斗，冻疮色的脚蹼踩着地上脏黏的暗血。一截鱼肠被鸥鸟的利喙扯到细绳状，直至断开。当饱食的鸥鸟轻盈飞舞，或者一动不动，眯起仿佛陷入冥想的眼睛……她知道，优美背后，隐藏秘密的残忍与不堪。

　　星期二下午学校没课。她来湖边看鸟，有时安阿飘陪她一

266

起来。安阿飘比她大几个月，个子高出半头，几乎是她唯一的朋友。不过，她安静，安静到几乎不需要朋友的地步。

这个习惯从童年和外婆在一起生活的时候就养成了。她们之间，呼吸得比针尖刺破织物的声音还轻，老少就像一对聋哑人那么相处；不，比聋哑人还安静，她们之间没有手势。那是恬静而美好的时光，她的内心就像映出飞鸟的湖。她天生早熟，在童年就拥有沧桑者的安宁。她和外婆在一起的每一天，都地老天荒、梦稳心安。

直到，外婆离世。好时光结束了。她被转移到亲戚家，继续漂泊。

她跟父母见面的机会有限，需要说服自己，说服自己相信她是父母的孩子——这是作为知识，而不是作为常识被她接受的。自从转学到这个省份，她暂时寄宿，半年没见过父母。他们在比候鸟还远的远方，未必守信地归来。她刚刚度过自己的十四岁生日，安静的、独自的、无人知晓和庆祝的生日。她习惯独自消化面临的一切。

安阿飘无所事事地用圆珠笔画圈，无意义的旋转曲线。画着画着，笔不出水了。安阿飘脾气急躁，她握牢涩住的圆珠笔，运刀那样在纸上用力地划来划去。不行。安阿飘把圆珠笔一端探进半张的嘴里，天冷似的呵气。将就着，安阿飘终于画出一只简笔的鸟。

记得和安阿飘一起去果园，她俩专门找那种树下落果多的，说明果子大多成熟，果柄与枝条之间已经松动，不会超过扭动一颗纽扣的力量,果实就落在她们采摘的掌心。她看到安阿飘衬衫上的纽扣松脱,像熟透的果柄。她生涩,不如安阿飘散发水果初熟的微甜。她知道她是一枚被虫子啃过的坏果子。安阿飘有着走起来会跳舞的头发……阿飘也会遭遇同样的事情吗?她无法启齿,只好转眼看鸥鸟的白羽毛,凿子般鲜红、锋利、纷纷的嘴。

……那天,黄昏之后才应聚拢的寒气提前到来。南方的凉冬,她系上外衣顶端的扣子,毛呢织物的微刺,让脖子不舒服。她往回走,才发现自己的短头发在枕骨上方打了结,用手指怎么也通不开。两只手交叠在后脑勺,左手抓住那缕头发,右手的拇指和食指夹紧,生生地,把那个讨厌的发结整个撕扯下来。发结中间的死疙瘩非常紧,成了硬结,周围长短不一的头丝呈放射状散开,就像一枚黑色蒲公英。

几个小时前,她的后脑勺在床单上剧烈地磨砺,甚至让肘后出现两块粗糙生涩的区域。除了皮肤摩擦,还有内伤。她像脊索发炎的鱼,又仿佛身体里横穿一把剑,开刃的血槽把她穿透了。

她那时以为三十五岁以上的前辈都老了,老到足够庄严。成年以后她回想起来,那个叔辈当年四十多岁。往事中的人在她的回忆里继续生长,外婆长成神灵的样子,那个叔叔长成幽灵的样子。关于那件事,她做过几次梦。微笑的邻居叔叔,暴露他隐藏在剑鞘之后赤红的凶器。叔叔像个凶狠的打铁人,遭受锻打的,是没有反抗的她自己。梦里的铁匠带着强烈的口臭,用老年的猥琐，释放他不能平息的情欲。她惊悸醒来，睁开眼睛，就从那条半梦半醒的裂隙之间跌回真实的十四岁。叔叔富有操作经验，却无法自由滑动，因为她太青涩；所以他只能像慢蛇一样，以摩擦前行。他身体前行的每一步，都是她每一厘米的黑暗。

坚硬而对称的壳里，柔软中的疼不止不息。她无动于衷，不会对谁哭诉，保持贝壳的守口如瓶。离开之前，老叔叔把嘴印到她的额头上。他的嘴，鸟喙那么硬。她的十四岁已经有了不能说的秘密，并且被封存，上面盖着一个沾了唾液的死印。对老叔叔来说，那或许是近似小钱的吻；对她来说，这笔小额的债，不知为此要背负多久的利息。

十四岁的她缩在小床上，遭遇此生第一次失眠。躬起身子的虾，貌似披坚执锐，她的肉体其实是一团黏稠的胶状物，寒硬。那个夜晚，像一只倒扣下来的钟，沉得窒息；她是隐匿其中的钟舌，几乎不呼吸，她只要一动不动，世界就停在喧响之前的一刻。

就在肋拱的底端，下陷的腹部侧缘，她的胃灼痛。她没吃晚饭，只咬了几口冷水果。她尝试，消化胃里不适的食物和疼痛。鸟类有两个胃。第一胃，也就是前胃里，化学酶非常强烈，腺体能将食物粉碎，甚至溶解猎物的骨骼。第二胃，又称为室胃，人们更常用它通俗形象的名称——砂囊。它是复杂的研磨肌，起到"牙齿"的功能，砂囊内鸟类吞食的石英砂等粗颗粒，能将钢针和胡桃壳磨成糊状。她必须让自己相信，之所以胃疼，是因为她的肚子里有牙。

有些雀类咬碎种子，它们的喙能够产生四五十公斤的压力，这对于体重只有几十克的小鸟来说非比寻常。为了减轻重量，鸟类的牙齿退化，靠强烈的化学物质来腐蚀、加工食物。只有刚出生的幼鸟具备卵齿，在喙尖突出的位置，啄破蛋壳后自动脱落。那就咬吧，咬破关在蛋壳里的自己。假设雏鸟没有及时见光，它就被彻底封死在黑暗里——它将永远紧闭青紫色眼睑下的世界，带着汗湿的永远不会为飞翔而振动的翅膀。她对自己说，没关系，她什么都能吃下去，什么都能消化。

类似的事发生数次，邻居叔叔叮嘱：谁也不能说。

她没说，无论是对亲戚，还是唯一的朋友安阿飘。猫头鹰把消化后不能吸收的皮毛骨头等杂质，混成团状呕吐出去。她不能，与自己草食动物的属性一样，她能够反刍，却不能把它们当作唾余，扔到远离自己的地方。那些羞耻与恐惧，她的一生或许都会如此：难以消化，也难以启齿。

她早晚会鸟一样远远飞走，邻居叔叔猎隼般锋利的钩爪再也不会握牢自己柴枝般的手腕。十四岁的冬天，她瘦得就像只大鸟的骨架。鸟类的骨骼中空，以减轻重量飞行。她知道在远方，军舰鸟的翼展宽阔，这种海鸟的骨架竟比它的羽毛还轻。鸟骨充满气体的腔隙，形成蜂窝状；中间坚硬的骨柱，使鸟骨既轻巧又坚固。她想自己一旦飞走，再也不会回来。

失眠之夜，她看夜空。她看不到童年曾目睹的迁飞鸟群。但她通过科普书的阅读，得知许多鸣禽白天进食和休息，选择凉爽的夜晚飞行。夜幕中很难观察到鸟群，只能偶尔听见啁啾之声。当它们掠过月亮，才能被看到。事实上，观察月亮是统计鸟类迁徙的方法。手持望远镜，怀着持久耐心，你一定会看到候鸟掠过的翅膀。中等倍数的望远镜，也会显示足够的细节。

鸟群流星般，滑过幽寂的天空。远远高悬于头顶的，是天鹅、燕鸥、斑头雁和绿头鸭映射寒星的瞳孔，是它们小提琴般伸长的脖颈，是迎风呼啸的翅膀……洋流般，有力而汹涌。即使迁徙对劫掠者来说，意味着铺张而尽欢的宴席。所谓盛宴，由华丽与牺牲构成。猛禽占领路线上的重要位置，开始暴徒的嗜血生涯。它们微驼，含胸，淡漠凶悍，生冷不忌。在天空盘旋，它们拥有魔鬼的自信，随时撕碎猎物的胸羽和心脏。然而，密布的暴力之上，是更大的不可遏止的美。神从不省俭。星空的珠宝盒已逾出奢华的形容，抵达无限。亿万颗组成的星团，呈螺旋形；远渡千山的候鸟就在螺旋形的气流中，缓慢而完美地，旋飞。

1996 年，北京

北京人喜欢养鸽子。她记得自己刚刚从江苏返回那年，每天都能听到鸽哨，看到一个男人舞动木棍上的红布条，指挥和部署他在天空的鸽子。

有只鸽子总是落单，在窗外的平台停落，似乎是专门来窥视她的。它有着晶簇般狡猾的眼睛，以及脖颈上贝母般隐约的晕彩。雨水在凹槽里聚积，鸽子一小口、一小口地喝，频繁低头，又抬起，脖子一梗一梗，微微抖动喉部。涟漪荡开，鸽子的喙落在一组荡开的同心圆的靶心。鸽子东张西望，中途，像被自己的倒影吓着，参了两下翅膀。它的脚和尾巴末端，都浸在极浅的铅灰色水洼里，像海绵吸收混浊的液体。有时，鸽子不知用剩下的时间做点什么，左腿紧收在腹部，就这么不可思议像截肢者似的呆立。很长时间过后，它才醒悟似的飞走，影子像块飞快擦过的桌布。鸽子紧张而局促，被追赶似的抖动神经质的翅膀，看不见了。

回到北京，回到自己的出生地，她用了十五年的时光绕了一个圈。她的记忆里除了那个安静的山谷，那个泥泞的小城，还增添了有轨电车、空旷的天安门广场和北海绿荫中的白塔。她靠着院门的抱鼓石，听胡同里的小孩子安安静静唱那首童谣："小燕子，穿花衣，年年岁岁来这里。"无人的时候，她也悄悄唱过几句，胸腔里发出的声音令她陌生而沮丧。她正式回家，是因为，要逃离黑暗。因为她银器一样干净的脸，正在时间中黯淡。

她曾独自承受羞耻——叔叔的犁，数次开垦在她身体荒凉而坚硬的冻原上。她感到恐惧，仿佛听到蛇的密语。如果她是蛇的敌人，将成为毒液下的牺牲品；如果她成为蛇的朋友，将被驱逐出上帝的乐园。她不知道怎么办。

据说，红头美洲鹫的嗅觉十分灵敏，可察觉腐肉中散发的臭气。工程师假如在输气管道中放入一种叫乙硫醇的化学物质，很快就能在它们盘旋的地方发现渗漏。安阿飘的妈妈就有这样一双猛禽的眼睛，以及辨别不洁气味的嗅觉——她查究出了情况，使之不再是秘密。

如果秘密只是秘密，谈不上羞耻，除非它被公布和放大。不伦的性侵或者苟且，这个消息很快扩散。没有什么法律惩罚降落到叔叔那里，但她，再也洗不干净了，败在自己的脏身体和坏名声里。没有外婆和父母的庇护，她只有独自面对比童年时更大的洪水，渐渐困陷沼泽，方舟也不能救援，因为她已身置泥泞，无法划开桨叶。她不是飞鸟，不是。只有鸟，能够从灾难中逃生，它的翅膀就是自己的方舟。

与其说她是为了躲避丑闻，不如说，她是作为丑闻回到北京的。父母痛悔于自己的失责，甚至调换工作，把她接回北京，为了让她能以陌生者的面孔开始新生。她得学会幼雁那样的逃生。为了避开天敌，白颊黑雁在峭壁上产卵，筑巢地点高于地面二百米。出生几天的幼雁就要主动从悬崖跳落，它必须用柔软的腹部着地才能不摔断脖颈，必须用稚嫩的蹼足迅速穿过危险的岩滩，才能到达河边的庇护所。她必须从不堪往事中陡峭地下降，尽快把自己藏匿起来。她隐蔽来路，像一只蓄意忘记故乡的候鸟。

刚回来的时候，她不出门，跟父母也不交流。传播中的丑闻，使她成为一个自我价值遭到贬低的少女。奇怪，她觉得被父母知晓比起这件事情本身，更让她觉得丑陋。生疏的父母对她来说，既是遗弃者，又是拯救者。然而，她不再是孩子。她懂，如同叔叔对她的摩擦和开掘，父母同样苟且，自己的生命正是来自这种苟且。作为成人，父母使用自己的身体。无损尊严，不必抱愧。她呢，洗澡都不看自己，像盲人处理自己的甚至感觉是别人的四肢。梳头她也不照镜子，不看自己的脸。该剪头发了，现在长度尴尬，放下来嫌长，梳起来嫌短，可她不愿出门。得用满头卡子，才能管住那些像漫画人物头顶光芒那样朝着四面八方生长的碎头发。狠狠地，她用皮筋把头皮和头发勒紧，眼梢都吊起来——京剧演员那样的眼梢，活像风流树下的桃花鬼吧？勒得太紧，她额头附近生疼，疼得梳好头发又马上摘下那些卡子……一根一根地取出头发里的细铁丝，像从一个针垫上拔针。她应该承受日常的警示和惩罚。其实，只要还处于父母保护的羽翼之下，她就没有真正摆脱自己的羞耻。

那个侦探似的鸽子，每天嘀嘀咕咕地来访，直到她习惯它的监视。她不喜欢鸽子。如果从归航意义来说，鸽子是行程最短的迁徙者；短得，更像是真正迁徙的模仿和反讽。鸽子偶尔远航，只是炫技，并非出自内心渴望——鸽子更多体现出留鸟的自得。鸽子仓皇，她不喜欢那种凄厉的啸音、警笛般的哨声。以前在湖北，她想等回北京就解脱了；现实并非预想，她没觉得有什么不好，也没觉得有什么好。多少人心怀梦想，终其一生，不过在小半径里盘旋，模仿着迁徙，不过是鸽子的命运。鸽子在图片上象征美好与和平，可如果你从高处观察广场上停落的鸽子，灰的白的……就像有谁倒了碗剩饭，一副不堪的庸相。

餐厅，脆皮乳鸽。死去的小鸽子，焦糖色地跪在盘子里，散发金黄的色泽和隐藏在肉香里的腥味。或许，这就是她的形象：发光的青春肉体，以及该死的命。她用牙齿撕咬年幼而熟透的那些肉，把它们啃得干干净净。她看着盘子里的骨头残骸。合成"V"形的锁骨卡在胸骨上，形成鸟类特有的"叉骨"结构。鸟的锁骨所占比例要比人大多了，而且越是擅长飞翔的鸟类，锁骨越发达。经过长期舞蹈训练的姑娘，都会拥有优雅的平行锁骨，她们再轻盈也不会飞。她的锁骨不好看，相比之下更近"V"形，可她不仅不会飞，走起来都踉跄，甚至需要停顿下来掩饰自己的匍匐。她拿起高耸的片状骨：这个沿胸骨中线的突起称为龙骨，固定着对于起飞来说至关重要的胸肌。龙骨显著、突兀、坚硬，状若袖珍的斧刃——原来，鸟类和她，都在自己体内埋了利器。

她用了很久来拆除体内的引爆器。有时候，她觉得把引擎也拆了，自己活得就像一具整洁漂亮的尸体。由令人恶心的蠕虫变出来的蛹，一动不动，被时间捆绑着，全身勒痕。昆虫从幼体到成虫，不仅体积变化，重点是要长出翅膀。她，无法长出可以飞的工具。后来她迷上了夜跑。飞翔，双脚离地……唯有奔跑与飞翔相似。无数次，她飞也似的奔跑，像逃命的姿态——似乎大地有根，有垂直向上的箭镞。

漫长而艰难的消化，使她爱起来相对困难。她比别人付出更多，才能接受一个有温度的嘴唇和一个有重量的胸膛。爱催生了自卑，她甚至怀疑和自暴自弃。后来她交付了自己，因为难以忍受情感的压力。爱情就像体内的叶绿素，没有它，她无法完成光合作用，无法生成自己的氧和枝叶……这意味着，所有闪光的东西将对她失去意义。而她愿意熄灭所有的光，让他的黑暗主宰，让一切，如夜晚盛纳万物。躺下，用她身体的缺陷迎接陌生之物和未来。当他试图用自己的钥匙，打开她习惯紧闭的锁孔，独特的撬动使她发出呻吟，就像锁孔里发出微弱扭动的咔嗒声。打开了，她的身体以及其中闭锁的秘密。她记得在他的鼻息下自己发丝的颤动，记得自己发出幼鸟一样尖声而变形的鸣叫。华丽之鸟，羽毛闪烁着矿物质般不可思议的鳞彩，相互哺喂，将喙置于对方的深喉……浑身频颤，有如交配。他喂她爱情的粮食。

直到图穷匕首现。

丘比特让人中箭，哪有不流血的道理。什么是感情？不过是浪费的时间里，说过的那些废话，干过的那些蠢事——那些无能为力又享乐其中的沉陷。等时过境迁，谈起所谓旧情，多少人敷衍地感叹，它还会被谁认真地怀念？"爱"，这个字，有时近似荒谬的修辞。可她，就是无以解脱，震惊于意外的结局。她在自己的迷宫中，在看不见的深处，连枝带蔓地疼。

疼，作为遗产保留了下来。当她躺上羞耻之床，再次分开蚌壳般闭合的部分……听任探测者打开光线，照射秘密的溶洞。她打开体内的墓穴，迎接崭新的死者。通过流产手术，她成功杀死自己的孩子。在一棵核桃树下埋葬了胚胎，她发出指甲般尖利的哭声。她只哭过一次。沙漠是枯死的涟漪，她的眼神如雾如烬，那不过是爱情最后的骨灰。

北京成为新的伤心之地。之后，她极端而决绝地处理了自己，远赴他乡。因为他在北京，这里就不再有她的立锥之地。

月亮啊月亮，就像一只放旧了的地球仪，她要跟随自己笨拙转动的手指飞到人们看不见的背面。无论彼岸有什么。留下萧索的掠食者和它们饥饿的肠胃，她要飞远，哪怕远方埋伏敌人。

2005年，加拿大

她喜欢鸟群迁徙的纪录片。鸟群移动，像飞在天上的魔法织毯。缤纷而辽阔的大地图景，收拢在鸟类的俯视里。斑头雁飞越缺氧的高寒地带，飞越喜马拉雅的雪峰之巅。雁阵拍打翅膀所产生的气流，可以托起队尾的末雁，即使它气力弱，也能在集体帮助下抵达目的地。黑雨燕不知疲倦，离开鸟巢前往非洲，然后折返欧洲，它两年不曾驻足，饮食、睡眠和交配，全部在途中进行。

她还喜欢阅读科普读物。中文的。她的英语水平足以处理日常，不够应对术语。她从一本中文鸟类图谱上读到震惊的内容：如果自身的燃料不足，鹬会在飞行中自残，食用自己的肌肉甚至内脏，以求抵达繁殖地。从常识上判断，她认为这不可能，怀疑是译者之误。从另一本书上找到的说法更可信，佐证鹬鸟的魔术如何施展：长途迁徙之前，它们大量进食，体重倍增，样貌并不发生变化，因为它们可以通过挤压内脏的办法来腾出空间储存脂肪。看来内脏体积的减小，是因挤压而非食用。不到二十年的寿命里，这种鸟的飞行距离相当于从地球到月球。它们不停，飞翔如同呼吸。

鸟类里，她有点怕信天翁。

信天翁天使般宽阔到失衡、舒展到平衡的翅膀，体现着波澜壮阔的美，以及不能被阻挡的狂野自由。年幼的信天翁会用三年时间飞越大海，不着陆。飞行中的肌肉日益强健，硬得仿佛是骨骼的构成部分。有个新西兰的留学生，曾经送她礼物：一只木雕信天翁，可能出自旅游纪念品商店。信天翁本身就是一种最像木偶的鸟，脸像木头雕刻的，还有浅肉红的嘴，以及苍白的脸上一双不会转动的眼珠。信天翁模样简单，表情硬邦邦的，或者说就没有表情。尽管信天翁的翼展能像三折伞那样便携地收起，她仍把它视作僵硬之躯。

这些不是理由。她怕信天翁是到加拿大以后的事。因为名字的巧合：信天。

作为师哥的信天与她大学时就认识，在温哥华重逢。信天是个书呆子，绰号信天翁，长得就像信天翁那么木呆呆的，也像信天翁那么勤奋刻苦。读书时候，他住在图书馆，几乎不需要宿舍里的睡眠。信天一直是受苦的命，但这份苦，使他越飞越远。他没想到，自己远到不能张开和收拢他的翅膀。他抱有知识分子的偏执，遭遇数次不公待遇，他历尽周折，破釜沉舟，斩断所有退路，毅然移民北美大陆，发誓不让孩子重复自己的挫折。他的女儿，必须拥有美丽且自由的未来。

为了孩子。他忍受不了中国的教育，"不要跟陌生人说话"，这样的声音，在家庭，在候车室，在学校的辅助教材，堂而皇之地出现，大家习以为常，几乎当作行为典范。"不要跟陌生人说话"，这是我们从孩子就开始的教育失败。我们太精明了，话说得那么明白，那么透。透心凉的透。他要让自己的女儿获得保障一生的温情。许多人像信天一样，由于财富、雄心、恩怨、灾难等各种原因，他们放弃乡土和祖国，选择移民，前往梦境中的理想国——他们把那里认作精神意义的故乡和理想意义的彼岸。

刚移民时，信天孜孜不倦地对亲戚介绍温哥华的空气、食物、自然环境和人文环境，他有着原住民似的骄傲感，不在意自己正激起听者秘密而强烈的反感。可惜，他后来没有获得天堂般的日子，过得不好。信天没有找到合适的工作，失业数年，被迫放弃专业，从事他并不喜欢的体力劳作：餐馆侍者，车衣，从事超市仓储或收银。

她理解信天，来加拿大时，她也经历过不容易，连成为合格侍者都难。她记恨那个台湾常客，餐桌上永远只要一碗汤，而她渴望小费。她自己不会到外面用餐，去超市她只买最平常的食物，不敢尝试最安全的冒险。色彩斑驳的豆子，长得奇怪的朝鲜蓟，易拉罐里气味汹涌的饮料，她猜不出它们的味道；后来，连好奇心也失去了。她只吃最基础的食物，选择最廉价的品种。

物质上的紧张出自现实压迫，但也不全是，深层原因是：

心理上没有安全感。她并非受洗的教徒，但专门去过几次教堂，希望求得宁静与安慰。需要深仰，才能看清教堂穹顶那些悬在高处的灯盏。人们需要形而上的指引，否则自重就令人沉陷。她为什么喜欢飞鸟？因为它们用自己的翅膀钉住天空，保持人类仰望的高度；假如失去天堂，我们的世界不会成为替代的天堂，而是被坠塌下来的天堂，直接，压进地狱。

她后来没有再和众人一起祈祷。一方面，因为宿命。她觉得要上帝均匀地溺爱每一个人，本来就是对神的苛责，相当于要上帝管理的每一滴雨水都落点清洁……有些雨注定要落到花瓣上，有些雨注定要落到泥浆里。另一方面，她发现，有些教徒来到华人教区，并非出自信仰的需要。貌似虔诚，他们不忽略任何一次礼拜，但对教义的理解却模糊、陌生，乃至兴趣寥寥。这些华人移民在教堂聚合，是体面、快捷又功利的社交手段，他们希望从彼此那里获得一些嫁接当地生活的便利。当什么也抓不住的时候，同胞的黄土肤色，变成了彼此的乡土颜色——其实这种来自母语的安慰，不过是停留在语感和语气助词的安慰。每个人都在自己的困境里，孤立无援地作战。

经过努力，加上运气，她的处境得到好转，就像抵达终点的候鸟生活在迥异从前的环境里。信天呢，没有抽中命运的彩票。他预感自己将成为科学家，没想到，沦落到不需要头脑，手脚却不歇息的劳碌里。在温哥华，人到中年的他甚至不能获得沉稳的夜晚，失眠严重。当初信天移民的信念，是为孩子。他后来一无所有。关系疏离，离婚后的信天与妻女联系极少。

她和境遇困窘的师哥见面，请信天喝了一杯咖啡。看不出什么异常，他照样是信天翁那样缺乏表情变化的脸。提及妻女，信天并不避讳和难过，仿佛适应了孤寂。她喝了一口拿铁，看着咖啡上奶泡拉花的图案，不是树叶或卡通心，更像一个轻微不对称的臀部。这就是变形的享乐。她对信天，觉出无话可说的尴尬，她想：我们都有铁打的心肠、纸糊的自尊。

没想到，那是最后一次见面。数月之后，信天给自己买了最贵的机票，飞往度假胜地。回来以后，他自杀了。他从高楼跃下，完成叹号一样的死亡。像希腊神话中的伊卡洛斯，飞得太高，蜡翼融化，他从靠近太阳的地方坠入冰冷的深海。

她看到新西兰皇家信天翁中心的纪录片时，感到头皮发麻。那是令人密集恐惧症发作的奥塔哥半岛，草坡、悬崖、游客的汽车以及供他们短暂停留的椅子上，到处是海鸥，身影、叫声、羽毛以及粪便。下一个镜头，是信天翁，孤傲远飞的信天翁。她回忆起死去的信天，这个名字，象征宿命的绰号、就范的命运。这部纪录片在数日之后给予她一个怪异的梦。大量的死鸟从天而降，没有一只砸中她，她就像毒后，穿着猩红的衣服。她辛酸地看着那些羽翼巨大的鸟，它们曾高飞的翅膀上端拱起宽钝的角……现在遍地鸟尸，她站在一堆弯折而破旧的伞骨之间。

信天死了。信仰的灯塔照耀，他向着光源走在触礁的路上。他走了那么远，飞了那么远，被拖行了那么远。如果说迁徙，是壮丽而不倦的朝圣队伍……在这个队伍中，有些，将成为献祭。除了事先到安息之所默默离开的鸟，也有鸟只死于飞行途中。飞着飞着，就垂直掉下来，像从天堂里扔下一块诅咒的石头。这个世界，无处不牢笼，黑暗天花板上的星星满含锈迹。死去的鸟，没有飞进它的自由。

据说，信天的骨灰是装在一个饼干筒里偷偷运回国的。他的母亲，不忍儿子装在托运箱里被忽略、被检查、被惊扰，坚持把他放入随手的行李。变成骨灰的他这么轻，信天离开世界的时候比他来到的时候还轻，似乎通过此生，他还回了什么欠下的东西。但愿信天在曲奇饼的奶油香里，能获得一个平生难得的珍贵睡眠。

至死也没有得到女儿的安慰与怀念。信天把自己千难万险地运抵死亡之地，像千百万溯游鲑鱼中的一条。他的女儿由此更换母语和信仰——习惯黄油、面包和牛排，热衷跑步，让粗砺般的阳光把自己晒成麦色，给予陌生人善意，成年以后远离父母。许多移民当初都是为了孩子，为了这些不再与他们相认的孩子。为了下一代，牺牲自己——这是鲑鱼的命运。

鲑鱼有着炯亮却愚痴的眼睛，季节一到，它们在各自家乡的河口聚集，溯游而上，寻找童年铺满沙粒的河床。体内的脊索就像一根颤动的磁针，校正它的磁极和方向。倔强的鲑鱼不断摆动鱼尾，直立起来跳跃，像水中的芭蕾舞者，不断从湍流和瀑布中跃起。经游浅滩时，水面可以看到它们宽阔的背脊，以及马达般有力击打的尾迹。为了抵达繁殖地，鲑鱼经历急流险滩，经历一路的牺牲。沿途布满猎食者，水里的，天空的，甚至还有陆地上的熊。雾气弥漫的早晨它们就来了，悬垂的水滴和升腾的热量从熊粗糙的毛丛里散发出来。可以说熊是个粗暴的食客，也可以说它是个精细的挑剔者——熊喜欢浪费，它撕下并享用湿亮的鱼皮，剩留大量鱼肉。被剥了皮、肢体也残缺的鲑鱼仍然活着，受尽折磨才被允许去死。微弱而细小的水流，从鲑鱼闪耀的鳃盖里渗出，暖杏色的肉体暴露，像树木有着涡流状的年轮，记录它们渡过的江河湖海。

能够抵达洄游终点的，都是幸存者。

雌雄排卵排精的瞬间，彼此大张布满刺齿的嘴，在高潮中排出发亮的卵粒和精虫。胶囊一样的受精卵粒，是鲑鱼遗留在世的珠宝。为了这些致命的珠宝，它们耗尽最后的气力。矿物石英般闪光的大鱼，产卵后老化得非常厉害，甚至活着的时候就开始腐烂，沉入同样脱落鳞斑的陆续死去的尸堆。

她到北温区的鲑鱼繁殖中心，目睹艰难迁徙之后的死。自从克里夫兰水坝修筑起来，鲑鱼无法越过大坝抵达产卵地。鲑鱼繁殖中心，所谓更好地养育下一代，意味着这一代鲑鱼更悲剧的死。千难万险洄游的鲑鱼，甚至得不到腐烂中静悄悄的死。人类摧毁鲑鱼原本就谈不上美好的蜜月，"生殖工厂"取代了它们临终的身体狂欢。

人们用肘部夹住婚鱼隆起的额头，一只手固定鱼身，另一只手沿腹腔推挤，混合血色的精浆从泄殖腔里排出。对雄鱼不算粗暴，人们直接用利器剖开雌鱼的腹腔，长长一刀，几乎从下巴滑到尾巴……大团晶莹的卵粒，就像卡车卸货一样从腹切口里滑落出来。戴着橡胶手套的工人，搅动肉馅般搅动盆子里的精卵，完成速效的交配和受孕。粗粝带血的暴力婚配，不需要调情和审美，不需要它们婚礼的彩虹体色，不需要肢体的颤抖和悸动。鲑鱼在自然状态，受精卵成活率低，人工可以把生存概率提高到九成。幼鱼将在水池，或者塑胶袋和聚氯乙烯的管道里，度过自己作为产品的童年。鲑鱼在繁殖中心产卵，提供人类愿意看到的节目。实际上，鲑鱼被改变了家族的遗训、旅行的终点、告别的墓地……死亡的时间提前，鲑鱼死于尽头之前的自己。

庄子写鲲鹏，是由大鱼变成的巨鸟……鸟是游在天上的鱼，鱼是游在水里的鸟。骨灰已运回故乡，信天算不算一只归心似箭的鸟、一条叶落归根的鱼？他移民，斩断退路，横刀一命，只为自己看不到的未来；他挣扎，放弃希望，横刀一命，只为自己不再看到未来。他的血，不能改变太平洋的咸度，就像候鸟的翅膀无法改变风向。

2014 年，北京

服务员戴着尖顶软质的红帽子，步履弹跳，为她端过一套简餐。圣诞节，商场底层的茶餐厅里，重复播放圣诞欢歌。落地窗上，挂的雪花装饰物，直径达至一米，这些由毛织物构成的六角形，边缘缀着银丝绒，逼真模仿出晶状物上的寒霜。食客脚下堆积着大大小小的购物袋，空气里飘浮着即时酿制的人造欢乐……像啤酒模具那样有着永不破灭的泡沫。在东方和西方，在北京和温哥华，圣诞节变得一样热烈。不过，此时的圣诞节，蜕变为盛大的商业促销机会，无处不弥散着欢快的钱味儿，似乎信仰也能变成一本万利的生意经。

她在北京逃避过年少时期的黑暗，在北京忍受初恋的惊心动魄与万念俱灰，在北京读书和工作，但她从来没有对北京产生故乡的情怀。不过，哪里又让她有过归属感呢？和外婆共同生活过的村庄，那个留下耻辱的小城，还是鲑鱼巡游的异域他乡？她和地理意义的联系微弱，不生根的，童年、青春期和成长期都在流浪里。当她成为离群孤雁，反倒有一种宿命之后的坚定。

当年北京留给她的印象，谈不上美好或不美好，只是日常状态的磨损。拥堵的早晨，人人行色匆匆，赶到某个地方去支付自己的体能与热量。头脑、手脚、腰肢或脊背，我们总要出卖身体的某一部分，才能换取把整个人都塞进去的立锥之地。十年后，到处还是追赶的人，追赶公交、艳遇和致富的机会。不能停，停下来就成为遗落站台的落伍者，成为被明天抛弃的弱者。

其实变化真大啊，北京。豆汁变成咖啡，提笼遛鸟变成手游里的宠物和精灵，京剧脸谱变成日韩风里雌雄同体的眼线与唇红，青砖灰瓦的四合院变成玻璃幕墙的摩天大厦……作为国际都会的北京，是否在城市群中沦为分母，沦为雷同的无数中的一个？

她曾听一位旅美老作家聊天，老人家清瘦、沉稳，在国外多年，依然保持着清晰的乡音。他生于 20 世纪 30 年代的北平，他回忆当年，北平的普通百姓，哪怕引车贩浆之流都颇识礼数，几乎听不到脏话——那极为不体面，人们耻于为之。他认为，这是因为北平数百年的帝都史，士大夫阶层的礼仪已经沉降到社会底层。内圣外王、修己安人、温良恭俭让等被普遍认同。伴随消失的青砖灰瓦，老北平如今是记忆里的一座遗迹。现在的北京街道，满耳就是"操""丫""屌丝""逼格"，脏字用于频繁的日常交流，从市井口语到话剧台词，它们出现得就像标点符号那么自然。北京丧失了……它曾经讲究的老灵魂。

就像池塘养不起鲸鱼，北京被称为城市森林的树丛养不起大动物。雾霾低沉。她的一个朋友出国前从未在北京驻留，快二十年了，他决心弥补这一课。没想到抵达当晚，他的眼睛和嗓子极不舒服，雾霾几乎诱发他的哮喘。为了预防病症，他乘坐第二天早班飞机匆匆逃离。他要回到河水浩荡的故乡——那个当初他死命逃开的地方，现在为了救命拼命赶回去。当然，没有哪个故乡能与天堂媲美，否则我们就不曾远离；也许故乡与天堂的相似之处在于，只有远离才能发现它的美，就像站在大地上才能仰望云层。

等她的朋友赶回故乡，记忆里的田园消失。水，早已在河道和村民的嘴唇上一起干涸。没有野花、果实和溪流，稻田里丛生杂草，青壮年离开了，留下的老人都在睡觉。没有劳动的体力和期待的热情，无所事事……整个村庄都在睡。生死恍惚，垂暮者提前躺了下来。

同样的失望，她体验过了。妈妈病逝之后，世间大概只有她记得外婆的生日，她一直把这个数字当作行李箱的密码。如果外婆活着，应该有一百岁了。她突发奇想，在外婆生日那天，回到了自己曾经和外婆一起生活过的地方。

面目全非，像是一场骗局。山被炸碎，为了攫取零碎的建筑材料。穿过村庄的河，那是长江无数支流中的一条，当然不见踪迹。长江，起自巴颜喀拉山，直到经济繁华地带的入海口；从众神仰望的高地，到众生喧嚣的冲积平原……长江经济带是全球重要的内河经济带。没有哪条河像长江这样，从远古走到现代文明的核心区域；也没有哪条河像长江这样，被改造得千疮百孔，剥夺得面目全非。城市化进程，如同一场告别故乡的迁徙。据说 2013 年，中国城市人口已超越农村人口。一个延续几千年的乡土中国，渐行渐远。"故乡"，这个含情脉脉的词语，内涵被改变，甚至从地图上被抹除标记。

像倾巢下的幼鸟，农民离开田地、老屋和亲人，走向远方的灯火。在乡村路上辗转，在生产线的履带上忙碌，在高速公路上奔行、运输……禁止调头！哪里才是故乡，哪里才是彼岸。不停地走，他们没有世亲和宿敌，一生命运悬系于陌生人之间。可以依靠脚旗、颈环和翅标，来跟踪和记录飞鸟；可这些离开家园的人，如何判断他们的过与往，能否从他们脏脸上的泪痕看到泥色的河流，从他们荒腔走板的口音听出籍贯和家谱？

母亲喂养我们年少的胃，故乡的山河喂养我们的往事——这是爱国主义产生的基础。我们曾把营养不良的土壤当作贫瘠

的故乡来热爱，可现在，我们难以找到整体的故乡，只剩破碎的土粒。家族、环境、习惯、风俗和传统，靠一代代人来存储和延续；当记忆遭到撕裂和洗除，出现难以逾越的代沟和断崖，某种秘密的遗传密码被篡改了。无论是乡村还是城市，难以记得自己昨天的脸。包括北京。

因为洪水和泪水，因为求学和求生，因为逃生和谋生，因为被动和主动；也因为羞耻和遗忘，因为挣扎和受挫，因为绝望和梦想……她不断离开又不断出发。她走过的地方，从乡村到城市，从祖国和异域。有些山清水秀之地，被水泥、塑料和垃圾填充；有些山重水复之地，被闪烁灯光和不熄渴望点燃。梦境中她会混淆母语与英语，现实里她会模糊故土与异乡。她觉得这一代人渐渐丧失了乡愁滋味；瓶装水的普及，使水土不服不再存在。人们不再需要故乡所代表的归宿，像候鸟在孤独的飞行中忘记方向。伤感徒劳，连地球都在宇宙中迁徙，在黑暗中沿着轨道失重地飞行。

第二天，她就会登上返回加拿大的飞机。来去匆匆，往事纷乱，却雁过无痕。像电视里有关迁徙的镜头，到处是密集舞动的羽翅，铺天盖地的鸟令人眩晕……节目结束，只留下斑点频闪的屏幕。这就是她的回乡，天空，空了，像一张曝光过度的相纸，只剩下黑白灰。

像倾巢下的幼鸟，农民离开田地、老屋和亲人，走向远方的灯火。可以依靠脚旗、颈环和翅标，来跟踪和记录飞鸟；可这些离开家园的人，如何判断他们的过与往？

是否她的心境与季节有关？这个纬度的冬天难免萧索。当春天如一只巨翼的候鸟飞回，她也许会重怀期待。

她知道，至今北京残留的古建附近，依然麇集燕子。燕子勤勉，衔泥、筑巢、哺食、生育。喉部像颗毛茸茸的杏子，小而强反光的眼睛隐匿在阴影里……燕子凄厉地鸣叫、翻飞，尤其是在暴雨之前。它们有着低频听觉，小巧的耳道能感知遥远之外的风起云涌。成年燕子有着幽深的钢蓝色、尾部的镰刀弧度；而刚出生的幼燕，嗷嗷待哺，张大嘴巴时，可以看到它们鲜艳的喉咙——那种黄色，通常是人类用来表示紧急救援的。每三只燕子中只有一只，能得到繁衍后代的幸运。

这些热爱童年和故乡的小精灵，去过哪里，穿越过风暴中怎样的闪电？燕子的体量，相当于一个孩子的拳头，削薄的翅膀既锋利又脆弱，难以想象它们经历的风浪。燕子在高压电线上休息，诗人描绘它们像五线谱。其实是由于很少着陆而只留残根的腿，不适合平地站立，燕子的短处暴露无遗，它们从天才变成残疾。

飞起来迅捷、走起来笨重的燕子，像她自己。每隔几年，她就改换生存环境，以至于她分不清，到底出于被迫还是惯性。她对远方保持谜语般的好奇，缺乏留鸟的忠诚。一成不变的生活甚至让她感到隐隐屈辱，她不能忍受，仅仅是地心引力，就把自己变成一条拴在链条上的狗。有一年脚踝受伤，她愣是拖着撕裂的筋腱，瘸脚去了一趟南美洲。朋友们嘲笑，可她把自己当成一只被捕获的鸟，把踝骨处的护腕当成一枚金属环……

290

佩戴环志，是研究鸟类迁徙的常见方式。如果现实中不能疾走如飞，她就把飞当作自己的行走方式……人们说的遥远，看我飞翔。

每个人都向往变化，每座城市亦是如此吧。从飞机舷窗凝望北京，她发现璀璨灯火组成的图案，充满直线与横线、竖线与斜线，像插满蜡烛的生日蛋糕被划开数刀……但愿，切割使人们得以分享美味。她向后仰靠，北京渐行渐远。美妙在于往返之间，无论离去与归来，她都愿相信，远方的地平线上，有个发光的降落点。

坐在飞机上，她像骑鹅旅行的少年。机翼发出脉冲式的红色光闪，间隔的瞬间照亮周围一小团的雨，看上去就像一面磨损过多的玻璃。她想象，无数候鸟秘密地在高空潜行，它们飞得如此盛大又如此安静，如同缓慢移动的整个星空。星空，也像铺天盖地的候鸟群，金色的翅膀擦亮黑暗……我们忽略了日常生活里的奇迹。

种子、候鸟与漂泊者，他们抵达远方，是为自己创造一个可以回忆的故乡。落叶才能归根，浪子才能踏上回头之路，她走了这么远，为了让翅膀得到极致的体验。穿越昼夜和风暴，作为候鸟，她不能回头，只有抵达终点才能折返，甚至才有机会体会浅尝辄止的悔意。她默默地调整手表的时差，逆时针方向转动，指针像溯流而上的鱼。水流如同时间，打在洄游鱼脆质又倔强的头骨上。

2016 年，肯尼亚

不止飞鸟。迁徙，是天上的事情，也是大地上的发生。八月的非洲，她去看动物迁徙——它们从坦桑尼亚的塞伦盖蒂草原，进入肯尼亚的马赛马拉。

满满都是集群的食草动物。长颈鹿，原始、华丽又优雅。斑马，经典的黑白配，形成令人眩晕的几何之美。转角牛羚的体色是铁锈红，臀部和腿部的瘀斑灰蓝。汤普森瞪羚，身姿轻盈，体侧有鲜明条斑。数量最多的是角马。成群结队的角马，罪人一样低着沉重的头，披拂垂散的发绺，漫山遍野，泥浆一样涌过草原。

什么都不能阻止前行，千军万马，仿若朝圣。即使迁徙途中，到处是敞开的伤口，兀鹫和秃鹳从尸首的体腔里换取肠胃。到处是骨架，剔得干净的肋拱上面，只剩头颅上的短角以及因暴露更显硕大的牙齿。害羞者常常是草食动物，拘谨紧张。它们只是作为一堆堆被单独包装的脂肪和血液，运输在肉食者的早餐与晚宴之间。一旦覆盖着的皮肤保鲜膜被撕开，它们迅速腐坏，烂在炽烈的阳光和成吨的暴雨里。

食草动物走到哪里，食肉动物就跟到哪里。角马，看到同伴被吃无动于衷，甚至因普遍而切近的死安静下来。它们与满脸血污的饱食者毗邻而居，继续咀嚼和反刍。就像被家暴伤害的女性选择留在婚姻里面那么自然，就像亲人死去我们希望自己健康地活着而不会殉葬那么自然。是没有选择的那种自然，并非麻木与冷漠，它只能承受随时的杀戮。然而，那些初生不久的斑马，那些孤独漫游的小羚羊，从未真正了解凶手，缘何能从空气中嗅到一丝猛兽气息就被惊吓得狂奔？它们从成年者那里继承的技能和遗产，是恐惧，让它们终身保持警惕和戒备，也让它们从同伴的死中得到暂时解脱。

为了从价值低廉的植物里摄取热量，素食者不得不整日奔波，无心他顾——它们艰难收集食物营养来养育血肉。而肉食者享用起来更加便利，所以它们进食所需时间短暂，可以有大量闲暇用来嬉戏、发呆，甚至情绪厌倦，乃至做出近于哲学的思考。她发现，食肉动物都有一张悲伤的脸。马赛马拉草原的狮和豹不怕人，游客密集窥看，丝毫不影响它们进食、玩耍、睡眠、排泄和交配，它们深知自己具有伤害的能力而呈现坦荡和蔑视。勇气来自暴力——是的，真正的勇气来自对暴力的控制，而不是激发。肉食者以一种不讲道理的暴戾，散发神秘之美。无须张扬，通常它们松弛、优雅，冷漠又懒惰……隐藏懒惰之中的，是惊人的果断。放纵的肉食动物拥有特权：一种因无耻而获得的自由，一种因自由而获得的傲慢。因此，别具魅力。

她想起，小时候怕夜晚来临，瞬间丧失方向感带来的压迫几乎让她哭起来。外婆不怕，外婆说她自己小时候臂肘烫伤，长辈给她涂过一层虎油，从此即使在丛林里遇到的狼都会绕行。据说，穿越黑暗的人脖子上假如佩戴一颗虎牙，村庄里的狗绝不会狂吠，而是噤无一声，深深低俯，仿佛臣服于归来的王者。她做过胆大妄为的猜测：上帝生杀予夺，既激情又淡漠，无惧非议和诋毁，整个世界屈服于他伟大的独裁……他，是肉食者。

　　来肯尼亚之前，她看电视节目得到的印象，马拉河是一道致死的关卡，只需闯关一次，之后就是伊甸园里的新生。事实并非如此。向塞伦盖蒂草原或马赛马拉草原的同一迁徙季，角马数次来回穿越马拉河。河的两岸都有角马，既有从此岸去彼岸的，也有彼岸来此岸的，两岸并无绝对差别。那么，角马为何过河？并且岸边犹豫，反复徘徊，最后才决绝跃下，穿越扬起的灰尘、溅起的水花和鳄鱼张开的大嘴。难道角马只是无法克制对远方的渴望，只是对现实的几乎进入潜意识的反抗，才让它们向死而生？纪录片拍到，角马甚至躲避较浅的安全地带，蓄意选择危险区域，似乎获得面对生死的勇气比获得侥幸的机会更为重要。也许，因为陆地也潜伏危险，杀戮者的齿锋无处不在，来自鳄鱼的威胁并不更大——鳄鱼饱餐一顿可以长久不进食，狮子和豹总在打猎。所以对角马来说，过河也许谈不上是额外冒险，不过是又一次日常的忍受。她甚至怀疑，这种生存竞速，只是角马自愿设置的考验，从而完成慷慨而隆重的祭献。

　　在马赛马拉草原，她第一次乘坐热气球。乘坐者最初需要以摔倒般的姿势躺在倾斜的吊篮里：屈腿，后背着地，缩在狭小局促的空间里。她听到燃料罐附近发出类似轻微爆炸的声音，喷灯上的火焰，将加热后的空气充入球囊。热气球升空后，垂直的吊篮非常平稳。她的手臂扶住边框，看天地辽阔，壮丽奔行的动物生生不息。

　　迁徙，不可思议的旅程。驱使伟大行动的，可能出自基础乃至卑微的目的，像鲸游动，追逐小如光斑的磷虾。当果实被洗劫，种粒埋入更深的地下，当鼠和蛇把身体卷成螺旋形进入黑暗的冬眠，那些理想主义者开始出发。动物迁徙多是出于食物和气候的现实原因，还有就是寻找与配偶共度的蜜月地，才迫使动物们遗弃曾经繁茂的聚居所。但她依然心怀激荡，深信这个世界有多少迁徙的脚步，就有多少流浪不羁的灵魂。

在云端，在大地上，在海洋里——迁徙铺开古老而壮阔的朝圣之路。斑马穿过博茨瓦纳的草原与狮子的阻击，抵达盐沼，去舔食岩块上的矿物质。海象游过白令海峡绕路北上，寻找结实的可供栖身的浮冰。水母从阴影密布的危险沙层，翕动着透明而诗意的伞膜，上升到光斑耀动的水面。出生在夏威夷的座头鲸，要从温暖的出生水域，滑动桨叶般的鳍肢，前往寒冷的阿拉斯加。奔跑有如舞蹈的瞪羚，虹膜和鳞片映照彩虹的鲑鱼，深沉歌唱的鲸鱼……从最柔弱的到最强悍的，都义无反顾，踏上征程。栖息在北美大陆的大桦斑蝶，每年要花一百三十天，飞行三千公里，向南迁徙。重量甚至小于一毫克的蝴蝶，以远比婴儿拇指柔弱得多的肉身，扇动亮橘色的翅翼，麇集着，抵达千里之遥。冻原上走过的驯鹿，厚厚的皮毛下积聚脂肪，边走边哈出雪白的霜气，珊瑚状优美的角叉挂满冰晶……驯鹿在漫无际涯的苔原上跋涉，它一生走过的道路，足够绕地球三周，是世界上迁徙路线最长的哺乳动物。它们为此获得神赐的报答：无声却震撼的北极光就在它们头顶的高空闪耀，如同加冕。

……日出光芒万丈，她忍不住眯起眼睛。随着热气球高度的上升，无论是数量磅礴的角马，还是集体围剿的鬣狗，都变成微弱的斑点。不知不觉，她流泪了，她突然发现自己获得了飞鸟的视野。地面上的人看来，她也小得近乎斑点吧，像只飞高的候鸟。她把一条胳膊伸出吊篮之外，风吹拂指骨，她觉得自己正在长出季节性的羽毛。

　　人们曾以为鸟类的呼吸和鼓翼同步，事实上二者各自独立。当静止不动的时候，鸟类的呼吸比哺乳动物更慢；一旦飞行，鸟类的呼吸可以加速到静止时正常速率的二十倍。这是内心激情在身体上的反映。鸟类，有着远比人类飞行员更丰厚有力的胸肌，凭借着光线、星宿、气流和磁极组成的地图，它高飞。在勺形的头颅里，每只鸟都藏好一根忠诚的指南针。即使长在两侧的眼睛未必能看到多远的前方，即使优雅前伸的脖颈后面是一双苦力的翅膀，只要终点和希望不灭，候鸟就会出发，密集的翅膀就像移动的花季。

　　她好奇，鸵鸟和鸸鹋，眼睛都是大且微陷，它们不会飞。鸟类中的善飞者眼睛偏小，如天鹅大雁之类。是否高空展翅，被猎杀的机会相对低，不必时刻警惕；加之俯瞰大地，万物渺小，眼睛大几毫米、小几毫米，并无差别，所以善飞者不再扩张眼眶？可事实上，从出发到回归，候鸟的死亡率很高，能够返乡的只是幸运的少数，衰老成为一种巨大的奖励。候鸟中的许多，死于跋涉或飞翔的中途，死于沙漠、森林、滩涂、积水或极地，死于天敌的追杀和自身体力的衰竭，死于变幻的云层和气流，死于不屈的心……履行诺言，需要昂贵的成本，所以，它们以命相抵。在濒死的疲惫中，它们锐而小的眼睛，最后是否见过屦气中的天堂？即使星光照耀下的故乡已然死去，候鸟依然坚定地飞往它们的墓地。

季节的钟摆，把时间从此岸摆渡到彼岸。天空没有疆界，唯一的根系，是它学会飞翔的地方——候鸟既是信诺之鸟，又是不断的背叛者。飓风一样的鸟群。暴雨一样的鸟群。交响乐般的鸟群。铺满天空，鸟群不断变换图案，就像上帝传达秘密的旨意。可惜人类鲁钝，使他们无法读懂神的只言片语。古希腊神话中说宙斯曾经化身为天鹅，她觉得，神是可能以候鸟的样貌降临的。耶稣不是一只候鸟吗？在尘世和天堂之间折返，他的复活就是一次迁徙……他在十字架上，打开滴血的双翼。

热气球越升越高，已经难以区别有条纹的斑马和泥浆色的角马——如果你有鸟的翅膀，就不怕停在悬崖上。她不畏惧，如果说还残留一点点害怕，是因为她有几秒钟担心自己会越出吊篮，是因为在奇妙的出神之中，她错觉自己可以飞起来，可以像一只鸟那样飞得那么宁静，有如禅定……她仿佛看到了自己的往昔、今生与来世。她想起和外婆共同生活过的那个村庄。天空阴沉，水下的村庄看不到一丝痕迹，蓄满了水的水库淹没了一切，甚至改变了四周的远山。她相信，记忆，就藏在开阔水面的雾气里，如同鸟翼藏在云层之间。

……天上是飞鸟，它们迁徙自己的生活，使之更靠近自由。它们剪开地平线，然后在旋转而闪烁的光团与星宿之间，丧失重力地漂浮，由此体会虚空般的自由。地上是刚刚降生、还围裹湿漉漉胎衣的角马，它们尝试用颤抖的腿站立，以躲避巡行的狮子、有着哀悼泪线的猎豹和凶悍的鳄鱼，尽快加入迁徙的漫长之路。天上和地下，它们一同被召唤着，出发。

她习惯了肉身和精神一起流浪和迁徙，习惯了它们为此遭受疼痛和伤害。她想，肉身就是故乡，灵魂能够远游，甚至带领肉身迁徙。如果灵魂是被肉身软禁的囚徒，那就像是一只围绕墓碑盘旋的鸟。多少年来，她总是被远方蛊惑与召唤，因为若无梦想，整个生活不过是一个庞大的惩戒之所。并且，梦想若无一丝绝望，未免就缺乏神圣——绝望到极端的梦想才几近信仰。是否童年看到的候鸟，成为一生对她的感召？当鸟群开始史诗般的迁徙，那是魔咒——她仰头看到天上的飞鸟，低头开始路上的行走。

神话说：天上一日，等于地上一年。那么，走天上的路还是走地上的路更难？在天上，谁会成为障碍呢？没有，没有谁能伤害神，能阻挠他的意愿，所以神走一天的里程，大地上的生命需要一年才能完成。因为大地充满障碍，河流、石头、山脉、丛林、沼泽、沙漠、悬崖、陷阱、猛兽……需要逾越的，何其艰难。对人来说，甚至无论诱惑还是灾难，都是阻隔。

她想起了雪莱的那句诗："你从大地上腾空而起，越飞越高，像一团火焰。"候鸟跃升，穿越人神之别。季节与季节之间裂开的口子，它们用羽翼一针针缝合，就像外婆刺绣，候鸟用彩色的羽毛在圆绷着的拱形天堂里绣出丝线。只有神和他的候鸟，能把天地之间的伤口都缝合得那么优美……弓形精湛，她会看到，暴雨之后的彩虹。

后记：关于写作

1 狩猎者的道德

　　笔会。忘了何时何地，只记得行走在风景区里。谢大光老师由于发现了我创作方向上的明显调整，给出一句判断："从此，你将抛弃、也被大众审美所抛弃，再也不会老少咸宜，不会受到普遍欢迎，你将走上一条偏僻的小众道路，甚至遭受非议，你做好心理准备了吗？"瀑布盛大，从高处跌落自杀的水，我的回答为了盖过喧响，音量比平常大，有点宣誓的调门："当然！这是我选择的道路，我愿意为此承担代价。"

　　事实上，我的散文集销量不佳，从来没有受到过什么老少咸宜的欢迎；好在我的作品数量有限，不会频繁给出版编辑找麻烦。从来没有获得的财富放弃起来非常容易，所以我态度坚决。

不过，我倒是一直偏爱口音很重的文字，无论阅读还是创作。这使我偏离读者，更靠近往往只存活于边缘地带的真理或偏见。年少时候，像许多人一样，我或许有过类似甜软的糯玉米阶段。后来发现，为什么文摘类型的抒情散文得不到由衷的尊重？我想，它们更像是品德老师发出的声音，这些"对人生有建设性的故事"，励志，却也限制成长。正是"老少咸宜"的安全，使人丧失孤独的探险者才能目睹的极境。书写某种"真善美"的文字，我疲倦，体会不到挑战的难度与快意，几乎都是被迫的放弃。我这只软体动物，想试试危险的压强。即使失去外在的舆论声援，我认了——与标准答案的出入，将是我遭遇的灾难或者自由。

写作是最孤独的劳动，我因此理解不够坚持的作家甚至放弃艺术原则，以谋求即刻显现的安慰或奖赏。当我们的精力越来越多用于创作之外的经营，以丧失文学尊严的方式来换取所谓声名的另一种尊严，那才是真正的危机。因为，艺术道德的受损，是权力的虚幻性所无法修补的——我们将被审美的王国所驱逐，部分或全部地，沦为机会主义信徒。我偏爱俄罗斯白银时代的几位诗人，写作让他们失去安全、自由乃至生命，而写作者的尊严，恰恰建立在这种"失去的勇气"之中。相比之下，太想从写作里赢得荣誉，反而失去写作者的尊严。多少中国当代作家曾幻想伟大得有如天堂建筑的作品，而今面对的，却是被推倒一片的作为残局的生活。

想想自己，我亦卑怯。我的转折不过是小数点后微不足道的调整，既不存在任何英雄主义色彩，也无涉受害者的心理反弹。好在，我的脆弱不至于如此不堪，能够承受得起一些贬义词和怀疑的句子。

　　知易行难。理论上想得通，落到实践，我难以摆脱局限，常常受制于善良所带来的软弱。所以我需要一边写作，一边校正自己。美，在今天不止古典主义的形式，现代和后现代意义的美，所产生的效果，可能未必使观众或读者感到愉悦，也许是不适、震撼，乃至对抗中的反感——但美，正因挣扎而得以扩大自己的疆域。我不想混淆概念，在强词夺理的态度中颠倒美丑，但至少，早非少年的我们应该承认，在理念上泾渭分明的美与丑，事实上存在着融合而难以言明的巨大交集。

　　我们描绘魔鬼的五官，并非由于爱慕，也许是为了通缉的需要。天才的美国小说家奥康纳说："对魔鬼的充分认识能够有效地抵制它。"常常，对邪念矫枉过正而发育为美德。是的，那发酵的基础，正是尽力想被自身刻意隐藏和试图消灭的恶意。正如，之所以能形成清澈的雨滴，来源于最初的一粒灰尘。瞬间萌生的邪恶，常会惊吓到自己，于是进入无声的自律与自惩，并在自我恐吓中完成另类而有效的自我教育。那种恶念，重量那么轻，构不成辽阔黑暗，只是黑暗最袖珍的部分……宝贵得像一粒酝酿开花的黑种子。

　　写作，并不能使我们驾驭万物，我们愿望中的文字道德也无法统一世界。唯有诚实运笔，表现自身的混沌，我们才能把脆弱转换成直面真相的果敢；也唯有完成这个阶段，我们所追求和达至的温暖，才具有真正的不毁之力。我知道自己写得并不好，如果说还能有点不一样，无他，得益于当初不算太晚的觉悟，以及不再犹疑的贯彻。

英国文艺批评家约翰·伯格表达绘画中的"逼近"概念，也可广泛应用于整个艺术创作领域："逼近即意味着忘记成法、声名、理性、等级和自我。"当我们内心受到袭扰，创作上就很难保证纯粹。事实上，声誉这种东西就像套在狼脖子上的铃铛，行动时带来夸张的喧嚣，将使我们无法捕获到猎物。合格乃至优异的狩猎者，视线里只有猎物，为了完成有效的捕杀，它无惧于追随猎物进入绝对的黑暗之境。没有左顾右盼的胆怯。唯有这种坚决和坚持，逃亡中的猎物才会被激发出最大的活力。写作者和他的题材之间，应该保持这种互为危险的生死关系；那些在凶险面前止步者，输于猎物的智慧，将饿死途中。

一只完美的猎豹，无意于顾影自怜地欣赏自己的体态与造型，无意于清点和折算皮毛上的钱币花纹，它在专注的追逐中甚至忘记自己的身份是不是猎豹。作为一只热衷模仿的野猫，我也耸立自己的背脊，让紧张的爪钩小心探出自己柔软的肉垫。

2 试错的散文

白话文运动以来，相对来说，小说无界，诗歌无界，各种形式和手法似乎都拥有天赋的自由权。而散文，有着内在的律法，比如篇幅短小，比如禁止虚构，等等。漫长时段里太过保守，所以几十年来原本敬陪末座的散文，变化可能就最大。仅仅这二三十年，我们就看到了曾经的"散文律法"从禁止到默许乃至纵容的明显松动。

散文不再是五脏俱全的麻雀，篇幅变长，不仅意味着字数增加，也带来结构、叙述视角以及意义上的变化可能。千字文时代，只能简笔勾勒；加长的篇幅，使散文能从乐器独奏，变成立体的交响乐。原来，散文习惯俯览和纵观，就像地图铺在眼前，写作者通盘布局、全知全能，使用潜在的过去完成时态，来进行描述和总结；现在局面复杂了，就像 VR 技术，写作者在游戏的迷宫里，呈现给读者逼真的场景带入感，这种正在进行时态的写作，可能出现突然的意外和翻转。再比如说虚构，我们都承认写作需要经验与想象，但在散文领域，我们似乎更多地重视经验，忽略想象，两者的强弱明显，没有很好地平衡，甚至一些想象领域的审美问题被推到欺骗的道德立场去遭受判决。我们现在学习逐渐把想象与编造从虚构这个含混的概念里甄别出来。再比如，"形散神不散"，曾是散文自由精神的标志，它渐渐也成为一条内在的绳索，因为，可以形散神不散，也可以形不散而神散，或者形神俱散或俱不散。

我觉得，在过去的二三十年里，散文一直在进行试错的努力：不让写长偏写长，不让虚构偏虚构。其实创作上难有什么算是真正的错，枯枝败叶也能让植物得以繁茂。散文的试错者，是不断试图逾越警戒线的冒险之徒，即使今天，他们被保守的批评家宣判为非法，也依然获得了越界带来的自由。

随着象征性的解放到来，新的问题出现。原来我们的突围有着具体路标，正是那些禁区标志。哪里不让通行，我们就试图从那里强行闯入。当散文作为笼鸟的时候，突围只有一个方向：外面。等被囚禁的鸟破笼而出，又该往哪儿飞呢？随着障碍被清除，领域被拓展，原来在局促之中形成的物理意义的团结，反而因为这种开阔得以瓦解。禁城之门被打开，队伍没有集合起来迁徙，而是在旷野中渐渐走散。

新散文、原散文、在场主义散文，热衷命名的时期似乎过去了。事实上内部的分野始终就是存在的，既强烈又隐蔽，即使外表趋同，彼此之间也近于种属之别，有如鲨鱼和鲸鱼。艺术风格本来就难以被统一归纳，等从动物园进了丛林，自然成了游神散仙或游兵散勇，各自逍遥。

当初有针对性的破坏，如今变成丧失目标的追踪，我们大概只能凭借头脑里的磁极，凭借没有什么道理的天然直感，无论错误与否，继续盲目探索。从我个人创作来说，比较艰难。构思时，我心怀游刃有余的错觉；一下笔，是捉襟见肘的尴尬。我发现，即使没有外在的禁令，我自身的写作习惯也成了新的铁律，更为僵化和难以突破。我必须尝试打破写作习惯里那些自以为是的"正确"，持续去"试错"——《爱丽丝梦游仙境》里的红色皇后说："你必须全力奔跑，才能待在同样的地方。"

散文是否拥有辽阔到沉重的自由？但愿自由，是背负的翅膀，看似增加，其实却减轻我们的体重，以便离开把脚踝拴在地上的那种引力。

3 盲目的自信

　　健康的人是自信的，他感觉不到有什么不安；而患病者的特征，是他格外意识到某样器官的存在……疼得全身好像只剩下牙，或者胃。当我们强调某件事物，可能因为非同寻常的重要性，也可能，正因它隐隐地出了问题。"在世界文学格局中，中国文学如何增强文化自信？"这样重要的问题，可能既反映了它的重要，也反映了它的问题。毋庸讳言，当代中国文学对世界文学的贡献比例实在算不上巨大，这是我们不情愿的难堪事实。

　　手段可以变化万千，但衡量文学的标准，还是需要遵行通约的法则。当我们的文学相对弱势，是不是发明另外一套评价体系就能重塑自信？中国足球不理想，是不是重建游戏规则，就能改变心理上的尴尬？比如体能不好，我们就规定中国足球可以只踢半场？可以上场二十五个人？禁区里可以用手辅助？或者越位进球有效？显然不行，所谓保持主体性，所谓文化自信，必须是在世界格局的前提下，并非关起门来自说自话。无论是色厉内荏，还是掩耳盗铃，体现的都不是自信，而是虚弱。我们当然需要从中国传统和中国经验里获取资源和营养，但它一定不是故步自封的禁地，尤其是在"天涯若比邻"的今天语境里。

　　曼德尔施塔姆，白银时代的代表诗人。北岛、黄灿然、王家新等中国最为重要的当代诗人，都译过他的作品。让人惊讶的是，一方面，曼德尔施塔姆的诗句闪烁不可复制的宝石之光；另一方面，他的诗歌如此禁得起翻译而不流失它的力量，就像最为珍贵也最为朴素的麦粒，可以被碾压，被磨碎，被咀嚼，它进入并成为面包里的细小纤维。曼德尔施塔姆的大量诗歌中都出现地名：彼得堡。莫斯科。罗马。耶路撒冷。希腊。他生于波兰，从小跟随去过芬兰以及波罗的海的几个国家，后来又在法国和德国学习文学和哲学。他精通和掌握法语、德语、英语、意大利语、希腊语、亚美尼亚语等多种外语。曼德尔施塔姆的写作背景辽阔，他的血管里不仅流淌伏尔加河与塞纳河的水声，也汇聚了波罗的海与地中海的咸度。难怪当有人在集会上问曼德尔施塔姆什么是阿克梅派，他如此定义："就是对世界文化的眷恋。"

  中国的文化传统当然重要，但不必立了一尊神，从此就罢黜百家；不必只认一座灯塔，否则我们无法远行，难以停靠其他的海岸，容易葬身汪洋。有时候，我们不能把"中国传统"想象为一笔封闭的宝藏，现在只是发现了矿脉，一旦得到有效开采，我们立即就能富可敌国、傲视群雄。跟南帆聊天的时候，他曾提到，传统似乎成了一个混沌的概念，到底是指唐朝的还是清朝的？这更使我陷入思考的迷惑，魏晋明清差距如此之大，如果传统覆盖到如此辽阔的程度，它与"世界"的本质差异在哪儿？包容比拒绝更有力量，文化上亦如此，兼容并蓄比闭关锁国更体现自信。

20世纪八九十年代的文学，那时候的作家深受欧美或拉美文学的影响，他们的态度诚挚、谦卑、纯粹、敬畏，创造出许多当代文学上非常重要的作品；后来有些写作初学者，急功近利，只读中国文学期刊，希望尽快找到自己发表作品的捷径，可是效果如何？我们照着虎，能画出虎或者画出猫；若是照着猫画，恐怕很难画出虎的威仪。美术上什么立体画派、野兽画派也好，大师们都是把素描功底做得扎实，才能变形。许多写作者是素描功夫堪忧，急于创新，出来的东西，什么也不是。许多名家也好，获奖作品也好，难以给读者文学享乐，读起来堪比财务报表的乏味。

　　我偏执而盲目地认为，中国文学没有带来足够的自信，部分原因，恰恰因为中国作家抱有偏执而盲目的自信。写作者容易在占据文化资源的心理优势下，觉得自己不言自明地具有引领他人的本事。这种在不尊重他人前提下建立的自信，会让我们丧失自省。在19世纪，手工肥皂开始在家庭和宾馆中普及。以前，病人死于医生未灭菌的双手和手术刀的概率，跟死于医生所努力治疗的疾病一样大。作家也要注意，不要使用这样带菌的手去解剖社会，这样的手同样是不能解剖自己的。不仅是不负责任，还会造成更大的危害。

　　如果文学没有把写作者教育得懂得尊重，懂得自我批判，遑论我们能够以此为工具教育和引导他人。难道知识，只是教会了我们技术化地自恋或炫耀，教会我们授予自己道德上的豁免权吗？我们文学的教育和引导功能是什么？无畏孤独，信任奇迹，满怀好奇地去认识世界和自己，深入黑暗中去理解，也不在名利的强光里造成瞬盲。文学的好，是我们可以从中学习领略万物之妙、更宽广地拓展自己，所谓"遇见更好的自己"；那我们把这种好推荐给他人，不是自己冒充神医去推销补品，而是作为运动的受益者，号召别人也以运动以产生自身的化学酶来维持肌体的健康。

前几天跟弋舟聊天，他说我喜欢"强度"，无论是阅读口味还是写作倾向，包括修辞习惯。我自己从未注意，但我觉得，他说得对。我是不是喜欢工笔胜过写意，是不是喜欢油画胜过水墨，是不是天生就不偏爱含蓄蕴藉或淡泊明志的，就喜欢浓稠强烈、色彩和情感都饱和度高的？在中国历史和古典文学方面，我的确是个可怕的文盲。作为一个没有继承到家族遗产的逆子，我如何去维持日常的温饱？我的阅读兴趣，始终集中在翻译文学领域，那就是源头，我是吃国产奶酪长大的孩子，消化道始终被改良的异域食物填充而获得适应性营养，是否这意味着，我在先天性的背叛里，终将无法忠诚？是不是，我是中国文化的弃婴，失去了文学上的家国情怀，我是个丧失背景的无根的流浪者？我觉得，如果是这些翻译文学供养我成长的，那它们就是我知识学意义的故乡和文化意义的经书。

不过，是否因为缺乏传统的积淀，我就此变成逃避者，此时此刻，正在为自己发明一套"中国足球规则"来掩盖破绽？好吧，不放弃自省。我所希望的自信，是一个写作者通过漫长努力，获得直面的勇气、敞开的态度、受挫的准备与学习的耐心。

4 作家对批评所承担的责任

我平常喜欢看国外的文学评论，比如《西风吹书读哪页：〈纽约时报书评〉100 年精选》《读诗的艺术》等，即使没读过它们所评述的作品，我依然能从书评本身体会到强烈的阅读快感——更精准的概括、更密集的智慧，无论是揭谜的高明还是揭底的恶毒，那些评论家既置身其中，又神游物外。他们运用词语，以一当百，炼金术士般提取最具价值之物；他们可以像警犬一样辨识与追踪，又像神明一样前瞻与全能；他们不需要完整的复句就能概括情节和主题，同时也能从一个细节中窥斑见豹。

许多年前捕鲸业盛行，但人们难以在极其光滑的鲸背上站立；当我们面对一个伟大作品时，有如置身鲸背，它的磅礴在我们的把握能力之外，常人难以获得稳定的支点。评论家的本事在哪儿？我们知道三点固定一个平面，有效、有力、有限的几个词，作品就被勾勒出基础样貌——评论家就像为读者制作了一双钉鞋，帮助他们获得从容观察的角度，以及可能的处理手段。

其实写作者的工作，仅从字面意义理解，主要是醉生和梦死这两项……他们所进入的世界有如秘境。但优秀的批评家窥破其中的光线，他们有把复制的密钥可以潜入，甚至猜出写作者未来迁居的地址。好的评论是双向的，它不是从作品中汲取、提炼并盖棺定论的终结篇，它是对作家的启发和指引，是点石成金的咒语，有如密室中照进的关于未来的光线，意味着解除作家自身的禁锁，让他们获得陌生的自由。

刚才谈论的是理想状态，我们都知道，当前中国文学的评论现实远未达至。不用多加举证，仅看引文，就能感知背后的不同。我特别喜欢《纽约时报》书评里的引文，谨慎而夺目，就像完美镶嵌的宝石，从来不是随意拼贴的边角料。能感觉评论者背后的态度，是邀约读者共同见证智慧。出于恭敬、激赏和折服，这些评论家找不到不流失容量和精度的其他概括来替代，只好引用原文。他们想与读者一起重温，自己初次阅读时那种由衷的惊喜、赞美和震撼。我甚至能感觉，这些评论家引用原文时，保持着与一个抄录的读者同样的迷恋与虔诚。我觉得中国文学的评论家，多是高屋建瓴、指点迷津的老师，不可能采取这样低微的姿态。

然而，当我想要对批评界表达不满的时候，我也由此发现了问题核心。我们就是让一个热爱文学的粉丝去抄录引文，恐怕也拿不出什么精湛货色。倘若作品乏善可陈，评论家无法把滑石粉变成羊脂玉，无法用一根胡萝卜做出满汉全席。

如果作家提供的版本是独特的、丰富的、有力的，甚至难以概括的，评论家必须以专注的、有难度的、被触动灵魂深处的评论才能呼应。当我们自己的作品日近单调和趋同，评论家们的发言只要进行一番学术上的器官移植就可以了，一个概念、一种褒义被施用在不同身体上都可以，没什么排斥反应；如果作家独特到熊猫血的程度，评论家就无法拿通用的 O 型血来应对。

我不是替评论家推卸责任，做编辑二十多年，我自己深有感触。有些作品粗糙无聊，真不值得心血上的投入。写作者是沧海，评论家只是一粟，不可能惠及众生，而许多写作者就像盲目自信的相亲者，误认为每个人都会在惊艳之下乐于给予自己一生的婚姻保障。想想姿色平庸且毫无风致的女子，生硬地拿出一副不匹配的撒娇架势，要求他人给予自己绝代佳人式的溺宠，也够荒谬吓人的。

其实评论家撰写评论，就像作家描述生活，都需要情感的投入，甚至需要附体式的感知与传达。作家抱怨评论家写得"隔"，写得"不点穴"，其实作家自己对生活的描述常常也是不及物的。只有当作家对描述对象的尊重大过自我表现的虚荣，才有可能达到"精确"，达至"动容"，这个创作规律和评论家别无二致。

成为段位对等的棋手，而不是频出臭招，既让对方耻笑，也令自己恼羞成怒。作家应该写出让评论家运用情感和智商的作品，而不是仅用红包短暂地占有评论家的时间与精力——因为在后一种情况下，作家所获是买醉式的快感，给自己带来的，不过是幻觉、失态和对智力的潜在伤害。当评论家回报以敷衍的安慰、慈善意义的赞美、不涉道德的欺哄，作家无论是信以为真还是愤然声讨，好像都显得不够体面和通达。在这种自娱自乐、自欺欺人的互动游戏里，写作者与评论家并非双赢，而是损伤了彼此最为宝贵的赤子之心。

我们当然知道，评论家在社交领域受到重视，但许多作家心照不宣地认为，虽然评论家往昔并非一言九鼎的意见领袖，但与曾经的职业道德相比，评论家们应该去反省一下失落的荣誉。然而，说到加强评论建设，不是作家袖手旁观、隔岸观火，去看评论家的检讨和笑话。调整作家与评论家之间不算理想的关系，首先是作家需要颠覆我们自身的陈腐与虚荣。

为什么说作家难辞其咎？作家往往执行双重标准，希望批评家对别人铁面无私乃至棍棒相加，体现少林功夫的观赏性；对自己柔情似水，如果要锤锤打打，最好力道恰如敲背之妙，施展医疗保健的实用性。对别人是法官的正义与无情，对自己是天使般的慈悲与怜惜，其实作家无须这么要求评论家的作为，评论家平常就是这样在"人格分裂"中去平衡社交网络和专业水准之间的关系。就像我们不能阻断食物链去谈论狮子的慈悲一样——只有作家能够坦然、诚恳而又结实地，甚至是"不顾廉耻"地承受批评，评论家才能不用衡量利害地做出心口如一的直觉与良心判断。

我有时，宁愿作家与评论家之间是一种虐恋的关系，相互折磨，也深切依赖，要比浮泛的友谊来得更可靠。我宁愿火眼金睛的批评家怒其不争对我当头棒喝，也不愿手法细腻的学术慰安妇哀其不幸对我精神按摩。还是那句话，疼痛是我的敏感，是我的边界，是我身体能够感知和调控的部分，我愿那些眼界高远的人能够告诫我的井底局限。

我曾设想，能不能展开这么一个批评栏目，可以让作家自愿报名参与，以免纠缠和结怨——这个栏目要求不使用褒义词，只找碴儿挑毛病，让评论家一展讽刺甚至是恶毒的施虐才华，不为炒作，只是让一个受窝囊气的人有个拳击的健身场所来恢复他的击打能力。我肯定愿意报名参与栏目的建设——我这个沙袋虽小，体量不足，但存诚意。后来又想，这也许会被媒体当作一个"要红不要命"的噱头，就像特别希望自己被骂以成为舆论焦点似的，所以作罢。至少，我希望在座和不在座的评论家知道，有一部分如我这样心理阴暗的写作者——需要你们的冷酷，胜于需要你们的温暖。